UN CASO DE MATRICIDIO

IMPEDIMENTA NARRATIVA, 318

GRAEME MACRAE BURNET

UN CASO DE MATRICIDIO

Traducción del inglés a cargo de Alicia Frieyro

IMPEDIMENTA

Título original: *A Case of Matricide*

Primera edición en Impedimenta: enero de 2026

Juan Álvarez Mendizábal, 27. 28008 Madrid

IMPEDIMENTA
Premio TodosTusLibros al Mejor Proyecto Editorial, 2024,
otorgado por CEGAL (Confederación Española de Gremios
y Asociaciones de Libreros)

http://www.impedimenta.es

Publishing Scotland
Foillseachadh Alba

The translation of this title was made possible with the help of the Publishing Scotland translation fund.

ISBN: 979-13-87641-45-0
Depósito Legal: M-23047-2025
IBIC: FA

Impresión y encuadernación: Kadmos
P. I. El Tormes. Río Ubierna 12-14. 37003 Salamanca

Impreso en España en papel 100 % procedente de bosques gestionados de acuerdo con criterios de sostenibilidad.

PRÓLOGO

Raymond Brunet nació en 1953 en Saint-Louis, una anodina localidad de veinte mil habitantes situada en la frontera francosuiza. Aparte de una breve estancia en París a raíz del estreno de la adaptación cinematográfica que rodara Claude Chabrol de *La Disparition d'Adèle Bedeau,* la novela publicada por Brunet en 1982, pasó la vida entera en el pueblo, hasta que se arrojó a las vías del tren en 1992.

Hasta 2014, se creyó que *La desaparición de Adèle Bedeau* era la única obra de Brunet, hecho que sin duda contribuyó a su estatus de novela de culto, pero en noviembre de aquel año llegó un paquete con otros dos manuscritos a las oficinas de Éditions Gaspard-Moreau en París. Poco antes de suicidarse, Brunet había depositado ambos legajos en un bufete de abogados de la vecina ciudad de Mulhouse, dejando estipulado que no fueran enviados a su editor hasta la defunción de su madre, Marie.

La primera de estas obras, *L'Accident de l'A35,* se publicó en Francia en la primavera de 2016. Se trataba de una versión novelada del «misterio menor» en torno a la muerte del padre de Brunet en un accidente de coche en 1967 y contenía ciertas revelaciones que —de ser ciertas— dejaban claro por qué Brunet no quiso que se publicara el libro en vida de su madre.

Impulsado por la reputación de «manuscrito perdido» con la que Gaspard-Moreau lo promocionó hábilmente, *El accidente en la A35* se convirtió de inmediato en un superventas. La novela revivió el interés en Brunet, para entonces prácticamente relegado al olvido, y generó mucha especulación acerca de hasta qué punto los sucesos descritos en el libro eran ciertos. Brunet disfrutó así de su momento de mayor éxito más de dos décadas después de haber fallecido. Tal vez le hubiese alegrado. Era un hombre que se sentía incómodo bajo los focos, de un temperamento que se avenía mejor con el fracaso.

Este libro es la última parte de la trilogía de novelas que Brunet ambientó en Saint-Louis y que tienen como protagonista al personaje de Georges Gorski. Visto el título, huelga explicar el deseo de Brunet de retrasar la publicación hasta después del fallecimiento de su madre.

Une affaire de matricide no se publicó en Francia hasta octubre de 2019, más de tres años después de que saliera a la luz *El accidente.* El entusiasmo con el que el público había acogido la primera novela hacía tiempo que se había enfriado. Sería exagerado decir que el volumen final de la trilogía fue recibido con indiferencia —el estatus de autor de culto del que disfrutaba Brunet garantizó que no fuera ese el caso—, pero es indudable que la recepción fue más apocada que la de la entrega precedente. La demora en la publicación hizo que se especulase acerca de que el libro era de calidad inferior o incluso impublicable. Estos rumores ganaron crédito cuando se escuchó a Christine Gaspard, la directora de Gaspard-Moreau, declarar a voz en grito, en el selecto restaurante parisino Le Récamier, que el proceso de edición estaba siendo *un cauchemar,* una pesadilla. Hubo quien dedujo que, al referirse al proyecto en uno de los locales más frecuentados por los medios de comunicación, Gaspard sabía de sobra lo que hacía y solo buscaba fomentar el decreciente interés en el libro. Aun así, veremos que algo de verdad sí había en lo que dijo.

Aparte de las dificultades que hubiera o no que superar para sacar a la luz *Un caso de matricidio,* la novela es un digno punto final a la trilogía de Brunet e incorpora todos los elementos que tanto cautivaron a los lectores de sus anteriores obras. También deja trágicamente claro el motivo por el cual la vida y la carrera como escritor de Raymond Brunet terminaron como lo hicieron.

GMB, abril de 2024

UN CASO DE MATRICIDIO

Il n'y a pas de villes maudites et la mienne, en tout cas, est un modèle de petite bourgeoisie étriquée.

GEORGES SIMENON

No hay pueblos malditos y el mío es, en todo caso, un modelo de represión pequeñoburguesa.

Son las tres de una tarde de noviembre en el pueblo de Saint-Louis, en el Alto Rin.

La florista, madame Beck, mira por el escaparate de su tienda en Rue des Trois Rois. Los ramos del día ya están enviados y hay escasas probabilidades de que reciba a más de un puñado de clientes antes de cerrar la tienda. Rue des Trois Rois no es una calle concurrida, pero el paso de algún que otro transeúnte apenas queda registrado en su conciencia. Está pensando en el pescado que cocinará más tarde para su marido y en si tal vez debería cerrar un poco antes para pillar abierta la frutería de Avenue de Bâle.

A escasa distancia de allí, un hombre llamado Ivan Baudoin asciende los cinco peldaños de acceso a la comisaría de Rue de Mulhouse. Tira de un perro atado con un trozo de fina cuerda amarilla que se pasa de la mano derecha a la izquierda por detrás de la espalda para tirar de la puerta y acceder al interior. Hace un rato se topó con el perro vagabundeando por Avenue de la

Marne, donde él vive. Monsieur Baudoin no es hombre pudiente y pretende dar su nombre y su dirección a la policía, por si ese gesto solidario mueve al dueño a ofrecer una recompensa.

En el *salon de thé* de la esquina de Avenue Général de Gaulle con Rue des Vosges, dos sexagenarias charlan largo y tendido sobre los pastelillos que están degustando. Una de ellas, Thérèse Lamartine, se lleva inconscientemente la mano al tobillo donde otrora habría estado sentado su perrito. El animal murió hace mucho tiempo, pero madame Lamartine lo echa profundamente de menos todos los días.

En una calle anodina paralela a Rue des Vosges, una anciana está recostada en la cama sobre unas almohadas con fundas bordadas mientras escucha con atención a su hijo moverse por la planta de abajo.

El barbero Lemerre está sentado en su silla de peluquero y pasa las páginas de una de las revistas de chicas desnudas que suministra a sus clientes para que las examinen a fondo mientras esperan. Las fotografías no le interesan demasiado, pero no hay otro material de lectura a mano. Dentro de unos minutos recorrerá andando la escasa distancia que lo separa del Restaurant de la Cloche para tomarse en la barra el trago vespertino con Pasteur.

En la recepción del Hôtel Bertillon, el dueño, Henri Virieu, levanta la vista de su ejemplar de *L'Alsace* cuando oye el sonido que hace un huésped al depositar la llave sobre el mostrador. El huésped ni siquiera lo mira, por mucho que monsieur Virieu resulte perfectamente visible detrás de la mampara de cristal y que, otras veces, ambos hayan intercambiado alguna que otra cortesía rudimentaria.

En el parquecito que hay junto al templo protestante, un puñado de palomas picotea la tierra del paseo que discurre entre los bancos. Más o menos en este momento del día, una viuda llamada Agnes Vincent suele pasar media hora contemplando a los pájaros disputarse las migas de pan que ella les lanza a voleo del interior de una bolsa de papel marrón. Madame Vincent no visita el parque desde hace tres días. Yace sin vida en el suelo del cuarto de baño del apartamento de Rue du Temple que compartía con su marido hasta el fallecimiento de este último, hace ocho años. Su cadáver no será descubierto hasta dentro de una semana, cuando a una vecina le llegue un olor desagradable en el descansillo de la escalera.

A través del cristal del escaparte de Céline's, una *boutique* de moda de señoras que da al parquecito, se puede ver a la dueña arreglando un expositor de lencería demasiado atrevida para la conservadora población femenina del pueblo.

En la esquina de Rue de Huningue con Rue Alexandre Lauly, el Restaurant de la Cloche vive el momento de calma habitual entre el servicio del almuerzo y el final de la jornada laboral, cuando los trabajadores del pueblo se reúnen para echar un traguito y ponerse al día de los últimos cotilleos. En la barra, el propietario, Pasteur, está encorvado sobre su periódico y exhibe su calva coronilla al restaurante entero. Todo está en su sitio. El único cliente es un viajante que trata de disimular su alcoholismo estudiando con suma diligencia su libro de pedidos. A sus pies están las dos maletas donde lleva sus muestras. Más tarde recorrerá con paso vacilante Rue de Mulhouse hasta llegar al Hôtel Bertillon, donde pasará la noche.

En una mesa junto al ventanal, la camarera, Adèle, fuma un cigarrillo. Se ha quitado los zapatos y apoya los pies sobre el banco corrido. Marie no toleraría este tipo de comportamiento por parte de ningún otro miembro del personal, pero hace la vista gorda con Adèle porque le recuerda a sí misma de joven.

En una amplia propiedad a las afueras del pueblo, una joven viuda, Lucette Barthelme, pega la oreja a la puerta de su dormitorio para determinar el paradero del ama de llaves; quiere poder bajar las escaleras y salir de la casa sin sentir la necesidad de dar explicaciones sobre sus idas y venidas. En el dormitorio situado dos puertas más allá por el pasillo, su hijo adolescente, Raymond, está sentado en una silla de respaldo recto leyendo *Los 120 días de Sodoma.*

Son las tres de una tarde de noviembre en Saint-Louis.

1

El Hôtel Bertillon ocupaba un edificio corriente de paredes encaladas en el cruce de Rue de Mulhouse y Rue Henner. Aparte de un modesto letrero sobre la entrada, no había mucho que alertase a los viandantes de su existencia, e incluso el letrero en cuestión tenía un aspecto tan decrépito que, más que seducir a una potencial clientela, la ahuyentaba. La lista de precios pegada con cinta adhesiva al interior del panel de cristal junto a la puerta estaba amarilleada y rasgada. La pintura de la carpintería tenía ampollas y se veían calvas de madera en los sitios donde se había desprendido. Un montón de hojas secas se había acumulado en una esquina del portal.

El interior del establecimiento no era mucho más atractivo. El estrecho vestíbulo, tenuemente iluminado, olía a alfombra vieja. La decoración estaba desgastada.

Georges Gorski pulsó el timbre de latón que había encima del mostrador. Un hombre salió de la oficina, que por estar separada de la recepción con un panel rectangular de cristal parecía un enorme acuario. Era muy bajito e iba muy aseado, con pantalones grises de pinzas y camisa y corbata debajo de un jersey de pico. Presentaba la descolorida palidez de un hombre que rara vez se expone a la luz del sol. Le había mencionado su nombre por teléfono, pero Gorski lo había olvidado, cosa que le sucedía cada vez con más frecuencia.

Le mostró su identificación.

—¿Monsieur Bertillon? —dijo, a sabiendas de que aquel no era su apellido.

—Oh, no —contestó el hombrecillo—. Yo no soy Bertillon. Bertillon era el apellido de mi mujer. Bueno, el apellido de soltera de mi mujer. El hotel perteneció a sus padres antes... Antes de..., esto..., antes de pasar a nosotros. —Hizo una pausa, puede que al darse cuenta de que Gorski no necesitaba que le contaran la historia del establecimiento—. Yo soy Henri Virieu.

—Eso —dijo Gorski, como si se le refrescara la memoria—, monsieur Virieu.

Se hizo un breve silencio. Los dedos del hombre tableteaban sobre el mostrador como si tocaran un piano de juguete. Tenía las manos huesudas y moteadas de manchas cutáneas.

—Seguro que piensa que soy un irritante metomentodo —dijo—, pero es que, bueno, me ha parecido que era lo correcto. Ya sabe, solo por si, por si...

—¿Por si qué? —dijo Gorski.

Ya por teléfono le había caído mal Virieu. Era un hombre que abría la boca sin haber pensado antes lo que quería decir. Había justificado su llamada con una retahíla de frases sin sentido a medio construir intercaladas con fatuos aforismos. «Como se dice en estos casos, la prudencia es la madre de la ciencia», le había soltado.

Incapaz. Era un hombrecillo incapaz, y conocerlo en persona no hizo sino confirmar esta impresión.

En lugar de responder a la pregunta de Gorski, Virieu bajó la voz y, mientras echaba una mirada furtiva al pasillo, lo invitó a pasar a la oficina.

—Aquí podemos conversar sin que nos molesten —dijo, como si fuera un miembro de la DST.[1]

1. Direction de la Surveillance du Territoire, el servicio de inteligencia de Francia. *(Nota del traductor al inglés.)*

Levantó la madera del mostrador y acompañó a Gorski al interior de su santuario.

Todo estaba aseado y en su sitio. Detrás del escritorio había estantes de cajas archivadoras, cada una claramente rotulada con su año correspondiente. Sobre la mesa había un ejemplar de *L'Alsace* abierto por la página del crucigrama, que estaba a medio rellenar. En una vitrina de cristal se hallaban expuestos varios trofeos pequeños.

—De mi carrera como ajedrecista —aclaró Virieu al ver que Gorski los miraba. Abrió con una llave la vitrina y le entregó uno. Lo proclamaba campeón del Alto Rin, a sus treinta años—. Todavía juego, desde luego, pero la cabeza... Bueno, la cabeza ya no es lo que era. De repente te encuentras asediado por los jóvenes. ¿Usted juega? Podríamos echar una partidita algún día...

Gorski negó con un gesto.

Un gato dormitaba en la silla de delante del escritorio. Virieu le hizo cosquillas detrás de una oreja y murmuró unos suaves arrullos antes de mandarlo al suelo.

—Nuestro empleado más antiguo —dijo con una risita.

Gorski forzó una sonrisa y ocupó el lugar del gato. La mampara de cristal proporcionaba una vista panorámica del vestíbulo. Virieu tomó asiento al otro lado del escritorio; luego se levantó de un brinco.

—¿Me hará el honor de compartir una copa conmigo, monsieur?

Del cajón de un archivador sacó una botella de aguardiente. Gorski le corrigió el tratamiento, pero no declinó el trago, que, de todos modos, Virieu ya había servido. Volvió a sentarse.

—A su salud, inspector jefe —dijo, enfatizando el cargo con tono obsequioso.

Apuró su bebida de un trago. Gorski hizo otro tanto. Virieu rellenó los vasos. Eran las nueve y media de la mañana.

—Como le decía, el negocio pasó a manos de mi esposa y mías después de que monsieur y madame Bertillon pasaran a mejor vida, aunque para entonces, *de facto,* ya lo llevábamos nosotros, más o menos. Es una pena, pero he de reconocer que mi suegro acabó familiarizándose demasiado con los bares del pueblo. —Innecesariamente, imitó el gesto de apurar una copa.

Gorski se acordó entonces de haber escuchado a su padre referirse de pasada a un conocido suyo que se llamaba Bertillon. Puede que hasta hubieran jugado juntos a las cartas.

—Resultó casi un alivio cuando, ejem... —prosiguió Virieu—, cuando falleció, y en ese momento...

Gorski hizo un gesto discreto con los dedos.

—Si no le importa, monsieur Virieu.

—Cómo no, disculpe. Un hombre de su posición, de tan alto rango, seguro que tiene asuntos mucho más apremiantes que atender. Asuntos de suma trascendencia municipal, quiero decir.

—Por lo que tengo entendido —dijo Gorski—, uno de sus huéspedes le genera cierta inquietud.

—Da la casualidad de que el caballero en cuestión es actualmente nuestro único huésped. Digo «nuestro» por la fuerza de la costumbre. Mi esposa falleció hace ya unos años.

—Y esta «inquietud» suya ¿en qué se basa? —preguntó Gorski.

—Se basa en el hecho de que lleva aquí cinco noches.

—¿Cómo dice?

—Y no parece que vaya a marcharse.

—Ni que fuera esto un hotel.

Virieu no captó la ironía.

—Nunca hemos tenido a nadie que se alojara tanto tiempo —prosiguió—. Me pareció una irregularidad, así que pensé que era mi obligación denunciarlo, que era mi deber como ciudadano. Ese tipo tiene algo. Me da que no es trigo limpio.

—¿Y en qué sentido no es trigo limpio? —preguntó Gorski con gesto cansado.

Tendría que haber puesto fin a aquello por teléfono. Ni se había cometido delito alguno ni existían sospechas de que se fuera a cometer uno. No tendría que estar atendiendo a la denuncia contra un individuo por un motivo tan vago como que «no era trigo limpio». Estaba por debajo de sus competencias. El inspector Ribéry, su predecesor, le habría dicho a Virieu sin ambages que no le hiciera perder el tiempo.

El hotelero pareció algo circunspecto. Se inclinó hacia delante y bajó la voz:

—Habla con acento. Y no parece que tenga un empleo remunerado. En una charla banal, le pregunté a qué se dedicaba, y él hizo un vago ademán con la mano y dijo: «A esto y aquello». O sea, si uno tiene una profesión legal, ¿por qué iba a ocultarlo?

A Gorski, lo del hombrecillo aquel empezaba a resultarle inaceptable.

—A lo mejor pensó que no era asunto suyo.

—¿Por qué iba nadie a quedarse tanto tiempo en Saint-Louis sin motivo?

Gorski ladeó la cabeza. Había que reconocer que en eso tenía razón.

—Déjeme ver su pasaporte —dijo.

—Me temo que ni siquiera sé cómo se llama. Desde que falleció mi esposa, no siempre me ocupo de la parte administrativa del negocio con la diligencia que debiera.

—Pues es usted muy confiado —dijo Gorski.

Virieu explicó que el huésped había pagado por adelantado tres noches al llegar, de modo que no hubo necesidad de pedirle el pasaporte ni de rellenar ningún formulario.

—Desde entonces ha ido pagando cada noche extra por la mañana, cuando sale del hotel.

Era raro, pensó Gorski, que ni siquiera conociera de vista a Virieu. En un pueblo de veinte mil habitantes resultaba fuera de lo común. Habría pasado por delante del Hôtel Bertillon centenares de veces y, aun así, jamás lo había visto entrar o salir del establecimiento. Era evidente que al tipo le gustaba darle a la botella, pero nunca se había cruzado con él en ninguno de los bares del pueblo. Dicho esto, también había que tener en cuenta que era uno de esos personajes mediocres que es fácil que a uno se le pasen por alto.

Movido por la curiosidad, le preguntó si vivía en el establecimiento.

—Tenemos… O sea, *tengo* un apartamento en la primera planta.

Gorski se imaginó a Virieu en aquellas lúgubres estancias, sorbiendo su aguardiente y moviendo piezas tristemente sobre un tablero de ajedrez.

—Entonces estará al tanto de las idas y venidas de sus huéspedes, ¿no es así?

—Yo no estoy aquí para fisgonear, inspector. —Pareció ofendido por la insinuación.

—Pero, aun así, dice que el caballero del que me habla le parece sospechoso, ¿sí? —Se permitió usar un tono más cortante.

Virieu bajó la vista.

—Disculpe. Ya veo que le he hecho perder el tiempo. El negocio está muy parado. Es culpa mía, quizá me he dejado llevar por la imaginación. Pero le aseguro que llamé con la mejor intención.

Gorski no pudo evitar sentir una pizca de pena por él. Desechó la disculpa con un gesto de la mano y preguntó si el huésped en cuestión ya había bajado a desayunar.

—En este momento no podemos ofrecer servicio de desayuno, por desgracia —respondió Virieu.

Gorski resopló aparatosamente y preguntó cuál era el número de la habitación. Virieu le indicó la ubicación del ascensor en el pasillo mal iluminado.

El hombre llenaba el hueco de la puerta de la habitación 203. No es que fuera alto —era de una estatura similar a la de Gorski—, pero sí tenía cierta presencia física. Rondaría los cuarenta y cinco años y su cabeza era alargada como la de un caballo, con facciones marcadas, aunque no ingratas. Llevaba el pelo corto, levemente encanecido en las sienes. Vestía pantalones marrón oscuro y una camisa color mostaza con el cuello abierto. La nariz se la había partido en algún momento, y Gorski se preguntó si habría sido boxeador. Tenía un cierto aire de boxeador o de carnicero.

Gorski bajó la vista y le miró las manos. Eran grandes y pesadas, con dedos gordos y nudillos prominentes. Las manos de Gorski, como las de su padre, eran pequeñas y delicadas. De adolescente, un verano que había estado trabajando en una granja, emprendió una seria campaña destinada a cubrírselas de heridas y arañazos, pero los efectos, si los hubo, fueron temporales.

Cuando era un policía novato, se avergonzaba de ellas. Aquellas no eran unas manos con las que zarandear delincuentes. Ribéry tenía que reprenderle con frecuencia para que se las sacara de los bolsillos. Más tarde, cuando empezó a mantener relaciones íntimas con su mujer, Céline, de la que ahora estaba separado, ella solía hacer comentarios sobre lo suaves que eran sus manos. Lo decía a modo de cumplido, pero a Gorski siempre le dio la impresión de que habría preferido estar en manos de un herrero o de un albañil.

—¿Sí? —dijo el hombre.

Gorski le mostró su identificación y se presentó.

El tipo frunció los labios, como si le impresionara o le resultara divertido recibir la visita de un alto cargo de la policía municipal.

—¿Qué se le ofrece?

Hablaba un francés correcto, pero, como había indicado Virieu, tenía un acento muy marcado. La aparición de Gorski parecía no haberle preocupado lo más mínimo. Aunque ¿por qué habría de hacerlo? Nada sugería que hubiese cometido falta alguna. Aun así, Gorski sabía por experiencia que a la mayoría de la gente le desconcierta recibir una visita de la policía. Hasta la persona más inocente se ofusca y trata de disimular su inquietud, bien con bromas inoportunas, bien con muestras de servilismo.

—¿Me permite pasar?

El hombre se hizo a un lado.

La habitación era pequeña. La cama de matrimonio y un armario anticuado ocupaban prácticamente todo el espacio. Junto al lecho había una mesilla de noche y, al otro lado, al pie de la ventana, una silla de la que colgaba una chaqueta a juego con los pantalones que el hombre llevaba puestos. Con el pretexto de asomarse a la ventana, Gorski rodeó la cama, pero lo único que quería era dejar una distancia cómoda entre él y el ocupante de la habitación. La ventana daba a Rue Henner. Una anciana con un perro salchicha pasó por la acera de enfrente. Estaba empezando a llover. Unos gruesos goterones golpearon el cristal. La mujer se detuvo un instante para abrir un paraguas mientras el perro aguardaba pacientemente a sus pies.

Además de la chaqueta del respaldo de la silla, poco había que indicase que la habitación estaba ocupada. No se veían libros ni periódicos y, aparte de un vaso de agua y un reloj de pulsera de aspecto razonablemente caro, la mesilla estaba vacía.

El hombre observaba a Gorski impasible. Le hizo sentir estúpido, como si se hubieran vuelto las tornas y fuese él, y no el huésped, el que se encontrara bajo escrutinio. Nunca debería haber accedido a la petición del hotelero.

—Es un asunto rutinario, ¿monsieur…? —empezó.

La elevación del tono pretendía invitar al huésped a que le proporcionase su nombre voluntariamente, pero este no lo hizo. Daba la impresión de que le resultaba cómico aquel policía de pueblo.

—Es mi deber comunicarle que, si tiene intención de permanecer en el municipio más de diez días, está obligado a facilitar la dirección de su residencia habitual en comisaría.

Gorski ni siquiera estaba seguro de que eso fuera verdad. Tenía la vaga sensación de que existía una normativa de esa clase, pero nunca había encontrado motivo alguno para aplicarla, ya fuera porque nadie se había quedado en Saint-Louis el tiempo suficiente o porque, aun quedándose, no habían hecho nada para llamar la atención de las autoridades.

El hombre resopló levemente por la nariz.

—Pues debe de ser este un pueblo muy respetuoso de la ley, cuando el jefe de policía no tiene nada más urgente que hacer.

—Estaba de paso —dijo Gorski, que se reprendió al instante por sentirse obligado a explicar sus actos—. ¿Me permite ver su pasaporte?

El hombre lo miró como sopesando si acceder o no. La pausa fue lo bastante larga como para que Gorski se preguntara qué iba a hacer si el tipo se negaba. Al final, el hombre le pidió que le pasara la chaqueta que colgaba de la silla al pie de la ventana. Sacó el pasaporte del bolsillo interior.

—Como en los viejos tiempos —dijo mientras se lo tendía—. *Papiere, bitte!*

El pasaporte era de la República Federal de Yugoslavia. El nombre del tipo era largo y complicado. Gorski se lo quedó mirando unos momentos mientras trataba de memorizarlo. Si a continuación procedió a pasar muy despacio las páginas del documento, fue por el paripé, para darle al eslavo la impresión de que estaba sumido en alguna suerte de procedimiento oficial. Entonces lo cerró de golpe con ademán experto y lo devolvió sin hacer ningún comentario.

El hombre no preguntó si estaba todo en orden. Quienes no acostumbran a tratar con los poderes fácticos siempre sucumben al impulso de demostrar que no son problemáticos. Si han incumplido alguna normativa, se desviven por reivindicar que fue sin querer. Pero aquel tipo no hizo nada por el estilo. Mostraba una tranquilidad absoluta.

—¿Me permite preguntarle por el propósito de su visita a Saint-Louis? —Gorski sentía la necesidad de recuperar la iniciativa como fuera.

—¿Tiene que haber un propósito?

—¿Acaso no tiene todo un propósito? —dijo Gorski.

—¿Lo dice en el sentido teológico?

El giro de la conversación incomodó a Gorski.

—Solo digo que alguna razón tendrá para estar aquí. Algún asunto que atender.

El hombre se encogió de hombros.

—¿Y si prefiero no decirlo? —Hizo una breve pausa antes de proseguir—. Seguro que se toma mal esta respuesta. Pensará que, si mi presencia en su pueblo fuese inofensiva, estaría encantado de contarle lo que hago aquí. No obstante, también cabe la posibilidad de que piense que, de estar aquí con algún propósito ilícito, respondería sin rechistar a su pregunta, para dar la apariencia de que no tengo nada que ocultar. Pero, si escojo no contestar, es simplemente porque no creo que tenga usted derecho a preguntarme. Se supone que Francia es un país libre, ¿no? *Liberté, égalité, fraternité,* etcétera.

Gorski no tenía respuesta. Desplazó un poco los pies sobre el suelo.

—Es como usted dice —contestó—. No está obligado. Aun así, le recuerdo que, si decide prolongar su estancia, tendrá que registrar su presencia en comisaría.

—Se diría que mi presencia ya ha sido registrada —dijo el hombre. Recogió su reloj de la mesilla de noche y se lo abrochó a la muñeca con mucha calma.

Gorski le deseó buenos días.

El hombre se puso la chaqueta que Gorski le había pasado hacía unos instantes. Le quedaba un poco justa de hombros, como si la hubiese tomado prestada de alguien más menudo.

—Yo también me marchaba —dijo.

Abrió la puerta del armario y descolgó una gabardina clara de una percha. El estante de encima lo ocupaba una maleta perfectamente encajada.

Gorski recorrió el pasillo. Las paredes estaban pintadas de color verde claro. El hombre lo seguía casi hombro con hombro, cosa que lo hacía sentir como si estuviesen escoltándolo a la salida. Notaba la alfombra pegajosa bajo sus pies. Como no quería bajar embutido en el diminuto ascensor, siguió la señalización hasta las escaleras.

Cuando Gorski llegó al vestíbulo, Virieu levantó la vista desde detrás del mostrador.

—¿Y bien? —dijo, antes de avistar al huésped detrás de él.

Gorski no sabía qué decir. No quería que el eslavo pensara que había hecho aquella visita a petición de Virieu. La conversación ya había sido lo suficientemente incómoda como para encima llevarle a pensar que el jefe de policía estaba a la entera disposición del entrometido propietario de un hotel de tercera clase.

Sin variar el paso, se limitó a contestar:

—Todo en orden, monsieur.

Una vez en la acera, Gorski se detuvo a encenderse un cigarrillo, dando por hecho que el hombre se alejaría caminando, pero no fue así. Al contrario de lo que pensaba, él también hizo un alto, se diría que esperando a ver qué dirección tomaba Gorski. Dentro, Virieu estiró el cuello por encima del mostrador y observó sin disimulo alguno lo que sucedía en el exterior. Gorski pensó que debía de parecer que estaba confabulado con el yugoslavo.

Sin mediar palabra, emprendió la marcha. El eslavo hizo otro tanto, colocándose a su lado. Caminaron el uno junto al otro por la estrecha acera de Rue Henner antes de tomar Rue de Mulhouse. El eslavo no trató de entablar conversación. Pasados unos minutos, Gorski no pudo contenerse y señaló uno de los edificios con la fachada de entramado de madera, tan típicos de la región. No fue por orgullo cívico, sino solamente para romper el silencio. El eslavo, muy obediente, miró en la dirección del anodino edificio y asintió con la cabeza.

Al aproximarse a la comisaría, Gorski se detuvo al pie de los escalones.

—Bueno —dijo—, tal vez le vea dentro de unos días. Hasta entonces disfrute de su estancia en Saint-Louis.

De ninguna manera quería que el hombre pensase que no era bienvenido en el pueblo, pero tampoco estaba de más hacerle saber que las autoridades no le quitarían el ojo de encima.

El otro, en lugar de marcharse, se quedó mirando a Gorski mientras subía los peldaños y desaparecía en el interior.

Schmitt ocupaba su puesto de costumbre en el mostrador. Alzó la cabeza, pero, al ver que se trataba de Gorski, volvió a bajar la vista al periódico. Desde la pequeña sala de espera, Gorski miró hacia atrás por el panel de cristal de la puerta. El eslavo merodeaba por la acera. Fue entonces él quien sacó un cigarrillo y lo encendió. No existía razón aparente para que siguiese allí.

Gorski se escondió detrás del marco de la puerta. Schmitt levantó la vista por segunda vez.

—¿Te has perdido? —preguntó.

Le sacaba de sus casillas que Schmitt lo tratase de tú. Era una provocación, pero nunca había tenido el valor de abordar el asunto cara a cara. Lo más seguro era que Schmitt se lo tomase a broma, y Gorski solo conseguiría quedar como un tiquismiquis. De todas maneras, Schmitt se creía rey y señor del área de recepción y, como tal, ejercía su derecho a desafiar a todo aquel que se demorase en su feudo.

Sin hacer caso a su pregunta, Gorski asomó la cabeza un milímetro. El eslavo seguía allí. Gorski se batió en retirada a su despacho, situado en la primera planta. Tomó asiento detrás del escritorio y se encendió otro cigarrillo. El incidente le había hecho sentirse estúpido. Se había comportado como un imbécil y, ahora, en su despacho, tenía la impresión de hallarse bajo asedio, como si el eslavo vigilara sus pasos. Así pues, para demostrar que no le intimidaba, se levantó y comenzó a pasearse por la habitación. Hizo un alto junto a la ventana, que daba al aparcamiento de la parte de atrás del edificio. Casi esperaba encontrarse allí al eslavo mirando hacia su ventana. Pero no había nadie, claro está.

Llamó a Roland. Los veteranos de la comisaría apodaban a aquel joven agente «el Potro», debido a su cara alargada y sus piernas flacas y enclenques. Si, de vez en cuando, Gorski lo escogía a él para realizar según qué tareas, no era porque Roland tuviese una aptitud o un talento especiales, sino porque era el único de toda la plantilla que parecía guardarle un mínimo respeto. Era joven y tenía muchas ganas de ascender. Se plantó ante él, como de costumbre, con las manos a la espalda, como si siguiera en el servicio militar. Gorski le dio instrucciones para que abandonara el edificio por la entrada principal y fuera andando hasta el *tabac* de Place de l'Europe, comprase una cajetilla de tabaco y regresase por el mismo camino. Quería saber si había un hombre merodeando fuera del edificio.

Roland sacó su libreta y anotó la descripción que le ofreció Gorski.

—¿Qué cigarrillos compro? —preguntó.

—Da lo mismo —dijo Gorski—. Solo son una excusa.

—Sí, ya —dijo Roland—, pero aun así.

Gorski se dio cuenta de que nunca había visto fumar a Roland. Hurgó en el bolsillo y le entregó un billete.

—Gitanes —dijo—. Compra dos cajetillas.

—Dos cajetillas de Gitanes —repitió muy serio el joven.

Enseguida estuvo de vuelta con una detallada crónica de su misión. No había visto a nadie cuya descripción correspondiera con la que Gorski le había facilitado, pero depositó las dos cajetillas de Gitanes sobre el escritorio, junto con el cambio. Gorski le dijo que podía marcharse. Una vez solo, negó con la cabeza. Había sido ridículo pensar que el eslavo le vigilaba. Pese a ello, cuando salió para almorzar, lo hizo por la puerta trasera.

2

Algo después esa misma tarde, cuando Gorski se marchaba de la comisaría, Schmitt estaba discutiendo con un hombre que llevaba un perro extraviado. «Esto no es una perrera», le explicaba el sargento con tono exasperado. El chucho olisqueó los bajos de los pantalones de Gorski, lo que provocó que este se enredase con la fina cuerda amarilla que el perro llevaba atada al cuello. Ninguno de los otros dos se dignó siquiera a mirarle mientras se liberaba.

Rue Saint-Jean se encontraba en una zona más o menos buena de Saint-Louis, un área que no estaba compuesta ni por los achaparrados bloques de apartamentos de posguerra que rodeaban la estación de tren ni por las amplias mansiones que la gente acomodada tenía a las afueras del pueblo. Era la clase de barrio al que rara vez acudía Gorski por razones profesionales. Los pobres, por lo general, se limitan a robar y a agredirse entre sí. Están igual de acostumbrados al ruido de las sirenas que a las discusiones a grito pelado al otro lado de los finos tabiques de sus pisos. Las clases altas, por su parte, no tienen reparo en solicitar la presencia de la policía por cualquier nimiedad. Para ellos, un agente no es sino un sirviente más, siempre a su disposición cual mayordomo o doncella.

La pequeña burguesía, sin embargo, considera todo contacto con la policía como algo vergonzoso que ha de evitarse a toda costa. Al responder al aviso de algún incidente en una calle del estilo de Rue Saint-Jean, no había ocasión en la que los afectados no rogaran a Gorski que no aparcase el coche delante de su domicilio. Cuando los residentes de estos barrios son víctimas de algún delito, lo habitual es que se crean responsables de su infortunio. De haber asegurado bien puertas y ventanas, el incidente no habría tenido lugar. No se puede culpar a un ladrón pasajero por aprovechar semejante negligencia. Esta inclinación explicaba la obsesión de estas personas por los dispositivos de seguridad doméstica. La instalación de este tipo de alarmas no era tanto para frenar al delincuente como para mitigar la culpa que sentían sus víctimas. Como bien sabía Gorski, ningún ladrón que se preciara de serlo iba a dejarse arredrar por un rudimentario artilugio que un comercial se dedicaba a vender de puerta en puerta, eso estaba claro. De hecho, burlar esos sistemas apelaba a su orgullo profesional y, lo que es más, los alertaba de que tal vez hubiera algo merecedor de ser robado en el interior, lo que no solía ser el caso.

El número 26 de Rue Saint-Jean era una casa pareada muy corriente que en poco se diferenciaba de sus vecinas. La carpintería de madera pintada de blanco. El césped bien segado. Las ventanas cubiertas de finos visillos para disuadir a las miradas indiscretas. En estas calles, los vecinos suelen abarrotar sus parcelas de graciosos ornamentos de jardín, plantan hierba de la pampa o ejercitan su talento para la poda artística de setos, todo ello en un esfuerzo por resaltar su individualidad. No hay que pasarse de original, pero al mismo tiempo se considera sospechosa la menor búsqueda de anonimato. El número 26 destacaba solo por la ausencia de elementos decorativos u ornamentales. Claramente, sus ocupantes preferían proteger su intimidad.

Gorski ya había visitado el domicilio en otra ocasión. El incidente le había parecido entonces de tan poca trascendencia que ni se había molestado en escribir un informe. Pero ahora, mientras recorría el camino de entrada por segunda vez, lamentaba no haberlo hecho. ¿No se elaboraban los informes precisamente con ese fin? Para crear un registro que pueda consultarse en el futuro. Para dejar constancia de que uno ha estado presente. Y, sobre todo, para protegerse contra el olvido.

La anciana que vivía allí había denunciado la desaparición de unas herramientas de jardín. Tras una búsqueda rudimentaria, las localizaron en el cobertizo. No se había cometido delito alguno, pero esa no era la cuestión. Algún detalle en el que Gorski pudiera haber reparado entonces se había perdido para siempre. No es posible saber qué aparente trivialidad puede tornarse relevante más tarde. Hasta le habría costado responder si le hubiesen preguntado por la fecha en que se produjo el incidente. Seguro que ya había pasado un año, aunque quizá fueran dos. Sin un registro del suceso, no tenía forma de saberlo. Era un recuerdo que flotaba libremente en la nada, sin una sola conexión que lo anclase a un momento en el tiempo.

Ribéry desdeñaba la costumbre de tomar notas y redactar informes. «Si es importante, te acordarás», solía decir, mientras se golpeaba en la sien con un dedo torcido. Aun así, Gorski estaba molesto. Había cometido el error de no seguir su propio credo, a saber, que la intuición no tiene cabida en el trabajo policial. Un agente de la ley no debía dejarse llevar por su criterio, sino atenerse a una serie de protocolos que habían ido evolucionando precisamente para eliminar los errores humanos. Había actuado con negligencia.

El sonido del timbre lo transportó en el tiempo a su anterior visita. Era estridente como el de un colegio o una cárcel y, en aquella primera ocasión, le habían seguido los agudos ladridos de un perrito, un detalle que Gorski no había recordado hasta ahora. Hoy reinaba el silencio dentro de la casa; era como si esta contuviera la respiración.

Llamó al timbre por segunda vez. Al cabo de un par de minutos, algo se movió en el interior y se pudo distinguir una oscura silueta al otro lado del panel de cristal esmerilado de la puerta. La abrió un hombre de unos cuarenta años. Su pelo oscuro estaba bien cortado y peinado con raya. Vestía camisa blanca, pantalones negros de pinzas y mocasines. Gorski sentía una profunda aversión hacia los mocasines y, por motivos que nunca se había parado a analizar, tenía la impresión de que las personas que los usaban no eran de fiar. El hombre no abrió del todo, sino que se asomó por un resquicio, de manera que solo la mitad de su cara resultaba visible.

—¿Qué pasa? —dijo a modo de saludo.

Gorski le dio los buenos días con tono mordaz y le mostró la identificación.

La puerta siguió abierta una rendija.

—¿Qué desea?

—Hemos recibido una llamada desde esta dirección. De una tal madame Duymann.

—Ah —dijo el hombre.

—¿Y usted es?

—Robert Duymann. Su hijo.

Pronunció esas últimas palabras con la resignación de quien se sabe un fracasado por seguir viviendo con su madre a su edad. Duymann abrió la puerta lo justo para dejar a la vista la otra mitad de su cara, que no ocultaba ninguna sorpresa. Ni cicatrices ni marcas de nacimiento. Pero seguía sin invitar a Gorski a pasar al interior.

—Lamento que haya perdido el tiempo, inspector. Me temo que mamá no está muy bien de la chaveta.

Dibujó con el dedo índice unos círculos a la altura de la sien para enfatizar sus palabras.

—Aun así —dijo Gorski.

—Aun así ¿qué?

—Me gustaría hablar con ella. —Dio un paso hacia el umbral.

—No me parece buena idea —dijo Duymann.

Gorski le hizo saber de manera tajante que le traía sin cuidado si le parecía buena o mala idea.

Pareció que Duymann se daba cuenta de que aquella leve confrontación solo podía acabar de una manera. Se encogió de hombros y se apartó de la puerta para dejar pasar a Gorski.

—No le va a sacar dos palabras en claro.

Los dos hombres estaban demasiado pegados el uno al otro en el estrecho recibidor. Duymann se tapó la boca con la cuenca de la mano y exhaló en el hueco. Aparentemente satisfecho de que no le olía el aliento, se restregó la mano en la pernera del pantalón con disimulo.

Gorski lo observaba con calma. La turbación del hombre había picado su curiosidad y no le pareció que fuera necesario aliviarla entablando conversación. Es en momentos así cuando los individuos se muestran tal y como son. Todos somos mentirosos consumados. Rara es la persona que no es capaz de improvisar una mentirijilla o de esquivar una pregunta incómoda, pero siempre hay señales que la delatan: la mano que cubre la boca de manera inconsciente, los ojos que evitan el contacto visual, el ofrecimiento arbitrario de bebidas. El silencio nos desnuda, de ahí que las personas bajo coacción suelan escudarse tras un muro de embrollada charlatanería. El silencio era el arma más potente que Gorski guardaba en su arsenal. Todos salvo los delincuentes más curtidos se venían abajo al enfrentar una pausa en la conversación.

Aquello no era un interrogatorio, pero lo que había comenzado de manera inocua ya empezaba a cobrar un tinte más intrigante. La conclusión más obvia que se podía deducir del gesto de Duymann era que el tipo era un borrachín al que le avergonzaba que lo hubiesen sorprendido bebiendo apenas pasadas las tres de la tarde. Pero el hecho de que no le apestase el aliento hacía mucho más llamativo el ademán. He aquí un hombre que, incluso sin haber cometido una falta, actuaba como si fuese culpable de algo.

En la planta de arriba, Gorski descubrió que el dormitorio de madame Duymann en nada se parecía al de su madre. La alcoba de madame Gorski parecía una reliquia de otro tiempo. Tenía el tamaño justo para la cama de latón y el gigantesco armario en el que, veinte años después de su muerte, seguía colgada la ropa del padre de Gorski. El papel de la pared, con su agobiante estampado, no se había cambiado en cuarenta años y estaba descolorido por décadas de humo de tabaco. El poyete de la ventana y la estantería sobre la cama estaban abarrotados de adornos de nulo valor estético o económico. En otro tiempo, a estas baratijas se les pasaba el polvo con diligencia, pero ahora cada una de ellas presentaba un manto de células humanas muertas. Si Gorski no se había hecho cargo de la limpieza de estos chismes era porque su madre se lo habría tomado como una especie de amonestación; un reconocimiento de que había dejado de tener la voluntad o la propensión a realizar aquella clase de tareas.

De niño, a Gorski nunca le habían prohibido de manera explícita entrar en el dormitorio de sus padres, pero él mismo decidía no hacerlo. Sabía de manera instintiva que aquel era un lugar donde sucedían cosas de las que no se hablaba —en ocasiones oía ruidos ahogados a través de la pared—, y cuando lo enviaban a recoger algún objeto de la mesilla de noche, lo hacía con la desazón de un intruso y nunca se demoraba más tiempo del estrictamente necesario. El dormitorio tenía un agrio olor metálico que le impregnaba la nariz y que, hasta este día, asociaba con determinados actos. Ahora que pasaba más rato en la habitación de su madre, no lo notaba tanto. Sin duda se había vuelto inmune a él.

La habitación de madame Duymann no olía a nada parecido. El espacio era luminoso y aireado, pero eso no mitigó el reparo que le producía entrar en la alcoba de una anciana. Una enorme ventana daba al jardín del cobertizo donde Gorski había hallado en su día las herramientas desaparecidas. El estampado del papel que cubría las paredes era de flores en distintos tonos de lila, una gama de color de la que se hacían eco la colcha y demás tejidos que decoraban la estancia. Al pie de la ventana había un tocador Luis XIV de imitación, con polvos para la cara y otros cosméticos. En la mesilla de noche se podía ver una colección de medicamentos en frascos de color marrón, el único punto en común con el dormitorio de su madre.

Madame Duymann estaba recostada contra varias almohadas con fundas bordadas. Tenía la mirada despierta, pero la piel de la cara y del cuello se había vuelto flácida y le colgaba como la de un polluelo recién nacido. En el escote de su camisón, las clavículas sobresalían como huesos de la suerte.

—Es muy amable por su parte venir a visitarme, inspector Gorski —dijo—. ¡Qué agradable sorpresa!

Gorski le recordó con mucho tacto que era ella quien había telefoneado a la comisaría hacía apenas una hora. El hecho de que recordase su nombre, no obstante, sugería que no estaba tan ida como había insinuado su hijo.

—Sí —dijo—, pero no esperaba que acudiese usted tan rápido.

—Dada su sospecha, no podía hacer otra cosa.

Madame Duymann había denunciado que su hijo la iba a asesinar.

—Oh, no es una sospecha, inspector. Justo esta mañana ha dicho que iba a sacar la pala del cobertizo y me iba a romper la crisma como si fuera una cáscara de huevo.

Asintió de manera tajante con la cabeza, como para respaldar la veracidad de su afirmación.

Gorski no pudo evitar mirar al suelo, más o menos a la altura donde Robert Duymann debía de estar paseándose de un lado para otro en la planta de abajo. Había algo en la precisión de la frase que la anciana había utilizado que hacía que sonase veraz.

—¿Y por qué querría asesinarla su hijo? —preguntó con delicadeza.

—Siempre me ha odiado. Está intentando envenenarme. Insiste en preparar todas mis comidas, pero yo no las pruebo.

Justo en ese momento, la anciana bajó la mirada y se dio cuenta de que llevaba el camisón desabrochado. Se recogió la tela en torno al cuello con la mano izquierda y miró a Gorski con cara de colegiala traviesa.

—Pensará que pretendo flirtear con usted, inspector —dijo.

Luego le pidió que le pasara un chal de lana que descansaba sobre el taburete del tocador.

—Ya ha matado a Bibiche —dijo, mientras se ajustaba modestamente la prenda sobre los hombros.

Gorski se acordó entonces de que Bibiche era el nombre del perrito de los ladridos agudos.

—Entiendo —dijo él.

—La mató a patadas.

Gorski observó a la anciana. En la habitación hacía un calor agobiante. Se sentó en el borde de la cama.

—¿Qué piensa hacer al respecto, inspector?

—Hablaré con él —dijo.

—¿No lo puede arrestar? Tengo miedo. —Madame Duymann le tendió las manos en un ademán de desesperación, y Gorski las tomó entre las suyas. Ella se las agarró con una fuerza asombrosa.

Él le explicó que no podía detener a su hijo sin pruebas.

—Pero le acabo de contar lo que me ha dicho.

—Aun así, me temo que…

—Entonces, ¿qué? ¿Va a sentarse a esperar a que me asesine?

Gorski negó con la cabeza. No tenía la menor duda de que madame Duymann estaba convencida de lo que decía.

—Ni mucho menos —respondió—. Le prometo que estará usted a salvo.

Liberó sus manos de las de ella no sin cierto esfuerzo.

Robert Duymann esperaba en el vestíbulo, al pie de las escaleras.

—Supongo que le ha contado que estoy planeando asesinarla.

—Sí —contestó Gorski.

—Le ruego que la disculpe. Está totalmente gagá.

—Dice que la ha amenazado usted con romperle la cabeza con una pala.

Duymann reaccionó con un leve ronquido nasal.

—Bueno, todos decimos cosas sin hablar en serio de vez en cuando.

Gorski se lo quedó mirando. No podía imaginarse diciéndole algo así a su propia madre.

—Dice que mató a su perro.

Otro ronquido.

—Hubo que sacrificar al chucho. Tenía cáncer. Se cagaba por toda la casa.

Gorski asintió con la cabeza. La explicación era perfectamente creíble.

—No obstante, volveré a pasarme dentro de un par de días. Solo para cerciorarme de que va todo bien.

No tenía intención de hacerlo, pero le había cogido tirria a Duymann y tampoco pasaba nada por ponerle sobre aviso.

Nada más se hubo cerrado la puerta del domicilio de Rue Saint-Jean, Gorski se encendió un cigarrillo. Se quedó parado unos instantes en la acera, contemplando el cuadrante de hierba del jardín delantero. Sintió curiosidad por saber si madame Duymann contrataba a alguien para que lo segara o si era su hijo quien se encargaba de esta tarea. Dio la espalda a la casa y miró a ambos lados de la calle. Si no se marchó de inmediato, no fue por un momentáneo ensimismamiento, sino más bien por su deseo de inquietar a Duymann. Estaba convencido de que lo espiaba desde detrás de los visillos. ¿Por qué no se marchaba el policía?, se estaría preguntando. Quizá creyera que Gorski iba a dejar la casa bajo vigilancia. Se acabó el cigarrillo y dejó caer la colilla por la ranura de una alcantarilla. Se dio la vuelta y echó un último vistazo a la casa, como si memorizara los detalles, antes de alejarse muy despacio.

Como le pillaba de camino, Gorski hizo una parada en Le Pot y ocupó el que se había convertido en su sitio de costumbre. Ya no le hacía falta pedir, ni siquiera ejecutar su escueto ademán haciendo ver que tiraba *une pression.* Yves le trajo su cerveza y, sin mediar palabra, la depositó sobre la mesa oblonga de formica que, como las otras cuatro, estaba atornillada al suelo frente al banco corrido. No era esta una medida antirrobo, sino que tenía como objeto impedir que los borrachos las volcaran al levantarse del asiento dando tumbos. Le Pot era un establecimiento donde no se juzgaba a quienes decidían beber hasta perder el conocimiento. Al contrario, se tomaban medidas para atenuar las más que probables consecuencias de tal comportamiento. A Gorski le daba tranquilidad. Ni siquiera los parroquianos que probaban a entablar conversación con Yves recibían trato de favor. Aquí ni se dejaban propinas ni invitaba la casa a ninguna ronda. En Le Pot todos eran iguales. Si los comunistas tomaran algún día el poder, todos los bares serían como Le Pot.

Gorski tomó un buen sorbo de cerveza. No hacía falta apresurarse de regreso a la comisaría. Allí no le aguardaba ningún asunto urgente. La visita a la casa de Rue Saint-Jean le había provocado cierto desasosiego. Se daba cuenta de que, sin querer, había desestimado las sospechas de madame Duymann. Pero, al hacerlo, ¿no era culpable de dejarse llevar por los prejuicios? ¿De conceder al testimonio de una anciana postrada en la cama menos credibilidad que al de una persona más joven y vigorosa? Si una joven de uno de los edificios del barrio de la estación de ferrocarril hubiese formulado una acusación contra su marido, asegurando que este amenazaba con deshacerse de ella, él habría estado descuidando sus funciones si se hubiese limitado a encogerse de hombros y marcharse. Y eso era precisamente lo que acababa de hacer. Había permitido que sus prejuicios dictaran su forma de actuar. Pero ¿y si se equivocaba y, en el transcurso de los días, semanas o meses inmediatamente posteriores, Robert Duymann mataba a su madre y llegaba a oídos de la gente que el jefe de policía había visitado el hogar de la víctima y había decidido no tomar medidas preventivas?

Luego estaba la extraña conducta del hijo, aunque de ahí tampoco podía sacar demasiadas conclusiones. Hasta el individuo más inocente del mundo puede comportarse de manera sospechosa en presencia de un policía. Ser torpe no era un delito. Gorski se vio obligado a reconocer sus prejuicios otra vez. ¿Acaso no le había caído mal el tipo aquel desde el principio? Y solo porque había cometido la terrible falta de llevar mocasines. Pero, aun así, había algo incongruente en aquellos zapatos. Eran demasiado elegantes, demasiado *formales,* para llevarlos por casa, y Duymann no tenía aspecto de que acabase de volver de la calle. Tampoco había dado señal alguna de que fuera a salir. *Esquivo,* ese era el primer calificativo que le había adjudicado a Duymann, y no conseguía quitárselo de la cabeza. Independientemente de lo cuestionables que fueran los motivos de su animadversión hacia Duymann, Gorski era consciente de que, al responder a la llamada, estaba obligado a llevar a cabo un seguimiento: a hacer algo.

Se había acabado la cerveza y levantó la vista para interceptar la mirada de Yves. No hizo falta, porque el dueño ya había reparado en que tenía el vaso vacío y estaba tirando otra cerveza. A Gorski le preocupó que Yves diera por hecho que iba a tomarse una segunda, pero tampoco podía culparle. No podía afirmarlo con certeza, pero dudaba bastante de que alguna vez se hubiera marchado de Le Pot después de la primera. Al menos no en los últimos meses. Pese a ello, le fastidiaba que dieran por descontado que iba a tomarse una segunda. Se marcharía después de esa cerveza. O, mejor aún, descolocaría a Yves pidiendo algo fuera de lo acostumbrado: un aguardiente o un vaso de aquella sidra natural de la que le proveía un granjero de la zona.

La cerveza llegó a la mesa y fue acogida con un leve cabeceo de agradecimiento.

El corpulento barbero, Lemerre, entró en el local. Echó un vistazo a su alrededor, pero no saludó a Gorski. Si un caso notable llegaba a ser tan sonado como para abrirse hueco en las páginas de *L'Alsace,* Lemerre no dudaba en endiñarle sus teorías, pero fuera de eso ni siquiera se molestaba en hacerle alguna pregunta de cortesía. De modo que dio parsimoniosa cuenta del vaso de vino que encontró servido en la barra, mientras meneaba la cabeza y murmuraba para sí con cara de fastidio. Evidentemente, estaba intentando incitar al dueño a preguntarle qué le pasaba, pero Yves se negó a morder el anzuelo. Lemerre siempre andaba cabreado, y su conversación versaba únicamente sobre las fuentes de agravio del día en cuestión.

Cuando ya llevaba bebidas dos terceras partes de su segunda cerveza, Gorski se hurgó el bolsillo en busca de cambio y montó una ordenada pila de monedas sobre la mesa. Como es natural, conocía el precio exacto de una cerveza en casi todos los establecimientos del pueblo. Redondeó hasta un número de francos sin decimales, una forma adecuada de reconocer el servicio de Yves, pero no tan exagerada como para que resultara ostentosa. Este gesto anticipado buscaba comunicar que no deseaba beber otra. De haberle procurado Yves una tercera cerveza antes de que él hubiese dispuesto su pequeño montoncito de monedas, Gorski la habría aceptado. No es que no le apeteciera otra. Se habría quedado allí tan feliz hasta la hora del cierre, pero deseaba ejercer cierto control sobre la situación, o al menos hacer ver que lo ejercía. En cualquier caso, después de salir de Le Pot, pasaría por delante del Café de la Gare, y era un consuelo saber que siempre tenía esa opción para tomar una más si de repente le apetecía.

Encendió un cigarrillo, le dio una larga calada y se quedó mirando cómo el humo ascendía en espiral hacia la ventana rectangular situada en lo alto de la pared que daba a la calle. Fuera, el cielo empezaba a oscurecer. Gorski se percató con cierto alivio. No le gustaba que lo vieran salir de Le Pot mientras aún brillaba el sol. En cualquier caso, era demasiado tarde para molestarse en volver a la comisaría. Compraría un par de chuletas en la carnicería de Rue de Mulhouse antes de retirarse al apartamento de Rue des Trois Rois.

El único otro cliente del bar, un antiguo maestro que había dimitido a raíz de una denuncia de acoso sexual, se levantó y, al salir, se despidió de Gorski inclinando la cabeza de manera casi imperceptible. Yves salió diligente de detrás de la barra para recoger su vaso y pasar un trapo por la mesa. De regreso, arrastró la pila de monedas de Gorski hasta la cuenca de su mano y preguntó:

—¿Seguro que no quiere otra?

Gorski lo miró. Por mor de su propia respetabilidad, consultó su reloj y, tras considerarlo unos instantes, respondió:

—¿Por qué no? Una más no me hará ningún daño.

Yves asintió con la cabeza, como si hubiera sabido desde el principio que Gorski acabaría capitulando. El policía no pudo evitar pensar que había perdido una pequeña batalla de voluntades. Yves esperó a que Gorski acabase la cerveza que se estaba tomando antes de traerle la nueva. No hacerlo así habría resultado indecoroso, incluso en Le Pot.

3

Gorski dio un rodeo para pasar por delante del Hôtel Bertillon. Quería que el eslavo supiera que no le quitaba ojo, que estaba en su territorio. Fue un gesto inútil, claro, porque del huésped no había ni rastro. En el vestíbulo tan solo se percibía una luz muy tenue. Hasta entonces, el establecimiento apenas había llamado la atención de Gorski. Incluso a un policía —cuyo oficio consiste en fijarse en las cosas— le puede costar lo suyo describir las calles que transita a diario. Ya se frecuenten los grandes bulevares de París o las travesías principales de una ciudad de provincias, la mayoría lo hacemos ensimismados en las insignificantes preocupaciones de nuestra vida y rara vez levantamos la vista del pavimento.

A Gorski, de todos modos, no le gustaban los hoteles, y eran contadas las ocasiones en las que tenía la oportunidad de alojarse en uno. Cuanto más solícito se mostraba el personal, más incómodo se sentía él. No le producía placer alguno que otro hombre le llevase la maleta. Aunque tampoco es que el Bertillon fuera un establecimiento que ofreciera semejantes servicios. Estaba allí para proporcionar cobijo nocturno a los viajantes, o para brindar espacio para un *cinq à sept* a parejas demasiado fogosas como para preocuparse por lo cutre del entorno.

El primer año de casados, Gorski y su mujer habían ido a Niza de vacaciones. Cuando Céline propuso que se tomaran unos días, él descartó la idea: era impensable, teniendo en cuenta su modesto salario. Pero ella se había reído de sus objeciones:

—Ay, eso ya lo sé, bobo —dijo—. Papá se encargará de todo.

«Papá» era Jean-Marie Keller, por entonces teniente de alcalde del pueblo.

Gorski farfulló su disconformidad con el plan, pero Céline fingió no oírle.

—No querrás que me pase el verano encerrada y muerta de aburrimiento en la vieja Saint-Louis, ¿verdad?

Finalmente, Céline pasó el mes de agosto en un hotel, Le Negresco, en el Paseo de los Ingleses. Gorski se reunió con ella la segunda quincena y descubrió que ya había hecho pandilla con algunos huéspedes. Su rutina consistía en tenis por la mañana, almuerzo ligero, sesión de bronceado y baño en la playa después de comer y antes del *apéro* en la terraza del hotel. Por las noches cenaban con otras parejas que se alojaban en el mismo establecimiento. La lengua franca de Le Negresco era el inglés, y Gorski se veía obligado a reírse de chanzas que no entendía. Cada vez que respondía a alguna pregunta sobre su profesión, Céline se aprestaba a aclarar que su actual empleo era solo temporal y que su marido aspiraba a dedicarse a la abogacía o la política. A pesar de ello, se bromeaba con frecuencia sobre la posibilidad de que se produjera un asesinato en el hotel y que Gorski asumiera el rol de Hercule Poirot o del inspector Maigret. En esas ocasiones, Gorski se sentía en la obligación de aclarar que, aunque sucediera algo así, el crimen caería bajo la jurisdicción de la policía local, pero todos ignoraban alegremente sus puntualizaciones. No era un tipo divertido.

Gorski no estaba acostumbrado a las vacaciones. Aparte de los domingos y de los festivos, su padre jamás se tomaba un día libre. No había familiares a los que visitar, y pasar quince días en una hospedería junto al mar o a orillas de un lago habría estado totalmente fuera del alcance de los recursos de sus padres. Dudaba incluso de que alguno de los dos hubiera visto el mar alguna vez. Él ni siquiera sabía nadar.

De modo que, con dos semanas enteras de días vacíos a la vista, Gorski no había sabido a qué dedicarse. Las mañanas las tenía más o menos claras. Podía alargar el desayuno y leer la prensa del día en la terraza con vistas al paseo. Céline no le ponía pegas si se tomaba una copa de vino a las once, pero siempre tenía que recordarle que no hacía falta que se disculpase con el personal del hotel «por estorbar». Él era un huésped. A veces iba a verla jugar al tenis. Ella era de constitución atlética y un poco hombruna, y jugaba con entusiasmo y determinación. Como en todo, le gustaba ganar. De vez en cuando recibía clases de un apuesto profesional que colocaba la mano de Céline en alto y apoyaba la palma de la suya contra la región baja de la espalda de ella mientras la ayudaba a mejorar su técnica de saque.

Por las tardes se negaba a ir a la playa. Eso de sentarse casi desnudo con el torso embadurnado de bronceador le parecía una forma de entretenimiento que solo podía ser propia de hombres con ciertas inclinaciones. Por otro lado, acompañar a Céline a la playa habría significado reconocer que no sabía nadar. De novios, cuando paseaban por la Petite Camargue, al norte de Saint-Louis, le había aterrado la idea de que Céline pudiese sugerir que se dieran un chapuzón. A menudo pasaba al sexo apresuradamente solo para evitar tal eventualidad.

Así pues, daba largas caminatas por el paseo marítimo. Observaba a los pescadores, curtidos por los elementos, lanzar el sedal de sus cañas desde los muros del malecón. Admiraba aquella capacidad para pasar horas y horas sin hacer nada más que escudriñar el agua. Antes de que se volviese a requerir su presencia en el hotel, se tomaba una o dos cervezas en un discreto café y miraba a los lugareños jugar a la petanca. Compró una postal y escribió a sus padres, pero no la envió. Monsieur y madame Gorski no verían con buenos ojos que su hijo anduviera derrochando el dinero en hoteles y restaurantes, y a él le habría abochornado admitir que ni uno de aquellos francos salía de su bolsillo. Para ellos —y para Gorski, desde luego— la Costa Azul era algo así como un lugar mitológico, un destino para otros. No era para la gente como ellos, y quienes intentaban medrar por encima de su clase acababan haciendo el ridículo.

Una noche convenció a Céline para dar una vuelta en coche por la costa. Cenaron en un diminuto restaurante de una aldea cercana.

—Si mueres de botulismo, luego no me vengas llorando —dijo ella alegremente mientras los acompañaban hasta una mesa desvencijada.

El hule estaba pegajoso. Un grupo de hombres del pueblo jugaba a las cartas en una mesa debajo del toldo. Vestían pantalones de lona y sombrero de paja. Tenían las manos destrozadas después de una vida entera de trabajo. A Gorski le avergonzó la tersura de las suyas. Les sirvieron sardinas a la parrilla seguidas de unas chuletas bien gruesas con dientes de ajo, romero y aceitunas verdes gordas. El vino se lo trajeron en una frasca en la que el dueño marcó con un lápiz lo ya consumido. Una vez que el alcohol surtió efecto, Céline se relajó y atacó las chuletas con las manos, dejando que el jugo le chorrease por la barbilla. Se reía y se inclinaba sobre la mesa para que Gorski obtuviera una panorámica de su delantera por debajo de la blusa. Bebieron una segunda y, después, una tercera frasca de vino.

En el trayecto de vuelta, Gorski detuvo el coche en un área de descanso rodeada de olivos y la besó de manera bastante torpe. El fuerte gusto del vino y de las hierbas impregnaba aún sus labios. La palanca de cambios se le clavó en el muslo. Céline estaba de buenas. Le desabrochó los pantalones y le masturbó mientras su cara se transformaba en un cuadro de honda concentración. Pareció hacerle gracia cuando Gorski eyaculó en su blusa, y le reprendió como una severa maestra de escuela. A él le gustó cuando ella lo llamó «niño malo». Luego maniobró con la mano de Gorski entre sus piernas, y él la besó toscamente en el cuello mientras se llevaba a sí misma al orgasmo.

Se quedaron sentados unos momentos, mientras recuperaban el aliento, con la ropa todavía mal puesta. Luego Gorski giró la llave en el contacto y condujo de regreso al hotel. En la habitación intentó desnudarla. Seguía excitado. Céline le dijo que se metiese en la cama y desapareció en el interior del cuarto de baño, pero el ardor de Gorski se disipó y, para cuando ella salió, se había quedado dormido entre las sábanas de lino que se encargaba de cambiar a diario una fornida doncella que hablaba un francés muy rudimentario.

La mañana de su partida, cuando Gorski estaba devolviendo la llave de su *suite,* el gerente le comunicó con sumo tacto que «ya se habían ocupado de todo». Gorski se lo imaginaba. Unos días antes había visto las tarifas del hotel. El salario de un mes apenas le habría alcanzado para pasar un fin de semana en una de las habitaciones más básicas. A la sonrisa altanera en los labios del gerente se sumó, para empeorar las cosas, el hecho de que Céline le hubiese recordado que no olvidase dejar una propina. Gorski no tenía ni idea de qué cantidad sería la adecuada. Y tampoco estaba al tanto de qué protocolo debía seguir para que el proceso de desembolso de dicha propina no abochornase a ninguna de las dos partes interesadas. ¿Debía colocarse unos billetes bajo la palma de la mano y deslizarlos sobre el mostrador al mismo tiempo que miraba significativamente a los ojos del gerente? ¿O sería mejor intentar entregárselos mediante un apretón de manos? Al final, el gerente le preguntó muy solícito si podía ayudarle en algo más. Gorski se llevó la mano al bolsillo interior de la chaqueta y, acto seguido, plantó los dedos sobre su frente fingiendo despiste.

—Vaya, discúlpeme, monsieur —dijo—. Mi mujer tiene mi cartera. Creo que acaba de salir con nuestro equipaje.

El gerente asintió educadamente. Gorski se dirigió a la entrada y se escabulló al exterior mientras fingía buscar a Céline. Huelga decir que ya no volvió a entrar.

Cuando se reincorporó al trabajo, sus colegas estuvieron varias semanas tomándole el pelo a costa de su intenso bronceado. Aquellas señales de llevar una vida saludable y próspera no caían bien en Saint-Louis. A Schmitt le dio por referirse a él como «el Negro». Gorski soportó todo esto con estoicismo. Ya desaparecería el bronceado. Y, entretanto, aderezó su habla con expresiones vulgares y empezó a hacer ostentación de que los cigarrillos que fumaba eran de la marca más barata.

El año siguiente, las vacaciones siguieron el mismo patrón. Céline se marchó a principios de agosto, y para cuando Gorski se reunió con ella, ya estaba morena y tenía organizada su rutina y formada su pandilla. Por primera vez desde que se casaron, Gorski se preguntó si aprovecharía su ausencia para tontear por ahí. No eran pocos los hombres disponibles con los que podría tener un escarceo, desde luego. Durante la cena empezó a forjar en su cabeza imágenes de su mujer en la cama con cada uno de los hombres que había a su alrededor. Y no porque concediera a Céline un apetito sexual insaciable, sino porque no la veía plantando demasiada resistencia a cualquier avance, todo sea dicho. Lo de negarse el sexo por la mera razón de «estar casada» seguro que le parecía una vulgaridad. Tales escrúpulos eran cosa de la pequeña burguesía. Estaba claro que Céline podría haber aspirado a alguien mucho mejor que él, así que tampoco se le podía echar en cara que de vez en cuando se divirtiese con otro, ¿no? Aun así, Gorski trató con todas sus fuerzas de apartar de su mente esos pensamientos.

Una noche, cenaron con una pareja inglesa veinte años mayores que ellos. Los Davidson vivían en un «espantoso casoplón» en Sussex y llevaban mucho tiempo veraneando en Le Negresco. El señor Davidson estaba metido en el mundo de las finanzas y vestía el uniforme turístico, consistente en *blazer,* pantalones de pinzas y náuticos. La señora Davidson se pasó la cena remontando el muslo de Gorski con su mano. Para el postre ya le había alcanzado la entrepierna. Luego, mientras Céline se limpiaba el maquillaje en el tocador, Gorski le contó lo que se había estado cociendo. Ella se echó a reír y opinó que la señora Davidson seguía siendo muy guapa. Ciertamente, aquella inglesa no era una mujer carente de atractivo, pero Gorski no sentía ningún deseo por ella. De repente se le ocurrió que quizá en el ambiente al que ahora pertenecía se esperaba de él que se presentase en la puerta de la habitación de la susodicha a una hora en la que era bien sabido que el marido se hallaría ausente. Como es natural, no hizo nada por el estilo, y, a medida que fue avanzando la quincena, el interés de la señora Davidson decayó. Que esto se debiese a la incapacidad de Gorski de cumplir con las expectativas de ella o solamente a su ineptitud a la hora de mantener una conversación en inglés es algo que nunca llegaría a descubrir.

Puso todo su empeño en sacar provecho de las atracciones de Niza. Se pasaba el día caminando junto al mar, haciendo algún que otro alto en un café para tomar un coñac y leer unas páginas de la novela que se había agenciado del exhibidor giratorio que había en el vestíbulo del hotel. Esta vez, además de mirar a los viejos lobos de mar del malecón, empezó a fijarse en las jóvenes que tomaban el sol en *topless* o con minúsculos bikinis. Evidentemente, no era de recibo apostarse en un sitio y dar la impresión de estar allí a propósito para observar a estas jovencitas, pero si la mirada se posaba por casualidad en el cuerpo de una joven mientras recorría la explanada difícilmente podían acusarlo de mirón.

Reparó también en que, al alejarse de la primera línea, había ciertas callejuelas donde ejercían su oficio mujeres más mundanas. Gorski tenía noticia de que en Saint-Louis, en los feos bloques de apartamentos de la zona de la estación de ferrocarril, había un par de pisos donde se ofrecían determinados servicios, pero allí se guardaba cierto grado de discreción. En un pueblo, ni quienes proveían ni quienes aprovechaban estos servicios tenían interés alguno en publicitarlo. Aquí, por el contrario, no había necesidad de ocultarse. Todo se hacía de puertas afuera, y, si por casualidad Gorski acababa internándose en aquel laberinto de callejuelas, enseguida notaba que se le aceleraba el pulso en la garganta. El ambiente que se respiraba era de pura indolencia, y apestaba a comida podrida y a marihuana. Gorski rechazaba educadamente las groseras proposiciones de las mujeres apiñadas en las sombras y mantenía los ojos clavados en la acera siempre que le era posible. A menudo las oía reírse mientras se escabullía a toda prisa. No es que albergara algún reparo moral hacia ese género de transacción, no. Más bien tenía miedo de no ser capaz de desempeñar la faena como se esperaba. Y, pese a ello, se dio cuenta de que acababa perdiéndose en aquellos callejones cada vez con más frecuencia. Era un alivio, se decía, encontrar algo de sombra donde refugiarse del intenso sol mediterráneo.

Una noche, mientras él y Céline se preparaban para bajar a cenar, Gorski sugirió cambiar de plan e ir en coche al pueblo que habían visitado el año anterior. Ya fuera por el ambiente embriagador de su paseo vespertino o por el par de copas de vino que ya había consumido, el caso es que estaba bastante achispado. Céline contestó que los esperaban los Davidson y otra pareja, pero lo hizo con poca convicción, y al poco iban los dos a toda velocidad por la D559, riéndose como un par de colegiales haciendo novillos. El pequeño restaurante no había cambiado. Se sentaron en la misma mesa y les sirvieron la misma comida. Gorski bebió más vino que la vez anterior y, cuando se marcharon, Céline se ofreció a conducir el trayecto de vuelta. Gorski se negó en rotundo. Ella se encogió de hombros. Quizá la idea de matarse precipitándose en coche desde una carretera costera le pareciera atractiva. Cuando se acercaban al área de descanso del bosquecillo de olivos, Gorski aminoró la marcha. Llevaban las ventanillas bajadas, y el intenso perfume de las mimosas y de la tierra provenzal le desperezaron el miembro. Se volvió hacia Céline, pero ella tenía la mirada clavada en la carretera. Nada en su mujer indicaba que desease recrear el episodio del año anterior. Con todo, Gorski se detuvo y empezó a besarla en la boca y en el cuello. Forcejeó con los botones de su blusa y hasta le arrancó uno. Por un momento, le embargó el deseo de forzarla. ¿No se quejaba tanto de que era demasiado pasivo? Y de repente se dio cuenta de cuán zafio era su comportamiento. Céline rechazaba sus embates con la misma destreza que una institutriz con los de un alumno díscolo. Todavía estaban a tiempo, dijo, de tomar una última copa con las otras parejas en la terraza. Se apeó del coche y empujó a Gorski para que se deslizara al asiento del copiloto. Gorski accedió mansamente. Ella se quitó los tacones y condujo descalza, tomando las curvas de los acantilados a lo loco.

De vuelta en Le Negresco, Gorski fingió que se desvanecía en la cama mientras Céline se cambiaba de blusa antes de bajar a disfrutar del resto de la velada con las parejas a las que antes habían desdeñado. Por la ventana abierta, entremezcladas con el canto de las chicharras, Gorski pudo oír cómo se reían en la terraza de más abajo.

El año siguiente, Gorski debía reunirse con Céline en Niza, como siempre, pero se lo impidió el asesinato de una muchacha de quince años, Juliette Hurel, cuyo cadáver habían encontrado en el bosque de las afueras de Saint-Louis. Aquello acabó con la tradición, pero, mientras duró su matrimonio, Céline continuó pasando el mes de agosto en Niza a costa de su padre. A su hija, Clémence, la dejaban al cuidado de sus abuelos, y durante un mes Gorski gozaba de una libertad que no aprovechaba.

4

La campanilla de latón sobre la puerta de la floristería que quedaba debajo del apartamento de su madre tintineó cuando Gorski entró en la tienda. Estaba anclada a la puerta por una cadenita de peltre y databa de cuando el local alojaba la casa de empeños de su padre. A Gorski el sonido siempre lo transportaba a su niñez, cuando volvía del colegio a esa tienda tenuemente iluminada, con su peculiar olor a polvo, barniz y cuero agrietado. Ahora los aromas eran muy distintos, pero la escalera del fondo del establecimiento seguía siendo la única forma de acceder al apartamento de arriba.

Madame Beck ya había volteado el cartel del escaparate, donde ahora se leía FERMÉ. Estaba barriendo pétalos y hojas, formando un montón. Siempre tenía la tienda inmaculada. El aroma a tierra mojada se mezclaba con el penetrante perfume de las flores cortadas. Madame Beck rondaba los cuarenta y cinco años. Tenía una figura delgada y esbelta, y una manera muy particular de situarse en el mostrador, marcando ligeramente la cadera a un lado. Llevaba el pelo castaño claro despeinado las más de las veces, y las patas de gallo que de un tiempo a esta parte habían empezado a marcársele alrededor de los ojos solo conseguían acentuar su atractivo. Dejó lo que estaba haciendo y se apoyó en la escoba.

El aire melancólico con el que solía sonreír a Gorski le decía que aquella mujer comprendía perfectamente cómo se sentía.

—¿Hoy cierra antes?

—Voy a ver si me da tiempo a pillar la frutería abierta —contestó.

Gorski llevaba un paquete de papel marrón de la carnicería de Rue de Mulhouse de cuyo nombre jamás conseguía acordarse. Lo levantó un instante para hacer saber que en el hogar de los Gorski ya tenían cena.

—Chuletas —dijo.

Ella sonrió. Luego levantó la vista hacia el techo y dijo:

—Hoy parece un poco cansada.

Madame Beck se pasaba a ver a la madre de Gorski una o dos veces al día. «Cansada» era el eufemismo al que se habían acostumbrado a recurrir para referirse a su estado mental.

Cuando entró en el diminuto vestíbulo del apartamento de arriba, Gorski oyó a su madre decir débilmente desde el salón:

—¿Albert? ¿Eres tú? Te estaba esperando.

Albert era el nombre del padre de Gorski, pero él se había dado por vencido y ya no la corregía. Le parecía una crueldad gratuita estar recordándole continuamente que su marido llevaba muerto veinte años. Pasó al diminuto salón y le preguntó cómo estaba.

—Oh, estoy bien —dijo ella, el tono de voz más animado al verlo.

Al principio, a Gorski le había inquietado la idea de seguirle la corriente en sus dislates. Le daba la sensación de estar engañándola y, peor aún, creía que al no corregirla estaba contribuyendo a su declive. El doctor Faubel se encargó de tranquilizarlo. No ganaba nada contándole la verdad. Una estrategia así no iba a alterar el avance de la enfermedad y solo serviría para angustiarla. A Gorski no le gustaba ni un pelo oír la palabra «enfermedad» en relación con su madre, pero se había acostumbrado a hacer la vista gorda con cualquiera de las incoherencias que salían de su boca. De todos modos, hacer lo contrario resultaba agotador.

Además, empezaba a darse cuenta de que, con el paso del tiempo, era verdad que cada vez se parecía más a su padre. Desde siempre había compartido sus tics verbales, como es muy habitual entre miembros de una familia, pero, ahora que tenía el cabello más canoso y mayores entradas, podía entender la confusión de su madre. Tal vez fuera lo que les sucedía a todos los hijos. Se pasaban la juventud rebelándose contra sus padres y a la madurez regresaban a su vera, como si tirase de ellos un sedal invisible. En los últimos tiempos, a Gorski le había dado por pensar que, de cerrar madame Beck el negocio, peores alternativas había que hacerse él con el local y pasar los últimos años de su vida regateando el precio de trastos y baratijas ataviado con un guardapolvo marrón.

Besó a su madre en ambas mejillas. Como de costumbre, la estancia estaba recalentada. La estufa de resistencia eléctrica, que permanecía encendida de la mañana a la noche, hacía que el aire oliese a quemado. Gorski le había pedido muchas veces que no se sentara tan pegada a ella, pero, como con todo lo demás, o bien se olvidaba o bien, sencillamente, no le hacía caso.

—He traído unas chuletas.

—Me gustan las chuletas —dijo ella, pero Gorski sabía que apenas las probaría.

Pasó a la cocinita y le quitó el corcho a la botella de vino sobrante de la noche anterior. Se sirvió una copa y se sentó a la mesa del salón a fumarse un cigarrillo. La cabeza de su madre descendió contra su pecho. Le raleaba el cabello y lo llevaba muy descuidado. Al día siguiente llamaría a mademoiselle Huber y concertaría una cita para que se acercase a lavarle y peinarle el pelo. Era lo único que parecía levantarle el ánimo últimamente. Abrió la ventana para dejar entrar un poco de aire fresco en la habitación.

En la cocinita peló unas patatas y limpió unas judías verdes antes de ponerlas a cocer. Luego frio en mantequilla con una pizca de sal y pimienta las chuletas, que colocó primero de canto para derretir la grasa. Había empezado a cocinar cuando volvió a la casa de su infancia, no antes, y se daba cuenta de que aquellos momentos delante del fogón despejaban su mente por completo. Se sentía más próximo a su madre allí, ocupando el sitio donde ella había pasado tanto tiempo que sus zapatillas habían desgastado el dibujo del linóleo.

Puso la mesa y despertó a su madre con delicadeza.

—Es hora de cenar —dijo.

Ella insistió en que no estaba dormida.

Él la ayudó a pasar de la butaca a la mesa.

—¡Chuletas! ¡Qué rico! —exclamó.

Gorski le había cortado la carne en trocitos y había machacado tres patatas pequeñas con los dientes de un tenedor. Ella se llevó a la boca una buena ración de cordero y la masticó con la misma parsimonia con la que rumia una vaca. Todavía conservaba un número de dientes considerable.

Gorski cogió el salero. Las vinagreras de porcelana llevaban ocupando el mismo sitio en la mesa del comedor desde que él tenía memoria. Se componían de un salero y un pimentero a juego, y un pequeño tarro de mostaza con una tapa que en algún momento se debió de romper y recomponer con pegamento. La cucharilla original para la mostaza se había extraviado y la habían reemplazado por otra de madera que tenía el mango demasiado ancho e impedía que la tapa cerrase del todo. Cada pieza exhibía el escudo de armas del Alto Rin, con sus seis coronas sobre un campo escarlata, cruzado por una banda de oro. Las tres piezas descansaban sobre un platillo con sendas hendiduras para que no se desplazasen. De niño, Gorski veía aquellas hendiduras como las casas de las piezas, y al final de cada comida le satisfacía profundamente devolver cada componente a su sitio.

Por alguna razón, tenía la idea de que las vinagreras habían sido un regalo de boda, pero, aparte de que llevaban allí desde siempre, no había indicio alguno que respaldase tal creencia. Lo mismo podría haberse tratado de un artículo que monsieur Gorski se trajo a casa de la tienda para regalárselo a su esposa. Su padre no había sido un hombre demasiado dado a las muestras de amor y, aunque era muy pequeño, Gorski siempre supo que estos pequeños presentes eran la forma que tenía de comunicar el afecto que sentía hacia su esposa. Como consecuencia de esto, al principio de su vida de casado, Gorski se sentía mal si no le regalaba a Céline una o dos veces por semana alguna fruslería o un ramo de flores.

Gorski miró a su madre. Había conseguido tragarse el bocado de carne y había depositado el tenedor a un lado del plato. A su espalda, sobre la repisa de la chimenea, había una fotografía de sus padres el día de su boda. Su madre no llevaba un vestido de novia, sino un conjunto de falda y chaqueta de *tweed,* con una blusa blanca de cuello ancho debajo. Su padre vestía un traje oscuro. Aquel día seguramente soplaba un vendaval, porque su madre había plantado una mano en lo alto de su pequeño sombrero y el pelo revoloteaba suelto a su alrededor. A su padre se le había volado la corbata hasta encima del hombro de la chaqueta. Los dos se miraban a los ojos riéndose.

De adolescente, en una ocasión en la que sus padres no estaban en casa, sin saber muy bien por qué, había sacado la fotografía del marco. En la parte de atrás de la instantánea aparecía escrita una fecha: 12 de mayo de 1932, apenas seis meses antes de que naciera Gorski. Sus padres nunca celebraban su aniversario de boda, estaba claro que para eludir cualquier mención a tan bochornosa circunstancia. Gorski ni siquiera sabía dónde se casaron, ni menos aún dónde había nacido él. Daba por hecho que era natural de Saint-Louis. *Sentía* que lo era, aunque no tenía prueba de ello. Todo aparecería recogido en su certificado de nacimiento, sin duda, pero él nunca había visto el documento. Suponía que se encontraría en la caja de madera de debajo del pretil de la ventana donde su padre guardaba los papeles que consideraba importantes, pero, si hasta entonces no se había molestado en buscarlo, ¿no sería porque albergaba un vago temor de ser de otra parte? ¿De que, en cierto sentido, quizá no fuera quien creía ser? Si se diese el caso de que no fuera un verdadero hijo de Saint-Louis —un *ludovicien* de pura cepa—, no le parecería correcto ocupar el cargo de jefe de policía. Se sentiría como un impostor sin derecho a ostentar un puesto de autoridad sobre sus conciudadanos.

—A lo mejor te apetece un poco de mostaza para acompañar, mamá, ¿quieres?

Ella le miró.

—Para la chuleta —dijo él—. Apenas le has dado un bocado.

—Estoy llena.

Gorski asintió. Él sí se sirvió un poco de mostaza. Y, al hacerlo, miró de reojo a su madre. Un gesto involuntario que, de habérselo visto a un sospechoso, Gorski habría interpretado como indicio de culpabilidad.

Cuando tenía ocho o nueve años, la cucharilla original para la mostaza, que era de porcelana, se había caído al suelo. Era un objeto frágil, semejante al huesecillo de un animal pequeño. Fue a parar junto al zapato de Gorski, y él, completamente a propósito, colocó el pie encima y pisó con fuerza. Nada más sentir el leve chasquido le sobrevino una violenta emoción que más tarde aprendió a reconocer como *culpa.* No supo por qué había actuado de aquella manera. Fue un rapto de malicia que no se paró a atajar. Miró de reojo a su madre y luego a su padre, ambos ajenos al delito que se acababa de cometer.

Gorski había hecho un esfuerzo para terminarse la comida, mientras mantenía el pie sobre los pedazos rotos. Luego, cuando su madre recogió los platos y se los llevó a la cocina, se arrodilló y, haciendo ver que se anudaba los cordones de los zapatos, se embutió los afilados fragmentos en el bolsillo. Su madre volvió con el postre, y solo cuando terminaron y estuvo la mesa despejada se dieron cuenta de que faltaba la cuchara para la mostaza. Al principio buscaron con calma, ¡la cucharilla no podía haberse marchado por su cuenta!, pero sus padres enseguida se mostraron extrañados y alterados. Monsieur Gorski se agachó y, a cuatro patas, pasó las manos por la alfombra. Podía ser que, de una manera u otra, se hubiese colado debajo del aparador. Fueron a buscar una linterna a la tienda, pero ni rastro. Entonces la madre de Gorski le preguntó:

—¿Tú la has visto, Georges? No puede haberse esfumado por arte de magia.

Él negó con la cabeza, pero notó que se sonrojaba y se llevó una mano a la mejilla tratando de ocultar aquella manifestación de culpa.

Al día siguiente, de camino a clase, Gorski dio un rodeo por Rue du Temple y, tras comprobar que nadie lo observaba, dejó caer los pedazos por una rejilla de alcantarillado.

Pasaron muchos días y el único tema de conversación en casa era la cuchara desaparecida. Al final no quedó más remedio que aceptar la cucharilla de madera como sustituta imperfecta, pero durante lo que a Gorski se le antojaron años sin fin su padre la contemplaría meneando la cabeza con asombro, intrigado por lo que le habría pasado a la original. E incluso en este momento, al ir a servirse la mostaza, Gorski tuvo la impresión de que su madre lo sabía; de que *siempre* lo había sabido, pero no tenía pruebas suficientes para acusarlo.

Gorski recogió los platos. Afortunadamente, su madre aún era capaz de ocuparse ella misma de sus abluciones y demás preparativos antes de acostarse. Él sabía de sobra lo que pasaría cuando dejase de ser así. No soportaba la idea de tener que desnudar a su madre o ayudarla a ocuparse de su higiene.

Esperó hasta que estuvo metida en la cama antes de escabullirse del apartamento. Lo más probable era que no se durmiera hasta que él volviese, pero la perspectiva de pasar el resto de la velada sentado en la silla de su padre le resultaba insufrible. Sus padres nunca habían tenido televisor, y a él tampoco le había parecido apropiado comprar uno para el apartamento a estas alturas. De todos modos, no le gustaba la televisión. Así que, de tarde en tarde, si tenía algún caso entre manos, Gorski se valía del trabajo como excusa para salir e ir a visitar a algún testigo. La mayoría de las veces se pasaba también por un par de bares del barrio, evitando escrupulosamente establecer el más mínimo atisbo de rutina que pudiese levantar chismorreos sobre la costumbre de empinar el codo del jefe de policía del pueblo.

Irse a vivir con su madre había sido una solución temporal, para salir del paso. Se decía a sí mismo que sin duda Céline terminaría entrando en razón. Pero había sido precisamente la separación lo que había hecho entrar en razón a Gorski. Su matrimonio había sido una especie de conspiración: los dos habían sido cómplices al fingir que eran una pareja feliz. Ese acto de negación había obedecido en parte a la necesidad de cumplir con las expectativas de sus respectivas familias, pero también había sido una forma de eludir el hecho de que eran incompatibles y de que jamás deberían haberse casado.

Gorski había tardado más tiempo que Céline en darse cuenta, pero incluso ahora que era plenamente consciente de ello aceptaría encantado la oportunidad de volver a su antigua charada. Gorski solía escuchar a sus colegas o a sus compañeros de barra quejarse de las ataduras de la vida de casado, pero, ahora que era libre, no sabía qué hacer con su libertad. Por ejemplo, ¿qué hacer si un día madame Beck le invitaba a salir a tomar algo? ¿Y si un día ella le confesaba, como él sospechaba, que estaba frustrada en su matrimonio? Lo más seguro era que, en lugar de agarrarla por los hombros y besarla —cosa que a menudo había pensado hacer—, blandiera un paquete de chuletas y utilizara la cena de su madre como excusa para escabullirse. «En otro momento, quizá», diría. Pero madame Beck se sentiría desairada y no le brindaría la oportunidad de humillarla de nuevo pidiéndoselo una segunda vez. Hasta en sus fantasías era un pusilánime.

Era menos degradante que te faltara libertad por un matrimonio infeliz que admitir que no tenías bemoles para disfrutar de ella.

La primera noche de vuelta en el hogar de su infancia, al regresar de Le Pot, Gorski oyó que su madre llamaba a su padre desde la cama. Cerró la puerta y se quedó muy quieto en el diminuto recibidor, sin apenas atreverse a respirar, esperando a que cesaran las llamadas de su madre. Pero estas derivaron en gritos, cada vez más apremiantes y quejumbrosos. Lloraba. Finalmente, Gorski abrió la puerta de su dormitorio.

—Mamá —dijo con ternura.

—Albert —contestó ella entre sollozos—. Me ha parecido que ya no estabas.

Extendió los brazos hacia él, arañando el aire con los dedos.

Gorski tomó sus manos y se sentó en el borde de la cama, a su lado.

—Tranquila —dijo—. Estoy aquí.

Madame Gorski lo abrazó con sus delgadísimos brazos. Él la recostó suavemente contra las almohadas y se quedó un rato allí sentado. Luego, quizá debido a que estaba un poco borracho, se tendió junto a ella. Su intención era quedarse solo hasta que ella se durmiera, pero por la mañana se despertó tumbado a su lado, abrazado al delgadísimo pecho de ella con un brazo.

En el transcurso de la semana siguiente, más o menos, se estableció un patrón. Gorski llegaba a casa e iba a acostarse en su antiguo cuarto. Entonces, a través de los finos tabiques oía a su madre sollozar o llamar a su padre. Era insoportable. Gorski desistió de intentar dormir en su propia habitación. Al principio, le parecía mal dormir al lado de su madre, pero, como había leído una vez en algún sitio: «¡El hombre es vil y a todo se acostumbra!».[2] Somos capaces de hallar justificación a cualquier cosa. La culpa era suya, se decía Gorski, por haber trastocado una rutina a la que su madre estaba hecha desde hacía años. No estaba acostumbrada a tener a otra persona en el apartamento. En cualquier caso, no le hacía ningún daño. Solo era una situación transitoria.

Como es natural, ese arreglo nocturno era un tema que nunca sacaban a colación. Madame Gorski se quedaba dormida en el instante mismo en que su hijo se metía en la cama a su lado y, por la mañana, estaba levantada y en marcha mucho antes de que él se despertara. Los viejos no duermen tanto.

2. Tomo la traducción de Sergio Hernández-Ranera en *Crimen y castigo,* Fiódor M. Dostoievski. Madrid: Akal, 2007. *(Nota de la traductora al español.)*

5

A la mañana siguiente, Gorski se demoró en la acera fuera del apartamento y contempló la calle. Hacía una mañana plomiza y fría. Encendió un cigarrillo. Casi se esperaba encontrarse al eslavo aguardándole en la esquina, pero no, evidentemente no estaba allí. La idea era absurda: el forastero no tenía forma de saber dónde vivía. Dos colegiales, con sendas carteras de bandolera colgando descuidadamente del hombro, recorrían la acera de enfrente de la estrecha calle enfrascados en una conversación. El más alto de los dos muchachos llevaba los cordones desatados. Tarde o temprano acabaría tropezándose, pero Gorski no le alertó del peligro.

Madame Beck llegó en la pequeña furgoneta que empleaba para las entregas a domicilio y la aparcó subiéndose ruidosamente a la acera. Gorski le dio los buenos días. Debió de parecer que la estaba esperando. Ella le devolvió el saludo muy jovial mientras se apartaba de la cara un mechón rebelde.

—¿Llegó a tiempo a la frutería? —preguntó Gorski.

—¿Cómo dice? —contestó ella.

—Dijo que cerraba antes para ir a la frutería.

—Ah, es verdad. Llegué a tiempo. Gracias.

Pareció divertirle que a Gorski se le ocurriera interesarse por un asunto tan trivial. O quizá pensó que había intentado pillarla en un renuncio. Fuera como fuera, él se arrepintió de la pregunta. Su intención era prolongar el encuentro unos instantes, nada más.

—Qué bien —dijo él estúpidamente, antes de despedirse deseándole buen día.

En Rue de Mulhouse, el agente de viajes Vinçard subía las persianas metálicas de su comercio. Entrevió a Gorski al otro lado de la calle y levantó la mano. Él le correspondió el gesto de una manera que daba a entender que tenía una agenda muy apretada y no podía permitirse el lujo de perder el tiempo.

En la comisaría fue directamente a su despacho para evitar verse enredado en conversaciones triviales con sus colegas. Se sentó al escritorio y hojeó el correo. Nada había que requiriese su atención. Resultaba degradante. Contar con un propósito en la vida aporta valor al individuo. Se acordó de una discusión con Céline a la que ella había puesto fin preguntando: «Pero ¿tú vales para algo, Georges?». Él no contestó, pues no tenía respuesta.

Solo le quedaba la esperanza de que en algún lugar de Saint-Louis se estuviera cometiendo un crimen —violento y dramático, a poder ser— que atrajera una cobertura mediática decente. Esa era la clase de cosas que impresionaban a Céline. La naturaleza proba de Saint-Louis, siempre respetuosa con la ley, tendría que haber sido motivo de satisfacción para el jefe de policía. Sin embargo, a falta de algún que otro latrocinio o un estallido de violencia puntual, Gorski carecía de función.

Descolgó el teléfono y llamó al Hôtel Bertillon. Virieu respondió al segundo tono. Intentó darle charla a Gorski, pero este le atajó rápidamente y le preguntó si su huésped ya se había marchado.

Virieu preguntó a qué huésped se refería. Gorski le recordó que le había dicho que solo tenía uno.

—Pero ya no es así —contestó Virieu—. Desde que hablamos, el índice de ocupación del hotel ha aumentado.

Gorski se apartó un instante del auricular.

—Me refería —dijo finalmente— al caballero que fue objeto de nuestra conversación de ayer.

—Ah —respondió el hotelero—. No le he visto marcharse, pero, como ya le expliqué, no estoy aquí para...

Gorski colgó. Era imposible abandonar el edificio sin pasar por delante de la urna de cristal de Virieu.

Mandó llamar a Roland. Cuando Gorski aún estaba estrenando el uniforme, Ribéry tenía por costumbre relevarlo de sus funciones para asignarle una misión o para que lo acompañase al escenario de un crimen. Esto lo convirtió en diana de las tomaduras de pelo de sus compañeros, que, aunque jocosas en apariencia, reflejaban su resentimiento por el favoritismo con el que Ribéry lo trataba. Estas burlas solían tomar la forma de insinuaciones sobre la sexualidad de los dos hombres, y Gorski con frecuencia oía a Schmitt referirse a él como «el putito de Ribéry» o sencillamente como «el Putito». Si Ribéry hubiese sabido algo de aquello, se lo habría tomado a broma o habría fabricado una respuesta aún más ofensiva. Era un hombre que sabía enfrentarse a los chistes de la oficina, y cuando le pedían que pronunciara unas palabras con motivo de la jubilación de algún compañero o para alguna otra ocasión por el estilo, lo hacía siempre con gracia y sentido del humor. Era muy sociable, y por esa razón tanto sus subordinados como los peces gordos del Ayuntamiento estaban dispuestos a pasar por alto su costumbre de pasarse las tardes de ronda por los bares del pueblo. Esta práctica, según le explicaba a su joven protegido, era una forma de servicio de inteligencia. «Uno no encuentra a la chusma ni en la panadería ni en la carnicería ni en los bancos del templo protestante», declaraba, satisfecho. «Qué va, chaval, la chusma se reúne en la barra del bar. Y si es ahí donde merodea la chusma, es ahí donde debemos merodear nosotros.» Invariablemente, marcaba el final de su sermón apurando su copa y haciendo un ademán con la cabeza al camarero para que se la rellenase. Los dueños de los establecimientos de Saint-Louis no le cobraban un céntimo a Ribéry por sus tragos. Cuando Gorski lo sustituyó, le hicieron extensible esta cortesía, pero él rechazó de plano tales tratos de favor. Por bien intencionados que fueran esa clase de gestos, el jefe de policía no podía estar en deuda con nadie. Pero si Gorski creyó que la decisión de pagar por sus consumiciones sería bien recibida por los empresarios hosteleros del pueblo, se equivocaba de parte a parte. Les sentó fatal. Había roto el código que los unía.

Roland se removió incómodo, trasladando el peso de un pie a otro. Gorski parecía haberse olvidado de que estaba allí. Le dio órdenes a Roland para que se apostara en el exterior del Bertillon y vigilara el hotel.

—Quiero que siga al hombre que le describí ayer.

Roland se puso contentísimo de que le confiaran una misión tan importante.

—¿Y puedo preguntar de qué es sospechoso?

Gorski negó con la cabeza, como dando a entender que no estaba autorizado a compartir esa información.

No había justificación para poner al eslavo bajo vigilancia. Y a Gorski no es que le importase realmente qué hacía en Saint-Louis. Más bien tenía la impresión de que ese forastero se le había subido a la chepa el día antes.

Roland preguntó si debía volver a casa para quitarse el uniforme y cambiarse de ropa. Gorski le dijo que no hacía falta. Roland no pasaría desapercibido ni vestido de paisano. Carecía de la experiencia necesaria para seguir a alguien sin que lo detectasen. Pero eso era precisamente lo que Gorski buscaba. Quería que el eslavo supiera que lo observaban; que fuera consciente de que estaba en territorio de Gorski y de que allí mandaba él.

Sin otra cosa que lo distrajera, sus pensamientos regresaron a la visita que les había hecho a los Duymann. Mecanografió un informe rudimentario. A no ser que las acusaciones de madame Duymann se vieran confirmadas, nadie iba a leerlo jamás, pero eso era lo de menos. La cuestión era cumplir con el procedimiento. Es más, tenía la sensación de que la redacción de aquellos informes justificaba de alguna manera su existencia. Constituían un registro tangible de lo que había hecho. Se volvió hacia la guía telefónica. No le quedaba más remedio que intentar corroborar la versión de Robert Duymann sobre la muerte del perro. Había cuatro clínicas veterinarias en Saint-Louis. Anotó las direcciones, se enfundó la gabardina y se puso en marcha. Al fin y al cabo, era una forma tan buena como cualquier otra de mantenerse ocupado hasta el almuerzo.

Beiderbrecke & Hijo estaba ubicada en el mismo edificio que el bufete Barthelme & Corbeil, en Avenue Général de Gaulle, y, como era la que estaba más cerca del hogar de los Duymann, Gorski decidió hacer allí su primera parada.

La sala de espera en la primera planta era un espacio estrecho y olía a una mezcla de paja y estiércol, un aroma que a Gorski le recordó al verano que había pasado trabajando en una granja cuando era un adolescente. Unos pósteres rasgados publicitaban tabletas antiparasitarias y polvos antipulgas. Había tres sillas de plástico dispuestas contra la pared frente al mostrador. La del centro estaba ocupada por una joven que sostenía sobre el regazo una caja que abrazaba con fuerza.

Había una recepcionista de mediana edad sentada detrás de una mampara de cristal, el pelo recogido en un moño bien prieto. No reaccionó cuando Gorski mostró su identificación. Tenía aspecto de ser una persona a quien la vida ha machacado hasta curarla de espanto. Le preguntó si podía ver a monsieur Beiderbrecke.

La recepcionista hojeó la agenda y le informó de que no había citas libres hasta esa tarde.

—Se trata de un asunto policial, no de una consulta veterinaria —aclaró.

La joven levantó la vista de su caja. Pegó sus labios a la ranura y murmuró unas palabras tranquilizadoras a cualquiera que fuera la criatura que estaba dentro.

La recepcionista fulminó a Gorski con la mirada. Él la fulminó con la suya. Ella llevaba prendido a la blusa un broche con forma de clave de sol. Gorski se la imaginó en su casa, en una oscura salita de estar atestada de cachivaches anticuados, escuchando a Chopin y pensando en un joven que en otro tiempo había admirado de lejos. Probablemente viviera con su madre.

La mujer respondió de mala gana que haría lo que pudiera.

La joven se desplazó al asiento contiguo para hacerle sitio a Gorski y le sonrió con languidez. Gorski nunca había tenido mascota, ni siquiera de niño. Había contemplado la posibilidad de hacerse con un gato para que le hiciera compañía a su madre, pero ella ya no era capaz ni de cuidar de sí misma. De todas formas, tampoco es que hubiese mostrado nunca especial interés por los animales.

Le preguntó a la joven qué llevaba en la caja.

—Es mi cobaya —contestó con tono desolado—. Tiene un ojo irritado.

—Seguro que el veterinario lo soluciona —dijo Gorski. Contrajo el rostro hasta adoptar la expresión de empatía que usaba cuando informaba a la gente de la muerte de un familiar.

—Ojalá —contestó ella, y se echó a llorar.

Pasaron unos minutos. Gorski miró el reloj. Eran las diez menos cuarto. Ya estaba pensando en el almuerzo en el Restaurant de la Cloche o, para ser exactos, en el *pichet* de vino que se iba a beber.

La puerta que daba a la consulta se abrió y apareció un hombre con un perro negro enorme.

La joven se restregó la nariz con la manga de la blusa y se levantó.

La recepcionista alzó una mano, a la manera de un agente de tráfico.

—¿He pronunciado su nombre, mademoiselle? —preguntó de forma retórica.

Por patético que sea nuestro dominio, reflexionó Gorski, somos incapaces de resistirnos a la tentación de hacer alarde de nuestro poder.

La recepcionista descolgó el teléfono y mantuvo una conversación susurrada con el veterinario. Colgó y le dijo a Gorski que monsieur Beiderbrecke lo recibiría. La joven lo miró con impotencia. Él se imaginó un escenario en el que se le podría haber salvado la vida a la cobaya de haberla examinado unos minutos antes.

—Pase usted primero —dijo.

No quería cargar con la muerte de una pobre cobaya en su conciencia.

La joven le dio las gracias y lanzó una mirada triunfal a la recepcionista. La consulta no se demoró más de unos pocos minutos. Salió de la consulta con cara de alivio.

Beiderbrecke rozaba los sesenta y su cabello canoso empezaba a ralear. Llevaba una bata blanca con consolidadas manchas de tinta en la zona del bolsillo. En ese momento estaba pasando un trapo por la mesa de exploración.

—¿Qué tal la cobaya? —se interesó Gorski.

—Vivirá. —Apoyó los puños en la mesa—. ¿A qué debo el honor de recibir una visita de nuestro jefe de policía?

—Quería saber si ha sacrificado usted hace poco al perro de una tal madame Duymann, con domicilio en Rue Saint-Jean.

El veterinario pareció divertido.

—¿Está usted investigando la muerte de un perro, inspector?

—En el marco de una investigación más amplia, sí —contestó Gorski de manera cortante.

—Que yo recuerde, hace mucho que no veo a madame Duymann —dijo—. Pero me acuerdo del perro, un chuchillo que no paraba de ladrar. Bib… o algo así.

—Bibiche —le ayudó Gorski.

—Sí, eso. Pero así de memoria no podría decirle cuándo lo vi por última vez.

—Pero se acordaría si lo hubiese sacrificado, ¿no?

—Sacrifico a muchos perros, inspector —respondió el veterinario con cara de hastío.

—Habría sido su hijo, Robert, quien lo trajo.

Beiderbrecke se encogió de hombros.

—Si fui yo quien le practicó la eutanasia, estará registrado. Puede preguntarle a mademoiselle Cherville —dijo—. Pero, si no le importa… —Señaló la puerta con un ademán.

—Claro —dijo Gorski—. Tiene usted roedores que atender.

—Yo tengo mi trabajo y usted el suyo, inspector.

Mademoiselle Cherville consultó el historial del perro. Hacía más de dos años que Bibiche no pasaba por allí, y la última visita había sido para una renovación rutinaria de las vacunas. En ninguna parte se mencionaba que tuviera cáncer.

En la calle, Gorski se encendió un cigarrillo y puso rumbo hacia la dirección de la segunda clínica de la lista. Aquello no tenía por qué significar nada. Robert Duymann podía haber llevado el perro a cualquiera de las clínicas veterinarias del pueblo. Hasta que Gorski no probase en todas, cualquier conclusión sería prematura. Consultó su reloj. En rigor, era demasiado temprano para una copa, pero ya que pasaba por el Café de la Gare, entró a tomarse un trago. Primero pidió un paquete de cigarrillos y luego, como si se le acabase de ocurrir, añadió: «Y ponme un coñac. Hace frío ahí afuera». Se frotó las palmas de las manos para remarcar sus palabras.

El dueño depositó la copa y los cigarrillos sobre la barra sin mediar palabra. Era un tipo grandote y ojeroso que le recordaba a un sonámbulo. Durante el día, el local existía principalmente para vender cigarrillos, atender a quienes apostaban en el mostrador de la PMU[3] y servir a la clientela que se pasaba a tomar una copita o un café rápido de camino a la estación de tren. A diferencia de Le Pot, no era un bar de borrachuzos. La gente no se apalancaba en la barra.

A pesar de tener una cajetilla abierta en el bolsillo, Gorski retiró el celofán del paquete nuevo y se encendió un cigarrillo. Desde la barra se alcanzaba a oír débilmente el sonido del tráfico ferroviario. Sonrió con pesar. ¿Qué le impedía salir por la puerta y subirse a un tren? La gente desaparecía constantemente. Como es lógico, repararían en su ausencia. Y, como es lógico, pensó con ironía, la denunciarían a la policía. Pero no habría indicios de que se hubiese cometido un delito y, una vez que quedase establecido que no había sido víctima de un accidente o de asesinato, no habría nada que investigar. ¿Le echaría alguien de menos? Llegado el momento nombrarían a un nuevo jefe de policía. Su hija, Clémence, tal vez lo extrañase durante un breve lapso, pero en cuestión de unos meses se marcharía a la universidad y apenas se acordaría de él. En La Cloche, su desaparición alimentaría el

3. Pari Mutuel Urbain: en Francia, operador de apuestas hípicas. *(Nota del traductor al inglés.)*

chismorreo durante un par de semanas, pero pronto caería en el olvido. Otro bebedor solitario pasaría a ocupar su sitio en el banco corrido de Le Pot. Solo quedaba mamá. Y estaba tan perdida que era improbable que llegase a comprender lo sucedido, aunque no cabía duda de que su marcha tendría un fuerte impacto en su existencia. Evidentemente, no podría seguir viviendo sola en el apartamento. Se la llevarían y la encerrarían en una residencia. Gorski se la imaginó llamándolo a gritos, implorando que la llevasen de regreso a casa. Y ya. Si no salía del bar en ese momento y se subía al primer tren que partiese de Saint-Louis, era solo por eso. Vació la copa de un trago y se marchó.

Para cuando llegó al Restaurant de la Cloche, Gorski se había resignado a la idea de que tenía que hacer una segunda visita a los Duymann. Ninguna de las clínicas veterinarias del pueblo tenía constancia de haber sacrificado al perro de madame Duymann.

Se había dado por vencido y ya no se resistía al deseo de la *patronne* Marie de sentarlo en la que antaño fuera la mesa de Ribéry. Tenía la sensación de que se había dejado arrastrar a ocupar el lugar de su predecesor, cosa que le inquietaba. No porque importara dónde se sentase. Evidentemente, a Marie le facilitaba mucho las cosas que cada parroquiano ocupara el sitio que se le había asignado. Pero le reconcomía la molesta sensación de no haber opuesto suficiente resistencia; de que siempre se sometía sin rechistar a la forma de proceder que causara menos roces. No tomaba las riendas de su vida. Plegaba sus deseos a los de los demás, y con cada concesión erosionaba el concepto que tenía de sí mismo. Cada vez que se deslizaba sobre el banco corrido y se embutía delante de la mesa de Ribéry, perdía un poco de su individualidad. En cierto sentido, existía un poco menos.

Durante el servicio del almuerzo, Marie no tomaba las comandas ni despachaba los platos que iban saliendo de la cocina; se dedicaba más bien a coordinar las operaciones, enviando a las camareras a clientes que aún no habían sido atendidos y tomándose un rato para intercambiar alguna que otra cortesía con los parroquianos. Si la Cloche hubiese estado en París, habría sido la *maître,* pero en Saint-Louis usar tal calificativo se habría considerado de un pretencioso imperdonable. Su marido, Pasteur, jamás se aventuraba más allá de la barra. Ese hombre no estaba hecho para el reparto de apretones de manos y cordialidades que se le requiere al personal de primera línea. Así pues, sus funciones se limitaban a despachar las bebidas y cobrar las consumiciones, cosa que se hacía en la barra a fin de facilitar la rápida rotación de clientes en las mesas.

La camarera, Adèle, estaba sirviendo las mesas de la otra mitad del comedor, de modo que quien tomó la comanda de Gorski fue la sobrina de Marie. Esto era siempre un alivio. Tiempo atrás, Adèle se había convertido en objeto de una investigación policial y, aunque nunca habían hablado del tema, lo cierto es que no estaban cómodos en sus interacciones. Con la sobrina de Marie no pasaba nada por el estilo. Era una muchacha tímida, de pelo rubio despeinado y ojos azul claro. Se llamaba Nathalie, pero todo el mundo se refería a ella como La Sobrina. Llevaba tiempo atendiendo el servicio de almuerzos, pero no había conseguido desembarazarse de ese aire de agobio que tiene cualquier empleado en su primer turno. No se molestaba en memorizar las comandas y lo anotaba todo a conciencia en un cuaderno de espiral, sin saltarse una coma y con la punta de la lengua asomando por la comisura de la boca. Gorski jamás había visto a Adèle dirigirle la palabra.

Pidió *fromage de tête*[4] y *couscous marocain.* El *fromage de tête* se salía de lo que solía pedir, pero La Sobrina no mostró ni un ápice de sorpresa. Cuando terminó de anotarlo todo, dijo:

—¡Y un *pichet*!

Le lanzó una miradita sin levantar la cabeza, como si esperase alguna clase de felicitación especial por haberse acordado de esta parte de la comanda de Gorski.

La *formule* incluía una copa de vino, pero a Gorski nunca le cobraban de más por su *pichet.* No sabía si se debía a su rango

4. A diferencia de lo que pueda parecer, este *fromage* no es queso, sino un tipo de embutido semejante al que en España conocemos como cabeza de jabalí. *(Nota de la traductora al español.)*

o si era una cortesía con la que se agasajaba a todos los clientes habituales, pero, por si acaso, él nunca preguntaba.

Gorski se sirvió una copa de vino y desplegó su ejemplar de *L'Alsace.* No fue hasta que La Sobrina le trajo su *fromage de tête* cuando volvió a levantar la vista y reparó en que el eslavo estaba sentado a una mesa en la otra punta del comedor. Adèle le estaba tomando la comanda, pero, en cuanto se alejó, el hombre dirigió la mirada hacia Gorski como si hubiese sabido en todo momento que lo observaba. Inclinó la cabeza a modo de saludo. Gorski le devolvió el gesto. Tampoco podía hacer otra cosa. La presencia del eslavo en la Cloche lo desconcertaba, como si estuviera invadiendo a propósito su territorio.

Gorski concentró su atención en el almuerzo. Se arrepintió de haber pedido el *fromage de tête.* Era un plato de campesino. Pero ¿no lo había pedido precisamente por eso? Para demostrar que, a pesar de ser el jefe de policía, no era un estirado. A su padre no había nada que le gustara más que una porción de *fromage de tête* acompañada de una copa de sidra natural. Pero ahora, por culpa del eslavo, tenía la sensación de estar delatando su origen humilde. ¿Por qué le preocupaba tanto lo que aquel forastero pudiera deducir de su comida? Además, ni siquiera se veía bien lo que estaba comiendo desde la otra punta del restaurante.

La Sobrina le trajo a Gorski el segundo antes de que se hubiese terminado el primero. En la Cloche se esperaba de los clientes que comieran al ritmo impuesto por el establecimiento. El eslavo no parecía ser consciente de ello. Se había remetido la esquina de la servilleta en el cuello de la camisa y consumía su almuerzo sin prisa.

En un momento dado, el flujo de clientes amainó. Marie aprovechó la oportunidad para darse una vuelta por el comedor. Se detuvo a cruzar unas palabras con Lemerre, que estaba en su mesa junto a la puerta, comiendo como siempre con los modales de un cerdo. Conforme se acercaba a él, Gorski la saludó con la cabeza como dando a entender que estaba abierto a conversar un rato. Deseaba que al eslavo le quedase claro que era un tipo simpático que se prestaba al intercambio de trivialidades. Marie siguió caminando hacia su mesa, pero pasó de largo y fue a por la varilla que usaban para abrir la sección superior de la cristalera que daba a Rue de Huningue. Mientras hacía girar la varilla que operaba el mecanismo de la ventana, su trasero quedaba a apenas unos centímetros de la cara de Gorski. Una vez concluida la operación, no se volvió para disculparse ni para saludarlo siquiera, y prosiguió su peregrinación por la sala, deteniéndose aquí y allá para preguntar si todo era del gusto de sus clientes.

Gorski clavó los ojos en el periódico. Prefería no saber si el eslavo había sido testigo de aquel humillante episodio. Al cabo de un par de minutos, le pareció seguro levantar la vista. Marie se inclinaba sobre la mesa del eslavo. Por encima del barullo del restaurante, Gorski no podía escuchar su conversación, pero ella tenía la palma de la mano apretada contra el pecho, se diría que para expresar su complacencia con alguna galantería del otro. Luego él debió de soltarle algún piropo o alguna gracieta, porque Marie echó la cabeza hacia atrás en coqueto ademán y rio como una colegiala. Le dio una palmadita al forastero en el antebrazo a modo de juguetona amonestación. Gorski miró a Pasteur, que contemplaba el grotesco espectáculo casi con el mismo desagrado. Cuando Marie se alejó de la mesa, el eslavo volvió la cabeza de manera harto intencionada hacia Gorski. Su expresión no era petulante ni triunfal. No hacía falta. Dejaba bien claro que sabía que había sido testigo de lo sucedido, y con eso bastaba.

Gorski estaba seguro de que tomar alguna que otra copa durante la jornada no afectaba a su discernimiento. Solo el primer trago del día surtía en él algún efecto destacable. Después de ese, nada. Es más, a partir de esa primera, cualquier otra copa solo conseguía que se sintiese más entero. Esa era la palabra con la que calificaba el efecto: *entero.* Veía las cosas con mayor claridad y se sentía más resuelto. La idea de emborracharse mientras estaba de servicio le espantaba. Desde luego que nunca toleraría en ninguno de sus hombres un comportamiento semejante, pero afortunadamente todo apuntaba a que él era inmune a los efectos del alcohol.

A pesar de esto, tampoco le habría gustado que se supiera que, después de almorzar en la Cloche, había pasado por Le Pot. Y si, más tarde, entró en la comisaría por la puerta de atrás, ni mucho menos se debió a que el suelo se moviese un poco bajo sus pies.

Llamó a Roland.

—¿Y bien? —dijo.

El joven agente sacó su libreta. Había tomado una cantidad ingente de notas.

—¿Lo quiere saber todo? —preguntó.

—Todo —respondió Gorski—. Tal vez algún detalle al que no has dado importancia sea trascendental.

Roland asintió muy serio con la cabeza. Respiró hondo y empezó:

—8:55: tomo posición en la esquina de Rue de Mulhouse frente a la entrada del Hôtel Bertillon. 9:10: el cartero hace entrega del correo. 9:12: el sujeto sale del hotel. Va vestido con un traje marrón y una gabardina de color claro. Mide aproximadamente un metro setenta y tres centímetros, con…

Gorski hizo un gesto con el dedo.

—Ya sé qué aspecto tiene —dijo.

—Usted ha dicho que quería escucharlo todo.

Gorski le dio la razón y le pidió que continuase.

—Aproximadamente uno setenta y tres de estatura, con el pelo bien cortado y canoso en las sienes. No lleva sombrero ni maletín. El sujeto enfila Rue de Mulhouse. A las 9:16 entra en la panadería. Compra algo, un cruasán o un *pain aux raisins* tal vez, me encontraba demasiado lejos para distinguirlo, y se lo come de pie, delante del escaparate.

—¿Dentro de la tienda? —preguntó Gorski.

La panadería estaba enfrente de la comisaría. De tanto en tanto, Gorski se compraba allí un *pain au chocolat* para el desayuno.

—Sí, señor. Dentro de la tienda.

Esto era bastante anómalo. No era normal comer dentro de la panadería, pero el tipo era extranjero y tampoco se podía esperar que conociese las costumbres locales.

—¿Y dónde estabas tú en ese momento?

—Pasé de largo por delante de la panadería, crucé la calle y me aposté detrás de los arbustos del parquecito delante del templo protestante.

Gorski asintió con la cabeza. Roland debía de encontrarse allí cuando él salió de la comisaría. Preguntó si Roland lo había visto pasar.

—Sí, señor. Lo vi.

Gorski le indicó con un gesto que continuase.

—Al poco, el sujeto sale de la panadería y toma Rue de Mulhouse en dirección a Place de l'Europe. Luego gira a la derecha por Avenue Général de Gaulle. Yo le seguía de lejos y al torcer la esquina pensé que lo había perdido.

—Ah —dijo Gorski.

—Pero entonces lo divisé en el Café des Vosges, en la esquina de Rue des Vosges.

—Ya sé dónde está —dijo Gorski de manera cortante.

Estaba justo enfrente de la clínica veterinaria de Beiderbrecke.

—Pide una taza de café o de té, una bebida caliente de alguna clase, eso seguro, y se sienta a una mesa junto al escaparate. Pasados unos veinte minutos, sale y regresa por Avenue de la Marne. —Roland pasó una página de su cuaderno—. Continúa hasta Rue de la Gare, donde se detiene entre los árboles que bordean el aparcamiento y se queda allí aproximadamente otros veinte minutos.

—¿Qué hacía?

—Por lo visto, nada en particular. Se fumó un par de cigarrillos.

Y así siguió el relato. Gorski no podía reprochar la diligencia con la que su protegido había desempeñado su misión. Al cabo, cuando alcanzó el punto en el que el eslavo había entrado en el Restaurant de la Cloche, Gorski lo interrumpió:

—Y ahora dime —le dijo—, ¿qué deducirías de los movimientos del sujeto?

Pareció que a Roland le abochornaba contestar a la pregunta.

—Todo apunta a que le seguía a usted, señor.

Gorski asintió. Se hizo un breve silencio. Luego Roland añadió, como envalentonado de repente:

—Es más, a ratos costaba distinguir quién era quién.

—¿Y eso? —preguntó Gorski.

—Por lo mucho que se parecen ustedes dos.

Gorski frunció el ceño. Podía ser que existiese cierto vago parecido, pero la idea le ofendió un poco, como si Roland hubiese puesto en entredicho su individualidad.

—¿Y qué me dice de su nariz? —dijo.

—¿La nariz, señor?

—Sí, la nariz. La tiene chata como un boxeador.

Hizo una pequeña demostración aplastándose la nariz a un lado.

—Sí, ya veo lo que quiere decir. Ahora se parecen todavía más.

Gorski lo despidió con un gesto de la mano. ¿Y qué si se parecían? No tenía la menor importancia.

6

Cuando Gorski llegó a casa, Clémence ya estaba en el apartamento poniendo la mesa para la cena. Le resultaba más fácil entregarse a alguna faena que intentar dar conversación a su abuela. Recibió a su padre con cariño, aliviada por su llegada. Él le dio un beso, consciente del olor a cerveza que despedía su aliento. Entró en la cocinita y se remojó la cara, luego se la secó con un trapo de cocina que colgaba del asa del horno.

Clémence estaba flaquísima. No se parecía en nada a su abuela, que era de constitución corpulenta y de tobillos anchos. El físico de Clémence era herencia de los Keller. Poseía la complexión delgada y masculina de su madre. Tenía ojeras, pero Gorski sabía que era mejor no hacer comentarios sobre su aspecto.

Cruzó la estancia y le dio un beso a su madre.

—Está aquí Clémence.

—Ya la veo —dijo Gorski, y se disculpó por llegar tarde.

Madame Gorski le describió cómo esa tarde dos jóvenes muy bien vestidos habían entrado por la fuerza en el apartamento y habían robado toda la cubertería. Eran norteamericanos. Gorski abrió el cajón del aparador y le mostró que los cuchillos y los tenedores seguían en su sitio.

—Pues los habrán devuelto —dijo con lógica irrefutable—. No tienen ningún valor. A saber para qué se los llevarían la primera vez.

Clémence y Gorski intercambiaron una sonrisa compungida.

—He traído lubina —dijo Clémence con tono alegre—. Y también un poco de hinojo.

—¿Hinojo? —dijo él—. No sé muy bien qué se puede hacer con eso.

Clémence hizo una pedorreta.

—¡A mí no me mires!

Ni sabía cocinar ni tenía interés en aprender. Gorski pensaba que para ella se trataba más o menos de una cuestión de principios. Fuese cual fuese la razón, esta falta de ganas de cocinar era la que había desencadenado aquel ritual de cada semana: Clémence traía algunos ingredientes y Gorski preparaba la cena. Él agradecía mucho estas visitas. En teoría, Clémence iba a ver a su abuela, pero eso solo era una excusa.

El pescado estaba sobre la encimera de la cocina. Frondosas ramas de hinojo sobresalían de un cucurucho de periódico. Gorski lo levantó y se lo llevó a la nariz. El aroma anisado le recordó a algo. Al pastís, desde luego, pero a algo más. Se lo pasó a Clémence. Ella inhaló hasta llenarse los pulmones.

—El Midi —dijo.

Por supuesto, Marsella, los pueblos de la costa hasta Niza. Era un olor de otro lugar.

—Mamá —dijo, blandiendo las ramas hacia madame Gorski—, ¿cómo preparo esto?

—¿Qué es? —preguntó su madre con voz ronca.

Gorski cruzó la estancia con el vegetal y se lo plantó a escasos centímetros de la cara. A mamá empezaba a fallarle la vista.

—Hinojo —dijo ella sin vacilar—. Al horno, so pánfilo. ¡Al horno!

Gorski miró a Clémence.

—Creo que lo voy a hacer al horno —dijo.

Ambos se echaron a reír.

Sirvió dos copas de vino. Clémence se plantó en el umbral y observó a su padre ponerse manos a la obra. Primero encendió el horno, luego salpimentó el pescado. Clémence señaló que también había patatas. Él no se había fijado. Puso a hervir agua en una cacerola.

Desenvolvió el hinojo y lo miró con exagerado desconcierto. Tomó un cuchillo y retiró las ramitas cubiertas de hojas finas como plumas. Luego cuarteó los bulbos.

Miró a Clémence.

—¿Qué te parece?

Ella se encogió de hombros. Gorski colocó una fuente de aluminio para horno en la placa y añadió un chorro de aceite de oliva. Aplastó varios dientes de ajo con la hoja del cuchillo y los echó al aceite. Después añadió el hinojo. En realidad, sabía lo que hacía. Había visto a su madre preparar esa receta un montón de veces. No estaba seguro de haber experimentado en la vida un momento tan placentero como aquel, mientras salteaba el hinojo y el ajo en el aceite chisporroteante bajo la atenta mirada de su hija.

Molió pimienta sobre la mezcla y, con mucha maña, abrió el horno con la punta del zapato, introdujo la bandeja y volvió a cerrar de una patada.

—¡Toma ya, papi! —dijo Clémence.

Gorski ocultó su emoción tomando un trago de vino. Le entusiasmaba que Clémence lo llamase «papi».

A continuación, cortó las patatas y las introdujo en el agua hirviendo. Ahora tendría que esperar un rato antes de poder cocinar el pescado. Gorski y Clémence cruzaron una mirada. Ella se apartó del umbral.

—Ve a ver si a tu abuela le apetece una copita de vino —dijo él.

Clémence sirvió un vasito y se lo acercó a su abuela. Mientras ella estaba de espaldas, Gorski rellenó su copa.

Cuando por fin se sentaron a la mesa, se sintió orgulloso de sus esfuerzos. El pescado estaba sabroso, y el hinojo agradablemente dorado por los bordes. Colocó una pequeña ración delante de su madre.

—Gracias, Albert —dijo ella.

La primera vez que Clémence oyó a su abuela referirse a Gorski por el nombre de su abuelo la corrigió instintivamente, pero de poco sirvió, como es lógico. Ahora también ella actuaba como si no pasara nada. Y de tanto fingir los dos que todo era normal, se había vuelto normal.

Sin otra actividad que los distrajera, Clémence se puso a parlotear. Les habló de unos incidentes sin importancia acaecidos en el instituto. A un niño lo habían expulsado temporalmente por leer extractos del marqués de Sade en voz alta en el salón de actos. Alguien había hecho una pintada con espray en el coche de un profesor. Ella y sus amigas habían formado un grupo de estudio. Le preocupaba no conseguir la nota que necesitaba en el inminente examen del *bac.* Tenía pensado estudiar Filosofía en Estrasburgo. Gorski no estaba al tanto de eso, pero le pareció un buen plan. Entendía que Clémence tuviese que escapar de Saint-Louis, pero Estrasburgo tampoco estaba tan lejos. Quizá fuese a visitarlo de cuando en cuando.

Describió sus avances y su baches en varias asignaturas. Gorski se daba cuenta de que les contaba todo aquello por su abuela, independientemente de si ella era capaz de seguir el hilo de lo que decían. En el pasado, las ocasiones en las que Gorski y Clémence habían tenido que cenar solos, lo habían hecho sumidos en un incómodo silencio.

Le aliviaba que su hija no hubiera heredado sus nulas habilidades sociales. Por lo que se veía, gozaba de popularidad en el instituto. En ese aspecto había salido a su madre. Céline podía hablar con cualquiera. Encandilar a cualquiera. Y además era guapa. Para Gorski era un misterio que hubiese llegado a estar tan colada por él, o al menos parecerlo durante un tiempo. Porque a él siempre le había costado hacer amigos, incluso de niño. En el colegio solía quedarse mirando cómo sus compañeros formaban grupitos en el recreo. Y él nunca tuvo ni idea de qué había que hacer para entrar en aquellas curiosas facciones. No es que lo excluyesen a propósito. Más bien era como si fuese invisible. Sus compañeros simplemente no se fijaban en él. Una vez, ya casi al final de la primaria, un niño se incorporó a su clase a mitad de curso. El chico no tenía nada de especial, pero para finales de la primera semana ya pasaba el recreo metido en un corrillo e intercambiaba cromos de jugadores de fútbol.

Gorski no sabía si achacar aquella exclusión a su apellido, tan poco común, pero lo cierto es que había montones de niños con nombres rarísimos y no daba la impresión de que eso obstaculizase su aceptación. Se preguntaba si su dificultad para socializar era resultado de ser hijo único, pero tampoco era solo él quien sufría esta desgracia. No parecía que hubiese explicación alguna, y con el tiempo se hizo a la idea de que estaba condenado a pasar por la vida como espectador y no como participante. Mucho después se planteó si por eso era policía: una profesión en la que se consideraba un valioso activo saber quedarse al margen para observar la situación. En lo que no cayó fue en que ser policía lo iba a apartar todavía más de la sociedad. A la gente no le gustan los policías. Todo el mundo prefiere mantener a distancia a quienes, desde su punto de vista, se dedican profesionalmente a fisgonear en su vida.

Gorski tendría trece o catorce años cuando por fin hizo migas con un chico que se llamaba Jiři Holub. Venía de Checoslovaquia y hablaba francés con mucho acento. Su apellido significaba «pichón» en su idioma, de modo que así lo llamaba Gorski. Tal vez como consecuencia de las despiadadas burlas de las que era objeto, Pichón había desarrollado un tartamudeo, pero como Gorski tampoco era muy parlanchín, nunca supuso una traba para su amistad. A Gorski no es que Pichón le cayese especialmente bien, y tampoco sabía si él le caía bien a su amigo. Pero eran conscientes de que estar juntos redundaba en beneficio de ambos. Los fines de semana daban caminatas por los bosques de la Petite Camargue o pescaban en el canal que discurre entre Saint-Louis y Huningue.

Esta amistad se rompió de manera abrupta cuando tenían dieciséis años. Los dos muchachos estaban sentados en un banco del parquecito junto al templo protestante sin nada que hacer salvo columpiar las piernas y barrer la tierra con los pies. Una chica llamada Jeanet Hassemer apareció por allí acompañada de su amiga Isobel Arnaud. Jeanet era una muchacha alta de pecho plano, con un cuello largo y fino, a la que Gorski solía admirar sentado detrás de ella en clase de Historia. La chica se plantó con una mano en la cadera y un pie apoyado en el talón.

—No sé por qué vas con el t-tartamudo este, G-gorski —dijo.

Gorski miró a Pichón. Se había sonrojado con la mera presencia de las dos chicas. Gorski se dio cuenta de que cualquier contrapartida que hubiese sacado de su alianza con Pichón había llegado a su fin. Tocaba abandonar el barco.

—Eso mismo me pregunto yo —contestó él.

—Entonces, ¿qué? —dijo Hassemer. Hizo un ademán con la cabeza hacia el centro del pueblo—. ¿Te vienes?

Gorski se levantó y siguió a las chicas.

—Nos vemos —le dijo a Pichón.

Pichón no le volvió a dirigir la palabra. A Gorski su traición solo le sirvió para comprar el privilegio de acompañar a las chicas hasta el café de la esquina de Rue des Vosges, donde le dejaron claro que no querían su compañía. Aparte de un desafortunado incidente en una fiesta un par de años después, ese fue el alcance de la relación de Gorski con Jeanet Hassemer. Isobel Arnaud vivía ahora en Rue des Trois Rois, y Gorski se la cruzaba por la calle de vez en cuando. Si ella le recordaba de cuando iban al colegio, no había dado señales de ello. Quizá también le abochornase el papel que desempeñó en ese episodio y prefería fingir que nunca había sucedido. Después de acabar el colegio, no volvió a ver a Jeanet Hassemer. Probablemente se mudara a otro lugar.

En los meses inmediatamente posteriores a la ruptura, el silencio de Pichón le pesó mucho a Gorski. Fue un alivio enterarse de que había muerto después de que el coche de su padre se quedara atascado en un paso a nivel justo a las afueras de la aldea vecina de Bartenheim.

La barbilla de madame Gorski había descendido de una cabezada hasta quedar contra su pecho. Clémence y Gorski repararon en ello a la vez. Tal vez llevara dormida ya un rato. Al menos se había comido una cantidad razonable de la cena. Durante unos minutos prosiguieron con la conversación como si nada.

—¿Qué tal el amigo Willy? —preguntó Clémence.

Willy era el sargento Schmitt. Cuando su hija era pequeña, Gorski se la llevaba a veces a la comisaría para enseñarle el despacho. Schmitt guardaba una bolsa de caramelos debajo del mostrador de la recepción, y jugaba a que la niña adivinase en qué mano escondía una de las golosinas. Si escogía la mano equivocada, extraía con mucho teatro un caramelo de detrás de la oreja de la pequeña y se lo regalaba. Por eso Clémence le tenía cariño. Le parecía un hombre divertido.

—Tan gruñón como de costumbre —repuso Gorski.

Por su parte, Gorski le contó de manera sucinta lo que había hecho esa semana. Clémence se echó a reír cuando le dijo que había acabado viéndose obligado a investigar el presunto asesinato de un perro faldero. Insistió en que le diera más detalles.

—¿Duymann? —repitió—. ¿El escritor?

Gorski se encogió de hombros. No había preguntado a qué se dedicaba el hombre.

—¿Robert Duymann? —preguntó ella.

—El mismo.

—Es famoso. O lo era. Pensaba que había muerto.

—Pues está vivito y coleando y comparte residencia con su madre en Rue Saint-Jean.

Duymann, explicó Clémence, había escrito una novela ambientada en Saint-Louis, pero no se acordaba del título. Tampoco estaba segura de si había vuelto a escribir algo más.

—Le preguntaré la próxima vez que lo vea —dijo Gorski.

Madame Gorski se despertó con un sobresalto. Su hijo se levantó y la ayudó a regresar a su butaca. Clémence recogió la mesa. Ahora se invirtieron los papeles. El padre observaba mientras la hija lavaba los platos y ordenaba el desastre que él había desatado en la cocina. Era el último acto de su liturgia semanal. Una vez guardados todos los cacharros en su sitio, Gorski la acercaría en coche a la casa de Rue de Village-Neuf.

Gorski vació el vino que quedaba en su copa. Mientras restregaba la fuente de aluminio donde habían preparado el hinojo, Clémence comentó de pasada que había estado hablando con madame Beck antes de subir.

—Es maja —dijo.
—Sí —corroboró Gorski.
Clémence levantó la vista de la faena.
—Me ha estado hablando de lo encantador que eres.
—¿En serio?
Gorski notó que se sonrojaba y pegó el cristal de su copa contra la mejilla. A menudo se sentía como un intruso en el territorio de madame Beck cuando atravesaba la tienda en sus entradas y salidas del apartamento. Otras veces tenía la sensación de que sus intentos de entablar conversación con ella caían en saco roto. No sabía cómo interpretar esta información, y no pudo evitar pensar que Clémence tramaba algo al transmitírsela. Se quedaron sentados unos minutos fuera de la casa de Rue de Village-Neuf. El BMW de Céline estaba aparcado en el camino de entrada. Clémence le preguntó si quería pasar a saludar.
—Creo que mejor no —dijo él.
Ella le dio las gracias por la cena. Gorski le agradeció que hubiera pasado a verlos. Le hubiese gustado decirle lo mucho que significaban para él aquellas visitas, pero no lo hizo.
—¿Te veo la semana que viene? —preguntó.
Clémence asintió. Gorski se la quedó mirando mientras recorría el caminito hasta la puerta principal. Ella se volvió y saludó con la mano antes de abrir y pasar al interior.

7

Había una ambulancia en el aparcamiento sembrado de socavones de la cementera situada a las afueras de Saint-Louis. La sirena con la que había anunciado su llegada ya estaba desconectada, pero las luces azules seguían parpadeando. Dos sanitarios esperaban fumando junto a las puertas traseras. La urgencia había pasado. Gruesas gotas de lluvia impactaban ruidosamente en los charcos.

Gorski ascendió los peldaños de hormigón y entró en la caseta prefabricada que le hacía las veces de oficina al dueño de la fábrica. Dentro, las paredes estaban empapeladas con almanaques y calendarios desfasados con fotografías de chicas inmortalizadas en distintos grados de desnudez. Había documentos, vasos vacíos y tazas de café desperdigados por todas las superficies. Archivadores de anillas llenos a reventar vertían su contenido por el suelo. De no ser porque ya había visitado el lugar en una ocasión, Gorski habría deducido que alguien lo había registrado de arriba abajo.

Marc Tarrou se había desplomado de espaldas sobre una mesita auxiliar de cristal ahumado cuya estructura tubular metálica había cedido de tal forma que ahora arropaba el cuerpo del empresario formando una eme asimétrica.

Roland, a quien Gorski había pedido que lo acompañase para sacar fotografías, esperaba en el umbral. La única otra persona allí presente era el doctor Faubel, que había certificado la muerte de la víctima haría unos quince o veinte minutos.

Gorski preguntó quién lo había encontrado.

—La secretaria —contestó Faubel. Estaba de pie junto a una de las diminutas ventanas llenando su pipa.

Una joven con falda corta y botas blancas hasta las rodillas se arrebujaba en el exterior bajo la cúpula transparente de un paraguas.

Faubel estaba a punto de jubilarse y no se podía confiar en que fuese observador o concienzudo en el cumplimiento de sus obligaciones. A pesar de esto, Gorski le preguntó si había detectado alguna lesión externa en la víctima.

—Para mí que ha sido un infarto —contestó a la vez que aplastaba el tabaco en la cazoleta de su pipa.

Gorski agradeció que no hubiese nadie más por allí. Detestaba trabajar bajo el escrutinio de la muchedumbre. Gracias a las novelas y la televisión, los mirones de hoy se creían medio expertos en investigación criminal, y Gorski a veces se sorprendía actuando a la manera de sus homólogos de ficción para cumplir con las expectativas de su público. Pero no hizo falta recurrir a nada de eso en esta ocasión. Faubel estaba totalmente concentrado en encender su pipa, y lo que hiciera Gorski, en cualquier caso, le era totalmente indiferente. Roland, en cambio, lo observaba con el fervor del neófito.

Gorski abordó la inspección del escenario de forma tan metódica como de costumbre. La mano derecha de Tarrou reposaba sobre su pecho; la izquierda la tenía por encima de la cabeza, como si hubiese retrocedido tambaleándose para atrapar una pelota. El cuerpo seguía caliente. Vestía un traje azulón de paño brilloso. La camisa se le había salido de la cintura del pantalón, y tenía la bragueta medio abierta. Solo llevaba puesto un zapato. El otro, un mocasín gris de charol, yacía aproximadamente a un metro del cadáver.

No presentaba magulladuras en la cara ni en el cuello. Tampoco había abrasiones en torno a las muñecas, ni tenía ninguna uña rota. La ropa no estaba rasgada. Ningún indicio apuntaba a que se hubiera producido una pelea. Aun así, la posición del cuerpo era cuando menos curiosa.

—¿Lo han encontrado exactamente tal y como está? —preguntó Gorski.

—Bueno, desde que estoy aquí no se ha movido.

—¿Diría usted que esta es una postura habitual en un hombre que ha sufrido un infarto?

Faubel dejó de mirar por la ventana y se volvió hacia él.

—¿Cómo dice?

—Da la impresión de que lo hubieran empujado. Como si hubiera salido despedido hacia atrás con cierta violencia. —Alzó la mano izquierda por encima de la cabeza, imitando la postura del muerto, y retrocedió un par de pasos.

Faubel le miró impertérrito.

—Las personas que sufren un infarto se desploman, generalmente —dijo de manera cortante.

Gorski se apartó del cadáver. Faubel probablemente tuviera razón. No había motivos para pensar que pudiera haber sucedido algo sospechoso. La gente se cae muerta constantemente, ya sea en el trabajo, en casa o en la calle. Al final, todos los cuerpos dejan de funcionar y, por lo general, sin injerencias externas. Se pasean con su causa de defunción a cuestas durante años, las arterias obstruidas, la trombosis latente, la predisposición al cáncer. En la mayoría de los casos es un milagro que funcionen durante tanto tiempo.

Es más, ¿existía realmente algún motivo para que Gorski se ocupase de semejante incidente? Con toda probabilidad, no se había cometido ningún delito. No obstante, era su deber determinarlo: cumplir con la obligación administrativa de declarar que no se había cometido crimen alguno, que el individuo en cuestión había fallecido por causas naturales y que su muerte, por lo tanto, no representaba un motivo de alarma para la población. Evidentemente, podría haber delegado la tarea en uno de sus subordinados, pero Tarrou era un pez gordo bien relacionado con los mandamases del pueblo. La muerte de un personaje así no se maneja igual que la de un vagabundo cuyo cadáver encuentran junto a las vías del tren. La idea de que todo el mundo es igual ante la ley es un cuento, incluso después de muertos.

Gorski se había cruzado con Tarrou con ocasión de las pesquisas relacionadas con la muerte de un abogado del pueblo, Bertrand Barthelme. Estaba claro que había sido un hombre de gran apetito, del tipo al que es habitual describir como exuberante. Ahora, despatarrado sin vida en el suelo de aquella inhóspita caseta prefabricada, se le hacía raro contemplar lo poco que de él quedaba.

Gorski le indicó a Roland que podía empezar a hacer fotografías.

—Si no me necesita, me marcho —dijo Faubel.

Su pipa estaba colmando la caseta de un intenso aroma dulzón que a Gorski le recordaba indefectiblemente a su padre.

Le pidió al médico que le enviase el informe forense lo antes posible.

Mientras Roland se entretenía sacando instantáneas, Gorski se dio una vuelta por la oficina. No podía imaginarse trabajar entre tanto desorden. Sería imposible determinar si faltaba algún documento incriminatorio.

Se aseguró de que Roland no pasara por alto el zapato suelto. Le daba cierto dramatismo a la escena.

—Los detalles —dijo—. Lo importante son los detalles.

Roland asintió con gravedad, almacenando en su memoria tan sabias palabras.

Fuera, la secretaria daba saltitos cambiando de pie para entrar en calor. Un grupo de empleados se había reunido en el otro extremo del aparcamiento. La fábrica era un engendro de reciente construcción. En su día hubo cierta oposición al proyecto, pero los mandamases del pueblo desestimaron las objeciones de un plumazo. Evidentemente, se había untado a las personas adecuadas. Y de todas formas la zona necesitaba los puestos de trabajo.

Gorski comunicó a los sanitarios que podían retirar el cadáver. A pesar de la lluvia, no le pareció conveniente invitar a la secretaria a que entrase de nuevo e interrogarla mientras examinaban el lugar. Se encendió un cigarrillo y le ofreció uno a ella. Era una chica atractiva de unos veinte o veintiún años. Por lo que conocía a Tarrou, Gorski creyó probable que este acostumbrase a contratar a jovencitas guapas.

Le preguntó su nombre.

—Anna Petrovka —contestó ella.

—¿Y a qué hora lo ha encontrado?

Un sollozo se elevó desde la garganta de mademoiselle Petrovka. Después brotaron las lágrimas. Gorski aguardó pacientemente. No tenía un pañuelo para ofrecérselo. Ella se secó los ojos y luego se restregó la nariz con la manga del abrigo. Su melena rubia le cubrió el rostro. Se apartó el pelo, dio una calada al pitillo y soltó una risa forzada.

—No sé por qué lloro —dijo—. Ni siquiera me caía bien.

Levantó la vista hacia Gorski, como si le inquietase que él fuera a mostrar su desaprobación.

—A mí tampoco —contestó para tranquilizarla—. Si pudiera usted decirme solamente cuándo lo encontró.

Ella consultó su reloj como si, de algún modo, la hora fuera a estar allí registrada.

—Pues no sabría decirle con exactitud.

—No se preocupe —dijo Gorski, comprensivo.

A cambio, le preguntó cuándo lo había visto con vida por última vez.

—Esta mañana, me dictó unas notas, y luego me fui a mi escritorio a pasarlas a máquina. Serían las nueve y media.

—Entonces, ¿tiene usted su mesa en otra parte?

Ella señaló el edifico principal con un ademán.

—¿Y no volvió a verle hasta que llamó a la ambulancia?

—No.

—¿Dijo algo de que se encontrase mal?

Ella negó con la cabeza.

—Estaba como siempre.

Los sanitarios asomaron por la puerta con el cuerpo de Tarrou. Se montó un pequeño revuelo mientras trataban de cruzar el estrecho umbral con la camilla. Roland se aprestó a echar una mano. Los mirones reunidos en el aparcamiento avanzaron milimétricamente para ver mejor.

Gorski le pidió a Anna Petrovka que le enseñara dónde trabajaba.

Su escritorio estaba en una oficina diáfana de la planta baja del edificio principal. Las ventanas daban al aparcamiento, pero desde donde ella se sentaba no era posible divisar la caseta de Tarrou. Llevaba un año y medio trabajando en la fábrica. Tarrou la había entrevistado personalmente. Sabía taquigrafía y podía mecanografiar ochenta palabras por minuto, pero él no pareció demasiado interesado en nada de eso. Anna no recordaba si se había levantado de su escritorio en algún momento esa mañana, pero podía asegurar que no había visto a nadie entrar en la oficina de Tarrou.

—Pero ¿podría haberle hecho alguien una visita sin que usted estuviese al tanto?

—Supongo que sí —contestó—. Había gente entrando y saliendo a todas horas. Muchas veces mujeres. Creo que por eso tenía su oficina separada del edificio principal.

—Ha dicho usted que él no le caía bien —dijo Gorski.

Ella se mostró reticente, no quería repetir su anterior afirmación.

—¿Por qué motivo? —insistió Gorski.

—Ya sabe cómo son los hombres.

—Pues no, la verdad —dijo él.

—Era un pulpo. Siempre estaba intentando meterme mano.

—Entiendo. —Por lo que conocía a Tarrou, no le sorprendía lo más mínimo.

—Si le pedía que dejara las manos quietas, se echaba a reír y me decía que, si no me gustaba, me buscase otro empleo. Se lo tomaba como una especie de juego, a ver hasta dónde podía llegar. Algunas de las otras chicas se limitaban a seguirle el rollo. A lo mejor es que soy una mojigata.

Gorski negó con la cabeza.

—Antes ha dicho que recibía visitas de mujeres en su oficina. ¿Se refiere a que venían por temas de negocios?

—Depende de lo que entienda usted por negocios.

—Entonces ¿venían a..., a mantener relaciones sexuales con monsieur Tarrou?

Ella miró a Gorski como si fuera un poco corto de mollera.

—Ajá.

—¿Y alguna vez le sorprendió...?

—¿En plena faena? Sí, alguna que otra. —Se encogió de hombros como para dar a entender que semejante comportamiento era perfectamente normal—. Le gustaba decirme que era un guarro. Se mondaba si entraba y lo pillaba en plena faena. —Torció la expresión con una mueca de asco.

Entonces, Gorski lo recordó: un «mestizo marsellés», así se había descrito a sí mismo cuando se conocieron. Cabía la posibilidad de que un marido cabreado hubiera venido a hacerle una visita a Tarrou y la cosa hubiese derivado en una pelea.

Anotó la dirección de mademoiselle Petrovka y le aconsejó que se tomara el resto del día libre. Ella empezó a explicarle que todavía tenía cartas que pasar a máquina, pero de pronto enmudeció.

Fuera, la ambulancia se había marchado. Solo entonces reparó Gorski en la presencia de su suegro, Jean-Marie Keller, que estaba en la otra punta del aparcamiento apoyado contra la puerta de su BMW. Gorski cruzó un par de palabras con Roland a propósito antes de acercarse a saludar. No quería dar la impresión de que estaba a la entera disposición del alcalde. Los dos hombres se estrecharon la mano sin mediar palabra.

—¿Es asunto del Ayuntamiento? —preguntó Gorski.

—¿Y de la policía? —contestó Keller.

—Tal vez.

Keller encendió un cigarrillo.

—¿Entonces solo pasabas por aquí? —dijo Gorski.

—Tarrou era un colega. Me ha parecido conveniente acercarme a ver qué ocurría.

Gorski no le preguntó cómo se había enterado del fallecimiento de su amigo.

—Me ha telefoneado Faubel —añadió como leyéndole la mente a Gorski—. No me ha parecido que creyese que fuera asunto de la policía.

—¡Faubel! —exclamó Gorski—. No es un modelo de diligencia, que digamos.

—Justo al contrario que tú, Georges. Pero dudo que aquí haya nada que rascar, no te montes películas. —Le dio una palmadita en el brazo—. ¡Buen chico!

Se metió en el coche y se marchó salpicando de barro gris los pantalones de Gorski, que respiró hondo un par de veces antes de volver donde Roland lo esperaba. Le dio instrucciones para que llamase a la comisaría y pidiera que enviaran un par de hombres. Bajo ningún concepto debía permitírsele a nadie la entrada a la oficina de Tarrou.

Se había formado un pequeño corrillo alrededor de Anna Petrovka, que acababa de salir del edificio. Saltaba a la vista que disfrutaba con su estatus de autoridad sobre lo sucedido. Gorski le ordenó a Roland que comunicase a los empleados que debían regresar al edificio principal y permanecer en la fábrica hasta que los hubieran interrogado. Una vez dispersada la muchedumbre, mademoiselle Petrovka cruzó el aparcamiento de una carrerita en dirección a un abollado dos caballos de color blanco. Gorski la siguió y dio unos golpecitos en la ventanilla del acompañante. Ella se inclinó sobre el asiento y le dejó entrar. El asiento estaba húmedo. Gorski cambió de postura.

—Disculpe —dijo ella—. Tiene goteras.

El suelo a los pies de Gorski estaba sembrado de cajetillas de tabaco empapadas. Le preguntó a la joven si podía acercarle al centro. El pequeño Citroën avanzó bamboleándose por aquel aparcamiento repleto de surcos. La chica se detuvo a la salida y empezó a hurgar en su bolso. Gorski encendió dos cigarrillos y le pasó uno. Ella se encorvó sobre el volante, la cara prácticamente pegada al parabrisas, antes de incorporarse a la A35. El habitáculo se llenó de humo.

—Me preguntaba si ha reconocido al hombre con el que acabo de hablar en el aparcamiento —dijo Gorski.

—¿Al alcalde? —contestó ella—. Pues claro.

—¿Por las fotos de los periódicos?

—Porque se pasa aquí todo el santo día.

Anna Petrovka conducía con las puntas de los dedos de la mano izquierda posadas suavemente sobre la curva inferior del volante. La mano derecha la reservaba para fumar y para pelearse ocasionalmente con la palanca de cambios. Al parecer, lo de disminuir la velocidad para tomar las curvas no era algo que se le pasara por la cabeza.

—¿A qué se refiere con «todo el santo día»?

—A que viene una vez por semana. A veces más. Y lo suyo es tan grave como lo de monsieur Tarrou. Qué digo, peor aún.

—¿En qué sentido?

—Pues en el sentido de que tiene las manos muy largas. Y hace comentarios groseros. Asqueroso, vamos.

Esta era una cara de su suegro con la que Gorski no estaba familiarizado.

—¿Y de qué hablaban él y monsieur Tarrou?

Ella exhaló una larga bocanada de humo.

—No sabría decirle. Negocios, me imagino. No prestaba demasiada atención.

—¿Qué clase de negocios?

—Ah, no sé. Dejaban de hablar en cuanto ponía un pie en la oficina. Eso o cambiaban de tema.

Gorski asintió.

—¿Y guardaba dinero monsieur en la fábrica de Tarrou? Me refiero a sumas importantes, claro.

—No sé. O sea, yo no he visto ningún dinero. —Era la clase de respuesta breve que daba la gente cuando quería ocultar algo o tenía miedo de decir algo que no debía—. Hay una caja fuerte en un compartimento debajo de su escritorio —añadió.

—¿Y qué guardaba allí?

—Ni idea.

Gorski preguntó si conocía la combinación. No la conocía.

La joven tomó la rotonda delante del Hôtel Bertillon sin levantar el pie del acelerador. Gorski le pidió que lo dejase enfrente de la comisaría. Ella se detuvo junto a la acera con un chirrido de frenos. Gorski le dio las gracias y se apeó del coche, pero no entró. Aguardó hasta que ella se hubo marchado antes de poner rumbo a Le Pot.

Una vez allí, se bebió su primera cerveza de dos o tres tragos. Yves le sirvió otra sin mediar palabra. Es lo que tenía Yves: le daba lo mismo lo mucho que el personal empinase el codo. Se ahorraba los comentarios jocosos. Nada de «Menuda sed tenemos hoy, ¿eh, monsieur?». Mientras cada cual pudiera pagar lo suyo, a él como si se caían redondos en cuanto ponían un pie en la calle. La acera quedaba fuera de su jurisdicción. La única otra persona presente en el bar era el antiguo maestro, ese que había dimitido a raíz de las feas acusaciones de un alumno. Habían intercambiado un escueto saludo con la cabeza cuando Gorski ocupó su lugar en el banco corrido.

Gorski estaba de buen humor. Había pasado algo. Y lo suficientemente relevante para que el alcalde del pueblo se hubiera visto forzado a personarse en la escena de los hechos. De no haber sido por la aparición de Keller, quizá Gorski no hubiese vuelto a pensar más en el asunto. Seguro que Tarrou había muerto de causas naturales, pero, hasta que esto se confirmara, no tenía nada de malo permitirse unas inocentes conjeturas. Además, ¿no era su deber mantener la mente abierta? Había algo en aquel suceso que no le encajaba. Pero que no acabase de caer no implicaba que tuviera que desechar sus dudas. Se imaginó a Ribéry burlándose de él: «Eso que sientes es una corazonada, muchacho». Tenía razón. A esas alturas no era más que una corazonada, pero, hasta que no le presentasen pruebas que demostrasen lo contrario, era perfectamente legítimo contemplar la hipótesis de que había sucedido algo sospechoso.

Dio un sorbo a su segunda cerveza, encendió un cigarrillo.

Hizo un repaso de lo que sabía.

Habían encontrado muerto a un hombre que gozaba, aparentemente, de buena salud. Al médico que había acudido al lugar le había parecido necesario informar a la máxima autoridad del municipio, quien a su vez había estimado conveniente acudir al lugar y dictaminar que el caso no era asunto de la policía. Luego estaba la extraña posición del cadáver, el zapato suelto, la bragueta abierta del pantalón de la víctima. Tal vez una fémina de visita en la caseta se había protegido contra sus avances y le había dado un empujón. Pero esta teoría, aunque no imposible, resultaba poco probable. Tarrou era un hombre recio y voluminoso, y habría hecho falta una persona extremadamente fuerte para derribarlo. Visto así, la idea de que se hubiese producido un rifirrafe con un marido cabreado resultaba más plausible, pero en ambos casos parecía improbable que un enfrentamiento de esa índole acabase siendo mortal. Cabía tener en cuenta, además, que no había lesiones que se correspondieran con las propias de una pelea. Pero, fuera como fuera, ninguno de estos dos escenarios habrían sido de la incumbencia del alcalde. ¿Qué motivo podía tener Keller para intentar correr un tupido velo sobre el asunto tan descaradamente?

Gorski se retrepó en el banco. Golpeó el paquete de tabaco con un dedo, extrajo un cigarrillo y lo encendió. No pasaba nada por dedicar un poco de tiempo a hacer conjeturas, desde luego, pero corría el riesgo de dejarse llevar. Estaba cometiendo el error de interpretar de una manera concreta lo que había visto porque quería que fuera así. *Quería* que hubiera ocurrido algo sospechoso. Y no porque le desease ningún mal a Marc Tarrou, sino porque un delito como ese daba sentido a su trabajo. A ojos de los ciudadanos, le confería cierta *gravitas.* El jefe de policía no debería verse rebajado a hacer preguntas sobre la muerte de un perrito faldero o a acosar a inocentes de visita en el pueblo.

A pesar de todo esto, tenía que pensar de manera disciplinada. Reexaminó los hechos. Para empezar, no sabía si Tarrou gozaba de buena salud. A lo mejor hacía años que padecía del corazón y era cuestión de tiempo que sufriese un infarto. En segundo lugar, no tenía la certeza de que Faubel hubiera telefoneado al alcalde. Lo único que sabía era lo que le había contado Keller. Tal vez el alcalde acudía a una de sus reunioncitas con Tarrou y, por algún motivo, había querido justificar su presencia allí. En cuanto a la posición del cadáver o el estado desaseado de su ropa, no había dónde rascar. Tarrou podría haberse sacudido el zapato del pie en plena agonía. Incluso tenía una mano agarrada al pecho, lo que apoyaba la teoría de Faubel. Y en lo que se refería a la bragueta abierta, lo más probable era que Tarrou hubiese estado recientemente en el aseo y hubiera olvidado subirse la cremallera.

Gorski negó con la cabeza, pensativo. Hizo un gesto a Yves pidiendo otra cerveza. Justo cuando se la estaban sirviendo, entró Lemerre a tomarse su chupito de media tarde. Tenía el negocio a escasa distancia, en la misma calle. No se dirigió directamente a la barra, como de costumbre, sino que reparó en Gorski y se acomodó en el taburete de su mesa, con las piernas bien abiertas. Tenía una mancha de grasa en la entrepierna del pantalón.

—No esperaba ver por aquí a nuestro estimado jefe de policía precisamente hoy —dijo.

Gorski esbozó una sonrisa tensa. De no haber tenido ante sí una cerveza recién tirada, habría ofrecido sus disculpas y se habría marchado.

Yves depositó una copa de vino blanco delante de Lemerre, que la cogió con delicadeza por el tallo y apuró el contenido de un trago; luego deslizó la copa a un lado de la mesa para indicar que se tomaría otra. Arrimó el taburete abriendo todavía más las piernas.

—Menuda historia la del tal Tarrou —dijo.

Gorski hizo una mueca para indicar que el asunto le era indiferente.

—No me diga —dijo.

—Yo al tipo no lo conocía personalmente —prosiguió Lemerre—, pero, por lo que me cuentan, estaba metido en todos los fregados. Y en otras partes también, ya sabe. —Guiñó un ojo de manera lasciva.

Yves rellenó la copa de Lemerre. Y, cosa rara en él, se demoró junto a la mesa. En el rincón, el antiguo maestro mantenía los ojos clavados en el periódico desplegado ante él.

—Así que, dígame, ¿qué se cuece, inspector? —preguntó Lemerre, poniendo especial énfasis en la última palabra.

Gorski negó levemente con la cabeza.

—No se cuece nada.

—¿Que no? ¡Venga ya, hombre! Un tipo como ese no se cae muerto así por las buenas.

Gorski no abrió la boca.

—Ah, ya lo pillo —dijo Lemerre, volviéndose hacia Yves—. No nos puede contar nada. Es una investigación en curso… y ese rollo.

Yves se retiró detrás de la barra. Lemerre apoyó los brazos sobre la mesa que los separaba. El aliento le apestaba a riesling rancio.

—En serio, inspector, todos sabemos en qué andan metidos Tarrou y sus amigotes del Ayuntamiento. No irá a decirme que ha sido una especie de accidente, ¿verdad?

Gorski tragó saliva.

—No puedo decirle nada —respondió con aire misterioso.

El problema era que no tenía ni idea de lo que quería decir Lemerre. Le costaba reconocer que un barbero cotilla estuviera mejor enterado que él de los cotilleos del pueblo.

Apuró la cerveza.

—Si me disculpa —dijo.

Se levantó del banco y buscó en el bolsillo unas monedas, pero Lemerre alzó la mano.

—Yo invito —insistió—. No todos los días tiene uno la oportunidad de compartir un trago con el mandamás en persona, ¿eh?

Gorski no protestó. Mientras se dirigía a la puerta, Lemerre le indicó que ya era hora de que se pasara a cortarse un poco el pelo.

—A no ser que ahora frecuente una de esas peluquerías finolis de Mulhouse.

En la acera, Gorski se pasó una mano por el pelo. Lemerre tenía razón. Ya tocaba darse un corte de pelo. Siempre aplazaba su visita mensual a Lemerre lo máximo posible. Temía aquellos veinte minutos en su compañía. Sin embargo, era inconcebible ir a cortarse el pelo a otra parte.

Eugène Vinçard mira por el escaparate de su agencia de viajes en Rue de Mulhouse. No ha tenido ni un solo cliente en todo el día. Desde que murió su esposa, el negocio anda de capa caída. Siempre le han hecho la competencia las operadoras mucho más grandes de Basilea y Mulhouse. Eso no ha cambiado. Lo que Vinçard se teme, más bien, es que a la gente le dé apuro contratarle unas vacaciones a un viudo. Decide adelantar el cierre y tomar un chupito en el Café de la Gare, que queda doblando la esquina. Mientras baja las persianas, la atractiva florista de Rue de Trois Rois pasa de largo en su pequeña furgoneta. Levanta el brazo a modo de saludo, pero ella no lo ve.

A las tres y media, Raymond Barthelme, al que hace poco expulsaron temporalmente del instituto por cometer el *acte gratuit* de leer en voz alta al marqués de Sade durante la asamblea escolar, vaga por la esquina de Avenue Général de Gaulle con Rue des Vosges. Está esperando a Clémence Gorski. La muchacha le intriga. Tiene cuerpo de chico y un aire soñador, y a menudo la ha visto leyendo libros serios. Cuando pasa junto a él, la saluda y le pregunta si le gustaría tomar un té. Están justo delante del

Café des Vosges. Sentados el uno frente al otro en un apartado al fondo del local, él le dice: «Tengo pensado hacerme nihilista». Clémence lo mira con escepticismo. «A ver, o lo eres o no lo eres», contesta. «Uno no se *hace* nihilista.»

Lemerre le está cortando el pelo a *maître* Corbeil, que tiene su despacho en la vecina Avenue Général de Gaulle. El barbero parlotea sin cesar mientras tijeretea, pero el abogado responde con muy pocas palabras. El pelo le empieza a canear en las sienes, y Lemerre no pierde la ocasión de señalárselo. «Quizá en un futuro —dice— haya que pensar en recurrir a un poco de tinte.»

A Henri Virieu lo despierta de la cabezada que se está echando en su escritorio el sonido del timbre de la recepción del Hôtel Bertillon. Una pareja aguarda junto al mostrador. Se ríen, pero Virieu no oye de qué a través del cristal. Ambos rozan los cuarenta. El hombre rodea firmemente con su brazo la cintura de la mujer. Cuando Virieu sale de su oficina, el hombre pide una habitación. Solo para una noche, contesta a la pregunta de Virieu. Este supone que no están casados, o al menos no entre ellos. Vienen ya apestando a alcohol, pero el negocio no está como para ponerse tiquismiquis con los huéspedes.

En la pequeña librería de Avenue de Bâle, Aude Poiret registra una venta de *Madame Bovary.* No hay clientes en la tienda. Es para ella. Desde que cumplió los quince, cada año se regala una nueva edición. En la estantería de su casa hay once ejemplares. Este será el décimo segundo.

Gervaise Dutheil voltea el cartel de la puerta de su barecito en Rue de Huningue para exhibir la palabra OUVERT. Solo enciende las velas si entra un cliente. No tiene sentido malgastar cera. Arrastra los pies a propósito de camino a la mesa del fondo sobre la que ya ha dispuesto un solitario. Le gusta el sonido que hacen las suelas de sus zapatillas al rozar contra el suelo de baldosas.

En la casa del número 26 de Rue Saint-Jean, Robert Duymann está sentado a su escritorio mecanografiando. Desde el piso de arriba, hace media hora que su madre le está llamando para que le suba un té al dormitorio. La ignora. Es perfectamente capaz de bajar las escaleras y preparárselo ella sola.

8

En la pequeña librería de Avenue de Bâle, Gorski preguntó a la dependienta si tenía algo de Robert Duymann. Era una mujer joven, ataviada con vaqueros y un jersey de cuello alto tejido a mano. El pelo castaño lo llevaba suelto, al natural. Tenía ojos marrón claro y largas pestañas.

—¿Duymann? —repuso—. Solo ha escrito un libro.

Se fue a buscar un ejemplar. Gorski era el único cliente. Hacía muchos años que no pasaba por la tienda, pero la disposición no había cambiado. Tampoco el olor. Al fondo había una sección de venta de libros antiguos y de segunda mano, y eran estos los que conferían al establecimiento su aroma a moho. A Gorski le recordaba a la tienda de su padre.

La mujer volvió y le entregó un ejemplar del libro.

—Hoy ya no se vende tanto —dijo—. Pensaba que en Saint-Louis ya se lo había leído todo el mundo.

Se titulaba *En el Restaurant de la Poste.* La cubierta mostraba una fotografía en blanco y negro de un hombre apostado a la barra de una tradicional *brasserie.* Debajo del nombre de Duymann se podía leer: «Una crónica clásica de la vida de provincias en Francia».

Gorski preguntó si era bueno.

—Una obra maestra —respondió la mujer con convicción.

Gorski dijo que se lo llevaba. Ella se sacó un lápiz de detrás de la oreja y apuntó la venta —la primera del día— en un libro de contabilidad que había sobre el mostrador.

Algo más tarde, en el archivo del periódico *L'Alsace,* en Mulhouse, Gorski recibió una fina carpeta llena de recortes. A partir del primer artículo se enteró de que, antes de iniciar su carrera como novelista, Duymann había trabajado en una compañía de seguros. Su superior lo describía como un empleado diligente, si bien introvertido y distante. Un antiguo maestro había declarado que Duymann jamás exhibió un talento especial para la escritura, al menos bajo su tutela. El artículo incluía una instantánea escolar de su clase, en la que el joven Duymann parecía habitar un espacio aparte de quienes lo rodeaban.

Tras la publicación de *En el Restaurant de la Poste,* un crítico la desechó como un «implacable ejercicio de monotonía», pero se convirtió en un inusitado superventas después de que el director Claude Chabrol se topase con una copia en un *bouquiniste* junto al Sena y la llevase a la gran pantalla. Tras el estreno de la película, Duymann se mudó a París, donde frecuentó los círculos artísticos. Las fotografías de la época mostraban a un joven bien parecido, invariablemente ataviado con traje negro y camisa blanca, a menudo con gafas de sol. Una crónica llevaba el titular NOVELISTA LOCAL CAUSA SENSACIÓN EN PARÍS. Publicaba una instantánea de Duymann con Chabrol en un club nocturno parisino. Junto a ellos, una actriz con un vestido muy ceñido, a la que el pie de foto identificaba como Emmanuelle Durie. Sobre la mesa que tenían delante yacían desparramadas varias botellas de champán. Chabrol blandía un puro y tenía el brazo sobre los hombros de Durie. Ambos se reían a carcajadas. Duymann, sentado a su lado, miraba hoscamente al objetivo.

La editorial de Duymann, Éditions Gaspard-Moreau, esperaba una segunda novela, pero nunca llegó a publicarse. La última entrevista del dosier —«El regreso del nativo»— era de hacía más de diez años. Estaba claro que a la periodista le había ofendido el retrato que Duymann había hecho de Saint-Louis en su novela e informaba con cierto regodeo de que el autor se había visto «obligado a renunciar al glamur de París y a cambiar la capital por el pueblo que con tanta crueldad había menospreciado». Duymann no la contradecía. «Para un hombre, regresar a su pueblo natal es una suerte de derrota», decía. «Lo único peor es no haberse marchado nunca.»

Esa noche, después de que su madre se acostara, Gorski se sirvió una copa de vino y se acomodó en la silla de su padre junto al hogar. Llevaba años sin abrir una novela y sintió cierto temor al hacerlo ahora. De adolescente había devorado una novela de detectives tras otra, llegando a imaginarse como un futuro Maigret, pero ese interés decayó a medida que se fue haciendo adulto. Ya no le encontraba placer a perder el tiempo en compañía de personajes que no existían o siguiendo acontecimientos que no habían sucedido. Para su padre no había sido así. Albert Gorski consideraba la lectura una suerte de obligación sagrada, y para él solo existía un escritor: Émile Zola.

Una edición encuadernada en cuero de la saga Rougon-Macquart ocupaba un estante de la hornacina junto a la chimenea, y más o menos cada dos años monsieur Gorski se aplicaba a la lectura de los veinte volúmenes. «Estamos en Francia», decía a menudo. «Si quieres entender Francia, debes leer a Zola.» Ya en los últimos años tenía que hacer verdaderos esfuerzos para descifrar la diminuta tipografía, con la nariz pegada a las páginas y armado con una lupa, pero se negaba rotundamente a adquirir una edición más moderna, o contemplar siquiera la posibilidad de leer a cualquier otro autor. La mera sugerencia le ofendía.

—¡No *hay* otros autores! —proclamaba invariablemente.

Gorski siempre había admirado la entrega de su padre. Desde su regreso al apartamento, en un par de ocasiones había abierto algún que otro volumen al azar, pero tras varias páginas de texto concienzudamente descriptivo había notado que se le iba el santo al cielo.

La novela de Robert Duymann era mucho menos densa que las de Zola, claro. Las oraciones eran cortas, y el escritor no se deleitaba en interminables pasajes descriptivos. El ritmo era pausado, no obstante, y la semblanza de Saint-Louis tanto o más desfavorable de lo que había sugerido la periodista de *L'Alsace*. A los ludovicianos se los describía como «una tribu mediocre que se aferraba tercamente a un orgullo injustificado por su municipio». El establecimiento que daba título a la novela estaba claramente basado en el Restaurant de la Cloche, y las versiones noveladas de Marie, Pasteur e incluso Lemerre, que aparecía bajo la guisa de carnicero del pueblo, resultaban inconfundibles. El protagonista de la novela era un antiguo maestro que se había visto obligado a dimitir a raíz de las feas acusaciones de un alumno. Vivía con su madre y se pasaba el día vagando de bar en bar, escuchando las conversaciones intrascendentes de los lugareños. Leídas cincuenta páginas no había sucedido nada del otro mundo y Gorski se quedó dormido. Se despertó sobresaltado en mitad de la noche y fue a meterse a la cama, junto a su madre, sin molestarse siquiera en cepillarse los dientes.

A Robert Duymann no pareció sorprenderle ver a Gorski de nuevo. No había motivo para que así fuera. Después de todo, había dicho que volvería, y era poco probable que el parque de visitantes potenciales de la casa de Rue Saint-Jean fuese muy amplio. El novelista iba vestido, como la vez anterior, con camisa blanca, pantalón negro de pinzas y mocasines grises. Un animal de costumbres.

Se hizo a un lado para dejar pasar a Gorski.

—Siento decepcionarlo, inspector, pero mi madre sigue en el mundo de los vivos. Al menos lo estaba la última vez que me he asomado a echarle un vistazo —añadió con una risilla seca.

—Me alegro —dijo Gorski.

—¿En serio? —preguntó él—. Tenía la impresión de que quizá agradecería tener un asesinato entre manos. Me imagino que la vida de un detective en un pueblo como Saint-Louis debe de ser muy aburrida.

Gorski lo escudriñó con la mirada. Duymann repitió el gesto de ahuecar la mano delante de la boca y oler su aliento. Su aspecto y su comportamiento eran los mismos de la otra vez, pero la percepción de Gorski había cambiado. Ya no lo veía meramente como un bicho raro pegado a las faldas de su madre. Saber que contaba con una carrera como escritor, por breve que esta hubiera sido, lo convertía en un personaje mucho más intrigante. Y su comentario revelaba una perspicacia que antes no hubiera esperado de él. Recordó un detalle de las primeras páginas de la novela. Duymann describía el modo en que el personaje del carnicero —de quien Lemerre era claramente el arquetipo— se acariciaba la hendidura del labio superior con el índice de la mano izquierda mientras esperaba a que le sirvieran una copa de vino. En su momento no le había llamado la atención, pero ahora se dio cuenta de que era un gesto típico de Lemerre, y que no se había fijado en él en todos esos años. De repente, se puso a pensar en si él también tendría algún tic del que no era consciente.

Duymann dijo que iría a avisar a su madre de que Gorski estaba allí.

—La verdad es que primero me gustaría aclarar una cosa con usted.

Duymann sugirió que pasaran al salón.

Una puerta ventana se abría a una pradera de hierba repleta de calvas. El cobertizo donde Gorski había localizado las herramientas de jardín desaparecidas de madame Duymann necesitaba una capa de creosota. En el verano en que, de adolescente, trabajó en una granja, Gorski había dedicado días y días a aplicar creosota a los tablones medio deshechos de un granero. La tarea le había resultado satisfactoria, y el hedor a creosota todavía evocaba en su mente las torpes experiencias sexuales que viviera allí. En un rincón de la estancia había un anticuado escritorio con una máquina de escribir encima. Un montón de folios reposaban bajo un pisapapeles de cristal.

—¿Una copa, inspector?

Duymann estaba junto a un aparador, de diseño muy moderno, con un decantador ya en la mano. Los habitantes de calles como Rue Saint-Jean consideran una vulgaridad servir cualquier licor directamente de la botella en la que se ha adquirido. Un decantador confiere respetabilidad al copeo diurno. Gorski no se opuso, pero Duymann ya se había encargado de servir dos copas. Le pasó una a Gorski y se sentó en el sofá. Gorski ocupó la butaca. De haber querido intimidar a Duymann, habría permanecido de pie de espaldas a la ventana, de forma que su rostro quedara parcialmente en sombra. Pero esa no era la manera correcta de enfocar la situación. No deseaba que Duymann tuviera la impresión de que lo estaban interrogando. Removió el contenido de su vaso y olió la bebida. Whisky. Le dio un pequeño sorbo.

—Muy bueno —dijo.

—Es Johnnie Walker —contestó Duymann. Luego, pasado un instante—: ¿Un poco de agua o hielo, quizá?

—Tal vez un chorrito, sí —dijo Gorski. Le tendió su vaso.

Le daba lo mismo tomarlo con agua o sin ella, pero era interesante que Duymann se mostrara tan decidido a representar el papel de solícito anfitrión. Desapareció en la cocina y volvió con una jarrita, que depositó sobre un posavasos encima de la mesa que los separaba. Hizo un gesto para que Gorski se sirviera a su gusto.

Se acomodaron en sus asientos.

—Un chorrito de agua realza el sabor —dijo Duymann—. Menos mal que no ha pedido hielo. Es una espantosa costumbre norteamericana. Aunque tampoco tengo. Hielo, quiero decir. —Soltó una risita.

Cruzó las piernas. Gorski se fijó en que llevaba calcetines de seda del mismo tono que los zapatos; sin duda, una afectación heredada de su estancia en París. Pero era curioso que cuidase esta leve coquetería cuando, al parecer, no tenía motivos para salir de casa.

—Le debo una disculpa, monsieur Duymann —arrancó Gorski—. En mi visita anterior no estaba al tanto de que es usted una especie de celebridad local.

—Yo diría que una oveja negra, más bien —contestó él.

—Bueno, la dependienta de la librería de Avenue de Bâle es una gran admiradora de su obra.

—¿Admiradora, dice usted? Me sorprende que haya oído hablar de mí siquiera.

—Ha calificado su novela como una obra maestra.

—¿Una obra maestra? —murmuró—. ¿En serio? —No pudo ocultar su regocijo. Apuró la copa.

—Es la expresión que empleó. Dice que es una pena que no haya escrito nada más.

Duymann se levantó para ir a buscar el decantador y rellenó los vasos.

—¿Cómo es eso?

—¿Cómo es qué?

—¿Cómo es que no ha escrito más libros?

Duymann no contestó.

—¿Ya contó todo lo que tenía que contar? —sugirió Gorski afablemente.

—No es eso —atajó Duymann con sequedad—. Eso de que un novelista debe tener algo que contar es una falacia. —Pronunció estas últimas palabras con enorme desdén.

—Entonces ¿podemos esperar una nueva novela suya próximamente? —preguntó Gorski.

—El mundo no está conteniendo el aliento a la espera de una nueva obra de Robert Duymann.

—Pero veo que está usted trabajando en algo. —Señaló con un gesto de la cabeza la máquina de escribir del rincón.

—No —dijo Duymann de manera tajante—. No es nada. —El pie derecho había empezado a golpear el suelo agitadamente.

—La joven de la librería se va a llevar un disgusto. —Gorski dejó pasar unos instantes. Dio un sorbo a su whisky—. ¿Qué tal su estancia en París? —preguntó.

—Solo estuve un par de meses. No es mi estilo de ciudad.

—¿Y eso?

—La gente es distinta. Solo le interesan los restaurantes elegantes, el champán y *figurar.*

—No suena tan mal —dijo Gorski.

—A mí no me gusta figurar —explicó él—. No encajé. Mi sitio está aquí.

—Sin embargo, el retrato que hace de Saint-Louis es de todo, menos favorecedor.

Duymann apuró la copa por segunda vez y echó mano del decantador, que había dejado sobre la mesa que tenían delante.

—No sabía que fuera usted crítico literario, inspector.

—Tiene toda la razón —dijo—. Me temo que me ha podido la curiosidad. No todos los días se conoce a un escritor de renombre. —Se disculpó por si le había ofendido.

Pasaron unos momentos en silencio. Duymann fue quien lo rompió.

—Ha dicho que quería aclarar una cosa.

—Ah, sí —dijo Gorski, como si se le hubiera pasado. Tendió su vaso, que Duymann rellenó obedientemente—. Es sobre ese asunto del perro de su madre. Bibiche se llamaba, ¿verdad? —Adoptó un tono que daba a entender que se trataba de un asunto sin importancia.

La expresión de Duymann sufrió una alteración casi imperceptible. Las aletas de la nariz se le ensancharon levemente. Sus ojos se entornaron. Replegó la barbilla hacia el pecho.

—Cuando hablamos la vez anterior, me dijo usted que habían sacrificado al perro. Sin embargo, no parece que ninguno de los veterinarios del pueblo tenga registrado haber llevado a cabo dicho procedimiento. Lo que me lleva a preguntarme: ¿cómo es posible?

Extendió las manos como si él y Duymann estuvieran tratando de resolver juntos un acertijo.

Duymann negó con la cabeza.

—¿Qué quiere que le diga? ¿Qué le voy a hacer si el veterinario no se acuerda de haber sacrificado al perro?

Gorski mantuvo el tono desenfadado, casi contrito, de su voz.

—Perdone, monsieur Duymann, pero la cuestión no es si se acuerda o no. El problema es que no consta que al perro lo sacrificaran, y yo soy un poco maniático de llevar los registros meticulosamente al día. Quizá haya una explicación muy sencilla…

Esta vez Duymann le cortó sin miramientos.

—La verdad, inspector, pensaba que tendría usted cosas más importantes que hacer.

—Es posible, pero me temo que, si hay denuncia, nuestra obligación es investigarla, por trivial que parezca. En tanto agentes de la ley no podemos dejarnos llevar por las emociones y que sean estas las que decidan qué investigamos y qué no. Hay que respetar el procedimiento. —Se encogió de hombros, como dando a entender que era algo que le venía dado y sobre lo que carecía de potestad—. Así pues, me haría un enorme favor si pudiese decirme qué veterinario llevó a cabo esta tarea. Uno de mis defectos es esta manía que tengo de resolver las cosas. No me gusta dejar cabos sueltos. Quizá a los novelistas les ocurra lo mismo. Solo necesito el nombre del veterinario.

Duymann lo miró impasible. Sopesaba sus alternativas. Llegados a este punto, tendría que haber reconocido la derrota. «Tiene razón, inspector», debería haber dicho. «No llevé el perro al veterinario. Perdí los estribos y le solté una patada. No tenía intención de matarlo, evidentemente, pero lo hice. Y no me enorgullezco.»

Gorski lo habría entendido. No podía culpar a Duymann por haberle mentido al principio. Era totalmente comprensible no querer admitir un acto como aquel. Pero, una vez destapada la mentira, lo aconsejable era no aferrarse a ella.

Sin embargo, no fue esto lo que hizo Duymann. Pasado un breve lapso, contestó sin más:

—No me acuerdo.

—¿No se acuerda? —dijo Gorski.

Sacó su libreta del bolsillo interior de la chaqueta y le recitó con parsimonia los nombres de los cuatro veterinarios a Duymann, que fue negando con la cabeza según los escuchaba.

—¿Y no será que llevó el perro a otro sitio? ¿A alguna clínica fuera de Saint-Louis, quizá? —sugirió Gorski de manera constructiva.

Duymann se había ruborizado. Tensó la mano que sujetaba el vaso.

—Mire, inspector —dijo, con exagerada calma—, el chucho está enterrado en el jardín. Si quiere exhumarlo, tiene herramientas en el cobertizo.

Gorski dijo que no le parecía necesario.

Duymann se puso de pie. El solícito anfitrión de minutos antes se había esfumado. Estaba harto de la conversación.

—Tengo cosas mejores que hacer que responder a preguntas absurdas sobre un perro muerto —dijo.

Gorski apuró el whisky que le quedaba, dejó el vaso sobre la mesa y le agradeció el tiempo que le había dedicado. Antes de marcharse, empero, le gustaría pasarse a saludar a madame Duymann.

—Si no le he importunado ya demasiado.

Duymann se tomó un instante para recomponerse. Mientras subía a avisar a su madre de que tenía visita, Gorski aprovechó para acercarse a la máquina de escribir del escritorio. El pisapapeles lucía las seis coronas de la enseña del Alto Rin. En la hoja superior del montón de folios mecanografiados, el título aparecía subrayado en lápiz azul: *Un caso de matricidio.*

En el piso de arriba, madame Duymann estaba en la cama, recostada contra sus almohadas. Se alegró mucho de ver a Gorski. Había un neceser para cosméticos y un espejo de mano a su lado, encima de la cama. Debía de haberle pedido a su hijo que se los llevara para aplicarse un poco de colorete en las mejillas. De joven, la madre de Gorski nunca salía de casa sin maquillar. Lo llamaba «ponerse la cara».

—Qué amable que haya vuelto, inspector —dijo.

Gorski se sentó en el borde de la cama.

—Me ha parecido que debía venir a asegurarme de que no la habían asesinado —dijo.

Madame Duymann le dio unas palmaditas en el brazo.

—No tendría que hacerle caso a una vieja tonta como yo. Robert es un buen chico. Es una gran ayuda, imposible pedir un hijo mejor. Seguro que está encantado de traernos un té. ¿Se lo pido?

Gorski negó con la cabeza. La habitación estaba caldeada y olía intensamente a lavanda. El whisky le había dado sueño. No pudo resistirse a cerrar los ojos. Mezclado con el perfume de la lavanda había algo más, el penetrante olor ácido del sudor, quizá. Cuando abrió los ojos, no estaba seguro de si no se habría quedado dormido unos instantes. Se dio cuenta de que el olor ácido era su aliento. La mano de madame Duymann reposaba suavemente sobre la suya.

Se levantó de la cama y fue hasta la ventana. Al borde del jardín había un pequeño túmulo donde seguramente habían enterrado a Bibiche. Que Duymann fuera capaz de matar al perro de su madre a patadas no decía nada bueno de él. Tampoco que hubiese amenazado con romperle la crisma con una pala a la anciana. Pero ambos actos sugerían que era irascible, no calculador. Gorski no creía que de verdad estuviera planeando asesinar a su madre. Aun así, el título de la novela de abajo le había picado la curiosidad. En sí, se trataba de una prueba meramente circunstancial. Seguro que era el nombre del libro lo que le había metido la idea en la cabeza a madame Duymann, de hecho.

Gorski se volvió hacia la anciana. Ella sonrió.

—Y su familia, ¿qué tal? —le preguntó.

Gorski no contestó, pero se comprometió a visitarla otro día. Madame Duymann le preguntó si estaba seguro de que no quería un té. De verdad que no era ninguna molestia.

—Quizá la próxima vez —dijo él.

Al cruzar el vestíbulo, al pie de las escaleras, oyó el repiqueteo de las teclas de la máquina de escribir en el salón.

9

Un mercado ocupaba cada semana la plaza colindante al Restaurant de la Cloche. Lo componían principalmente una serie de tenderetes que vendían fruta y verdura, quesos, embutidos y demás, todos ellos regentados por mujeres rubicundas de recios brazos. En el pasado, aquellas mujeres saludaban a Ribèry con ordinarieces, y él se paraba para entablar con ellas rondas de chanzas a cuál más vulgar. Nadie soltó ni una sola broma de este tipo cuando Gorski se abrió paso entre el gentío de camino a almorzar. Lo saludaron con respeto, pero nada más. Gorski podía evitar el mercado perfectamente dando un pequeño rodeo por Rue de la Synagoge y enfilando la Cloche desde el otro lado; si no lo hacía, era porque tenía la impresión de que en tanto jefe de policía no debía estar encerrado en su despacho. Era necesario dejarse ver.

Los puestos más codiciados eran los que estaban a la entrada de la plaza en Rue de Huningue. Estos no se podían comprar ni vender, sino que pasaban de generación en generación. La única forma de obtener un puesto mejor situado era aguardar a que falleciese uno de los tenderos y cruzar los dedos para que su descendencia se resistiera a la presión de continuar con el negocio familiar. Esto sucedía muy raras veces, pero, cuando se abría un hueco, los demás comerciantes movían sus tenderetes una parcela hacia la entrada. Así era como se medía el paso del tiempo en Saint-Louis.

Hacia el fondo de la plaza, los puestos de productos agrícolas daban paso a otros que vendían artículos de menaje del hogar y baratijas disfrazadas de *objets d'art.* Gorski sabía de sobra por su padre que nada de lo que vendían aquellos puestos tenía el menor valor. Año tras año, embalaban y desembalaban la misma porquería cada semana. Era impensable que aquellos tenderos obtuvieran alguna clase de beneficio, y Gorski daba por hecho que, si estaban allí, era por motivos sociales, más que comerciales.

De lejos, el puesto más concurrido de esta zona del mercado era el de Eugène Maloin. Bajo un cartel rotulado con la palabra QUINCAILLERIE, las mesas de caballete de Maloin estaban cubiertas de toda suerte de bisagras, cerraduras de ventanas, escuadras, sargentos, plomos y carretes de pesca, candados, navajas, cadenas de longitudes varias y trampas para ratones; todo ello dispuesto sin orden ni concierto aparentes. Unas cajitas de cartón tan viejas que los lados se habían vuelto blandos como los pliegues en la piel de un animal contenían tornillos, pernos y tuercas antiguos, rollos de hilo de cobre, llaves viejas, piñones y ejes de diversos tamaños. Si se ponía a llover, Maloin, ya bien acomodado en la sesentena, desplegaba la lona y la fijaba sin prisa al caparazón metálico de encima del puesto. Tenía un taburete de tres patas detrás de las mesas, pero apenas lo usaba, pues prefería presidir el mercadeo desde una posición erguida.

Un puñado de hombres panzudos se arremolinaba invariablemente en torno a su puesto y rebuscaba con obstinación entre los contenidos de las cajas con la esperanza de desenterrar tarde o temprano cualquiera que fuera la pieza que les permitiría completar la reparación de una vieja radio, una cámara antigua o un vetusto reloj. De cuando en cuando se paraban para examinar un tornillo o un eje que, a veces, mostraban al vecino sin mediar palabra sobre la curtida palma de una mano. Si, tras la debida consideración, se decretaba que valía, procedían a preguntar el precio. Maloin desdeñaba indefectiblemente estas interpelaciones. «Usted lléveselo y punto, me hará un favor», decía. «No vale nada.»

Maloin había sido amigo del padre de Gorski. Un par de veces a la semana, al regresar Gorski del colegio, encontraba a los dos hombres sentados en la oficina del fondo de la tienda, compartiendo una cafetera y discutiendo sobre el valor de un reloj de carruaje o una pistola antigua. Los días de mercado tomaban juntos un par de copas en la Cloche con los demás tenderos.

Gorski hizo un alto en el puesto del quincallero. Maloin lo saludó llamándole, como de costumbre, «joven Georges» y con gusto se inclinó por encima de la mesa para estrecharle la mano. Gorski se interesó por cómo iba el negocio.

—No te voy a mentir —se lamentó Maloin—, la cosa anda algo parada. Ahora la gente lo tira todo, ese es el problema. Ya nadie arregla nada.

El ajetreo en torno al puesto rebatía esta queja, pero Gorski convino con un gesto de asentimiento. Sus conversaciones no se alejaban demasiado de esta línea semana tras semana. Los interrumpió un anciano caballero que le preguntó a Maloin si tenía una escuadra igual a otra que le mostró en la mano.

—Si la tengo, estará en esa caja de ahí —contestó, meneando un dedo nudoso hacia el final de la mesa.

Gorski se quedó un rato. Disfrutaba de ese encuentro semanal con Maloin. A veces, solo para prolongar la visita, seleccionaba algún que otro artículo del puesto y fingía examinarlo. Después del funeral de su padre, Maloin había insistido en llevárselo a un aparte durante la discreta recepción que celebraron en el apartamento de encima de la tienda. Estaba un poco borracho. «Tu padre probablemente no llegó a decírtelo nunca —le confió—, pero estaba orgulloso de ti.»

Arsène Susselin apareció en la cabecera del puesto. Intercambió un fugaz apretón de manos con Maloin.

—Mi querido inspector —dijo, inclinando la cabeza a modo de saludo—, ¿a qué debemos el honor?

Susselin era el tesorero del mercado. Todas las semanas hacía su ronda recaudando los alquileres de los tenderos en una gastada cartera de piel que llevaba colgada de un hombro por una correa. A este accesorio debía su mote. Llevaba una gorra de plato que Gorski estaba seguro de que se había comprado en alguna tienda de disfraces para darse cierto aire de autoridad. Aunque dicha autoridad no era del todo imaginaria. Sobre el papel, Susselin era poco más que un lacayo del Ayuntamiento, pero, en la práctica, el mercado era su reino particular. Era un secreto a voces que se embolsaba una parte de las tasas de los tenderos, pero nadie era tan insensato como para denunciarlo. El Carteras era el único que tenía la potestad de decidir qué tasas se pagaban. Podía subir los alquileres a su antojo y, es más, contaba con una guía de ordenanzas que regulaban el tamaño de los toldos, qué estaba permitido vender y qué no, el horario oficial de apertura y una miríada de otros particulares, normas todas ellas que podía invocar para extender multas o incluso para amenazar con el desalojo. En un pasado lejano se había hecho entrega de esta normativa a los tenderos, pero ninguno se había molestado jamás en leerla. De este modo, cada vez que el Carteras apuntaba alguna infracción en el cuaderno que llevaba encima a tal efecto, nadie tenía ni idea de qué ordenanza podía haber contravenido. Por lo tanto, la autoridad de Susselin en este ámbito era absoluta. No era un personaje muy querido.

Susselin había heredado el puesto de tesorero de su padre hacía diez años. Su primera medida había sido anunciar un aumento generalizado de los alquileres. Aunque había que reconocer que no se efectuaba una subida desde hacía años, eso era lo de menos y se organizó una huelga. Ninguno de los tenderos fue tan temerario como para identificarse como el cabecilla —si bien los rumores hablaban de que Maloin había sido el agitador jefe— y no hubo convocatoria formal. Sencillamente, un día concreto de un mes de septiembre, los tenderos no acudieron a sus puestos y se clavó una lista de exigencias a un árbol donde a Susselin no se le pasaría por alto.

La semana siguiente, Susselin acordonó la plaza. Se colocaron avisos citando una ordenanza según la cual toda parcela que permaneciese vacía durante tres semanas consecutivas sería reasignada sin previa notificación. Sin embargo, la aplicación de estas medidas draconianas no fue necesaria. Los tenderos habían dado por hecho que Susselin se rendiría a las primeras de cambio, pero nada más lejos de la realidad. La lista de espera para las parcelas era larga y, en teoría, Susselin estaba en posición de cobrar a los nuevos lo que le apeteciera. A la segunda semana de parón, la solidaridad entre los tenderos se quebró. Para los que estaban al fondo del mercado vendiendo quincalla no pasaba nada. Ellos podían aguantar de huelga cuanto les apeteciera, al menos teóricamente, pero no podía decirse lo mismo de los que vendían productos perecederos. Si granjeros y artesanos no podían dar salida a su mercancía, tendrían que tirarla.

Susselin era consciente de que solo tenía que esperar a que el asunto se resolviera solo, pero fue lo bastante perspicaz como para entender que debía proporcionar a los tenderos una manera de salvar su dignidad y, en una reunión convocada en el Ayuntamiento, les hizo saber que la subida propuesta para los alquileres se aplicaría de manera paulatina. De esta manera, las dos partes pudieron arrogarse la victoria, y la semana siguiente el mercado volvió a funcionar, aunque con un resquemor de fondo que nunca había llegado a superarse.

Gorski estaba perfectamente al tanto de cómo se las gastaba Susselin. Cuando Ribéry se jubiló, el Carteras lo invitó a una copa en una mesa apartada de la Cloche. Tras un intercambio de trivialidades, le deslizó un sobre por encima de la mesa sin mediar palabra, se levantó y se marchó. No era una cantidad importante, pero, multiplicada por el número de semanas de un año, no sería insignificante. La semana siguiente, Gorski le devolvió el sobre a Susselin, cuidándose mucho de hacerlo a la vista de los dueños de los puestos más codiciados. Sin embargo, el gesto no surtió el efecto previsto. Al negarse a tener nada que ver con la trama de Susselin, se quedó fuera del sistema en el que coludía el mercado entero. Y por eso le trataban con desconfianza tanto Susselin como los tenderos.

Susselin procuraba no hacer demasiada ostentación de sus ganancias ilícitas, pero se veía a la legua que vivía muy por encima de su sueldo de funcionario municipal. Conducía un Mercedes, sus tres hijas vestían a la última moda, y él y su mujer cenaban con asiduidad en establecimientos de lujo de Basilea y Estrasburgo. Estas cosas no estaban bien vistas en Saint-Louis.

Si Susselin afectaba cierta obsequiosidad en su trato con Gorski, tal vez fuera porque pensaba que el policía tarde o temprano pondría fin a sus irrisorias corruptelas. Pero se equivocaba. Lo que no acababa de captar es que a Gorski no podían importarle menos.

Los tres hombres se habían quedado formando un incómodo triángulo. Gorski tomó la determinación de que no iba a ser el primero en irse. Maloin se atusaba el bigote con el pulgar y el índice.

Susselin extendió un brazo con la mano abierta hacia arriba y apuntó que no tardaría en ponerse a llover. Luego dio unas palmaditas a su famosa cartera.

—Bueno, estas tasas no se van a recaudar solitas, ¿eh?

Les deseó un buen día a los dos hombres y siguió su camino.

—Cretino —murmuró Maloin lo bastante alto para que Susselin le oyera, pero lo suficientemente bajo para negar haber dicho nada.

El Restaurant de la Cloche estaba más animado de lo habitual. El mercado generaba un ambiente como de día festivo. Las esposas de los granjeros y otros tenderos que peregrinaban cada semana a la metrópoli se saludaban muy efusivamente. Las conversaciones discurrían entre mesas vecinas e incluso a voz en grito de una punta a otra del restaurante. Estos invasores bebían más que los parroquianos, se limpiaban la boca con la manga de la camisa y desplegaban un verdadero derroche de expresiones un tanto ordinarias. Lemerre estaba sentado a solas en su mesa junto a la puerta y parecía más cabreado que de costumbre.

Esta afluencia, naturalmente, tenía un impacto en la ocupación de las mesas, pero, a pesar de las molestias que esto acarreaba, Marie velaba con celo por las de los clientes habituales. Los parroquianos, por su parte, le devolvían el favor engullendo sus almuerzos aún más rápido que de costumbre y evitando demorarse con un café o un licor.

Mientras daba cuenta de su *salade de viande,* Gorski iba pasando con parsimonia las páginas de *L'Alsace.* Si mantenía los ojos clavados en el periódico no era porque tuviera un acuciante interés en los asuntos de la región, sino más bien porque así evitaba que nadie entablara conversación con él. En una de las páginas interiores había una pequeña nota sobre el fallecimiento de Marc Tarrou. Lo describían como un «eminente empresario industrial» y «todo un personaje». Una fotografía lo mostraba de joven. Tenía un atractivo excepcional. Un periodista había telefoneado a Gorski y lo citaba diciendo que no había motivos que hicieran pensar en una muerte sospechosa. Tarrou, informaba el artículo para terminar, dejaba atrás a su mujer, Alice, cosa que sorprendió a Gorski, pues el difunto no llevaba anillo de casado.

Esa mañana, Gorski había vuelto a la oficina de Tarrou con un cerrajero, que abrió la caja fuerte en cuestión de segundos. «Uno, dos, tres, cuatro» se rio. «El tipo ni siquiera se molestó en cambiar la contraseña que llevaba de fábrica.» La caja estaba vacía. ¿Significaba esto que alguien había robado el contenido o solamente que Tarrou nunca la había usado? Gorski trató de recordar lo que le había contado Anna Petrovka. Tendría que aclarar este punto. Pero no sería demasiado lógico tomarse las molestias de instalar una caja de caudales si no se tenía la intención de utilizarla.

En la página opuesta, el periódico publicaba un extenso artículo sobre una extraordinaria gallina ponedora. Una fotografía inmortalizaba al ave —medalla al cuello—, mientras un sonriente granjero la sostenía en alto. «Es un fenómeno», lo citaban literalmente. «Entre ocho y diez huevos a la semana. Nunca había visto nada parecido.»

Aunque todavía no se había acabado el primero, Adèle se acercó para retirarle el plato. Gorski no protestó. Al levantar la vista, vio entrar al eslavo. Y entonces sucedió algo insólito. Aun cuando había aproximadamente una docena de personas esperando mesa, el tipo hizo un gesto hacia la silla vacía de la mesa de Gorski. Marie negó rotundamente con la cabeza, pero el eslavo desechó sus objeciones con un ademán y se apresuró a cruzar el comedor, con Marie a la zaga. Varios comensales levantaron la vista de sus platos para asistir al drama.

Se desarrolló en cuestión de segundos.

—No le importa, ¿verdad, inspector? —dijo el eslavo—. Le he asegurado a madame que no le molestaría. Si prefiere comer a solas, dígalo, se lo ruego, pero no tiene mucho sentido que haya sitios libres estando el restaurante de bote en bote.

Marie estaba de pie junto a la mesa con los brazos en jarras. Lo que había dicho el eslavo era de una lógica aplastante. Gorski sintió que no le quedaba más remedio que transigir, por mucho que le pareciera estar traicionado de algún modo a Marie. De todas formas, el tipo ya se había instalado a la mesa y, de negarse, Gorski solo iba a ocasionar más trastornos.

—Adelante —dijo, con un gesto de aquiescencia.

Marie se alejó negando con la cabeza, como si fuese a cundir la anarquía. Adèle dispuso un servicio para el eslavo con su acostumbrada docilidad, impasible ante la transgresión de las convenciones que acababa de producirse.

Gorski plegó el periódico y lo dejó a un lado sobre el banco. No solo ya no quedaba espacio para ponerlo en la mesa, sino que habría sido una falta de educación seguir leyendo cuando había alguien sentado a su lado, por mucho que nadie lo hubiese invitado. Mientras el eslavo se acomodaba, su rodilla chocó contra la de Gorski debajo de la mesa. A pesar de esto, no rectificó su postura, de modo que, para evitar que sus piernas se tocaran, Gorski se vio obligado a desplazar las suyas hacia la izquierda, a la guisa de una dama que cabalga a mujeriegas.

Adèle llevaba los primeros botones de la camisa desabrochados, como de costumbre, y el ribete de encaje del sujetador quedaba claramente a la vista. Mientras disponía el servicio del eslavo, este le guiñó fugazmente un ojo a Gorski, como si fueran cómplices en un instante de voyerismo. Gorski bajó la vista al plato y se sonrojó hasta las orejas como un colegial al que han sorprendido mirando a la profesora por debajo de la falda.

Tomó un buen trago de vino, vaciando su copa. ¿Por qué tenía la impresión de que lo escrutaba, de que el eslavo de un modo u otro se mofaba de él? Nada le obligaba a hablar. No había invitado al eslavo a compartir su mesa. Era a este a quien le correspondía iniciar la conversación. Aun así, el silencio entre ambos se podía cortar con un cuchillo, a pesar del barullo reinante, pero no podía hacer otra cosa si quería evitar soltar alguna observación fatua sobre el entorno, justo como la vez anterior había acabado resaltando algún que otro detalle de interés arquitectónico mientras caminaban por Rue de Mulhouse.

Pasados un minuto o dos, Adèle volvió para tomar la comanda del eslavo. Este seguramente había notado la desazón de Gorski, porque echó la silla hacia atrás con un desagradable chirrido y se dispuso a recoger su abrigo.

—A decir verdad —dijo—, veo que he cometido un error e importunado al inspector en su almuerzo. Esperaré a que se quede una mesa libre.

Gorski se vio entonces forzado a insistir en que no le importunaba de ninguna manera y que el eslavo era más que bienvenido. Incluso se disculpó por no haber sido más hospitalario, escudándose en que un caso importante lo tenía abstraído. Esto aplacó al eslavo, que volvió a sentarse. Adèle observaba la tediosa pantomima con indiferencia. Dio unos golpecitos con el lápiz sobre su libreta. El eslavo examinó con detenimiento el menú de la pizarra que había detrás de la cabeza de Gorski.

—¿Quizá sería usted tan amable de recomendarme algo, inspector?

Como iba a resultar un poco raro recomendar algo distinto de lo que se había pedido para él, Gorski sugirió la ensalada de fiambre y el *baeckeoffe,* una especialidad que solo servían los días de mercado. El eslavo dio su visto bueno con un gesto de asentimiento y Gorski aprovechó para pedir un segundo *pichet.* No sabía cómo, pero el primero ya estaba vacío.

Los platos llegaron casi de inmediato. El eslavo estudió su ensalada encorvándose sobre ella, como si fuera corto de vista. Cogió el tenedor y paseó uno de los trozos de fiambre por el plato como si de un ratón muerto se tratara. Luego lo ensartó y se lo llevó a la boca. Lo masticó unos instantes antes de escupirlo al interior de su servilleta y apartar el plato. Gorski rezaba para que Marie no hubiera presenciado semejante afrenta.

—Es una suerte de especialidad de la región —dijo—. Supongo que no es del gusto de todo el mundo.

El eslavo lo miró con indiferencia.

—Evidentemente —dijo.

Adèle no hizo ningún comentario al retirarle el plato.

Como no quería que el silencio volviera a imponerse entre ellos, Gorski quiso saber si el eslavo estaba disfrutando de su estancia en Saint-Louis.

—Me gusta muchísimo su pueblo —repuso este con solemnidad.

—Gracias —dijo Gorski tontamente, como si fuera a él a quien hubieran dirigido un cumplido.

—Espero que me haya perdonado la bromita del otro día —prosiguió el eslavo.

—¿A qué broma se refiere?

—A lo de seguirle por todo el pueblo. Me di cuenta enseguida de que había mandado a un hombre a vigilarme… Bueno, a un chaval, y pensé que sería gracioso darle la vuelta a la tortilla, por así decirlo. Espero que no se lo tomara mal.

—Claro que no —dijo Gorski.

Torció el gesto, forzando una sonrisa, pero sabía que de broma había tenido más bien poco. Estaba claro que el eslavo había querido demostrar que no se iba a dejar mangonear por ningún poli de pueblo.

El eslavo atacó el segundo con mayor entusiasmo.

—Esto está buenísimo.

Gorski sintió alivio, no solo porque le gustara el plato, sino por el cambio de tema. Explicó que la receta original se guisaba durante un día entero en hornos de leña. El eslavo contestó que en su país había un plato muy parecido. Le dijo el nombre, pero Gorski no lo entendió.

Quizá no hubiera tenido intención de incomodarlo, después de todo. A lo mejor en Yugoslavia era habitual compartir mesa en un restaurante. Es más, ¿acaso no existían en Francia cantinas donde los trabajadores se apiñaban en bancos junto a otros que no conocían? Y había que reconocer, además, que el eslavo tenía razón al decir que era absurdo dejar huecos libres cuando había gente hambrienta esperando. Pura lógica comunista, supuso Gorski.

El eslavo comía de forma metódica. Dos veces se presentó Adèle en la mesa para ver si había acabado y dos veces tuvo que retirarse. En una situación así, cualquier otro cliente habría engullido su comida a toda prisa o sencillamente habría dejado el plato sin acabar, pero el eslavo era un forastero y no se podía esperar que supiera comportarse. Entonces, de manera totalmente abrupta, soltó los cubiertos. A pesar de que parecía contento con la comida, no se la había terminado. Esto inquietó a Gorski. A él lo habían educado a no dejarse ni una miga en el plato. Sin embargo, no hizo ningún comentario. Era un detalle sin importancia, y no era de su incumbencia.

Solo cuando Adèle volvió y le hubo retirado el plato, se adelantó levemente el eslavo en la silla.

—Creo que es obligado expresarle mis condolencias.

Lo dijo como si desde el principio hubiera sido su intención pronunciar aquellas palabras, como si fueran lo que había venido a decir.

Gorski puso cara de no saber a qué se refería.

—Por el fallecimiento de su amigo, monsieur Tarrou.

—Tarrou no era mi amigo.

—Puede que amigo no, pero… —empezó el eslavo. Hizo un gesto con la mano. Estaba claro que no le parecía que fuera a necesitar explicarse ante un hombre de mundo como él—. Tengo entendido que era una persona influyente por aquí. Y como usted también es un hombre influyente, doy por hecho que estarían unidos por intereses comunes.

—Yo no me describiría como un hombre influyente —dijo Gorski.

Inmediatamente, se arrepintió de su respuesta. ¿Por qué siempre se menospreciaba?

—Que un individuo no ejerza el poder que tiene a su alcance no significa que no sea poderoso.

Gorski prefirió ignorar tan críptica sentencia.

—¿Así que conocía usted a monsieur Tarrou? —preguntó.

—¿Quién? ¿Yo? —Torció el gesto y negó con la cabeza—. ¿Cómo iba a conocerlo? No soy de aquí. Me he enterado de su fallecimiento por su periódico. —Señaló con un gesto el ejemplar de *L'Alsace* que reposaba sobre el banco—. Y, claro, es imposible no escuchar ciertos rumores. Me temo que tengo debilidad por espiar las conversaciones ajenas.

A Gorski le daba la impresión de que el eslavo pretendía instigarle a hacer alguna declaración acerca del caso o interrogarle sobre lo que había oído. Él mismo utilizaba a menudo esas tácticas con señuelo. Empezó a preguntarse si el eslavo no sería también un investigador de algún tipo.

—Por supuesto, comprendo que no pueda hacer comentarios sobre una investigación en curso —prosiguió con tono afable—. Solo quería darle el pésame, pero ya veo que no hacía falta.

—¿Y qué le hace pensar que hay una investigación en marcha?

—He supuesto que este era el «caso importante» que ha dicho que le tenía abstraído.

—Pues ha supuesto mal —dijo Gorski.

—¿No hay investigación, entonces?

—No he dicho eso. Me he limitado a preguntar qué le ha llevado a pensar que la había.

El eslavo adoptó una expresión inocente.

—Parece que el tipo murió en circunstancias misteriosas. Así que he supuesto que algo así resultaría del interés de la policía.

—Si tiene información relacionada con el caso, estaré encantado de escucharle.

—Seguro que no necesita que venga un forastero a contarle los chismorreos de sus propios vecinos.

Gorski hizo una mueca para indicar que estaba muy al tanto de cualquier rumor en circulación.

—Intento no hacer caso de las habladurías —dijo.

—Muy sabio de su parte, desde luego —contestó el eslavo.

Gorski tomó un trago de vino. Ya se había terminado el segundo *pichet.* Adèle apareció entonces con una porción de *tarte aux pommes* para cada uno. El eslavo protestó diciendo que no la había pedido. Adèle le informó con tono aburrido que iba incluida en la *formule*. Si no la quería, se la llevaba. Para la hosca camarera, aquellas palabras eran todo un discurso.

El eslavo indicó que se la llevase; luego, para alivio de Gorski, arrastró la silla hacia atrás.

—Le dejo con su *tarte*, inspector.

Ya estaba suficientemente familiarizado con los rituales de la Cloche para saber que la cuenta se pagaba en la barra.

Hasta que no se acercó a pagar la suya, Gorski no se dio cuenta de que Lemerre llevaba un brazalete negro.

—¿Qué le pasa? —le preguntó a Pasteur.

—Petit ha estirado la pata. Parece ser que llevaba muerto varios días cuando lo encontraron. El cabrón está hecho polvo. Eran amigos del colegio.

—¿Qué le ha pasado?

Pasteur cerró un puño, se lo llevó al cuello y lo separó de este con un movimiento abrupto, al mismo tiempo que emitía un desagradable sonido gutural de asfixia.

Gorski asintió. Miró hacia donde estaba Lemerre, al otro lado del comedor. Tenía el pesado cabezón inclinado sobre la mesa. Parecía estar sollozando.

—Ni que se le hubiera muerto el perro —dijo Pasteur.

Al salir, Gorski paró junto a la mesa de Lemerre.

—Siento mucho lo de Petit —dijo.

Lemerre levantó la cabeza. Sus ojos estaban enrojecidos y lacrimosos. Los hombros de su jersey de pico estaban nevados con grandes escamas de caspa.

—Bueno, esto nos deja en jaque los jueves —dijo.

Se refería a la partida de bridge que se llevaba jugando semanalmente en la mesa del rincón de la Cloche desde tiempo inmemorial. En su día, hasta el padre de Gorski había tomado parte de ella, aunque no sabía si fue antes de la participación de Lemerre.

—Quizá podría cubrir usted el hueco, inspector. ¿Le interesa? —prosiguió Lemerre.

Gorski forzó una leve sonrisa.

—Me parece que no —contestó—. Pero gracias de todos modos.

En la calle, Gorski se preguntó si tan malo sería apuntarse a la partida. Tampoco es que tuviera nada mejor que hacer por las noches.

10

Gorski olió el humo en el rellano al final de la escalera. Encontró a su madre en su butaca, junto a la estufa eléctrica, la barbilla hundida contra el pecho. Por un instante pensó que estaba muerta, pero, cuando la llamó, se movió un poco.

En la cocina, un trapo se había prendido fuego en el quemador. Una fina columna de humo avanzaba pegada al techo hacia la ventana. Las llamas abrasaban la pared de detrás de la cocina. Gorski se quedó parado en la puerta. El viejo empapelado empezó a arder. Luego el incendio se extendió con repentina celeridad por el techo. La pintura se derretía formando gotas y se precipitaba contra el linóleo del suelo. Gorski entró en el diminuto habitáculo y cerró la puerta a su espalda. Arrojó el trapo en llamas al suelo y le dio unos pisotones. Luego llenó un cazo con agua y lanzó el líquido contra las llamas del techo, que se aplacaron momentáneamente para, acto seguido, reavivarse y continuar su recorrido hacia la ventana. Oyó a su madre gritar detrás de la puerta, que casi nunca cerraban. Otro par de cazos llenos de agua extinguieron las llamas. Arrojó más agua contra la pared abrasada de detrás de la cocina.

Había un penetrante olor químico a pintura quemada. El agua goteaba del techo. Una ruina. Gorski abrió la ventana y asomó la cabeza para respirar aire fresco. El corazón le latía muy deprisa. Una anciana pasó con un perro por la acera de enfrente. No levantó la vista. Evocó el momento en el que, al entrar en el apartamento, había creído que su madre estaba muerta. Por un instante había experimentado alivio; ¿la sensación de que era lo mejor que podía pasar? Ahora se avergonzaba de haber albergado siquiera ese pensamiento, por efímero que fuera. No había que pensar esas cosas.

Palpó los bolsillos de su chaqueta buscando sus cigarrillos, pero los tenía en la gabardina, que había tirado al suelo en el pasillo.

Agitando un trapo limpio, despejó el humo lo mejor que pudo. A continuación, abrió la puerta.

—Mamá, ¿estás bien? —preguntó.

Ella lo miró bastante espabilada.

—Georges —dijo— ¿qué haces ahí?

Le fastidió que ella escogiese precisamente aquel momento para reconocerle. La tranquilizó asegurándole que la situación ya estaba controlada, pero no dio la sensación de que a ella le inquietase un ápice lo sucedido. Probablemente, no comprendía lo que había pasado. Tampoco tenía sentido explicárselo.

Solo entonces reparó Gorski en madame Beck, que estaba plantada en el umbral.

—He olido a quemado —dijo ella para justificar su presencia. Todavía llevaba una podadera en la mano y le faltaba un poco el aliento. Seguramente había subido las escaleras corriendo.

Gorski se alegró de verla.

—Había un incendio —dijo.

Madame Beck se asomó al interior de la cocina. Con el empapelado ennegrecido y el techo chorreando, parecía más grave de lo que en realidad había sido. Aun así, no hacía falta tener mucha imaginación para saber lo que habría ocurrido si Gorski no hubiera regresado a tiempo.

La florista le preguntó a madame Gorski si se encontraba bien.

—Oh, sí, cielo —contestó—. Georges se ha debido de despistar con el cigarrillo.

Madame Beck pasó a la cocina y se puso a recoger el estropicio. Gorski le rogó que lo dejase, pero ella no hizo caso, y él se quedó plantado detrás como un inútil. Daba la impresión de que ella sabía dónde se guardaban todas las cosas. Una vez fregados y secos el suelo y las demás superficies, no quedó mucho más que hacer.

—Eso no tiene arreglo —dijo ella, señalando con un gesto las paredes y el techo.

Pasó pegada a él para entrar en el salón y recuperó su podadera. Gorski la siguió hasta el diminuto pasillo. No quería que se marchara.

—¿Sabe qué? —dijo como quien no quiere la cosa—, no me vendría mal una copa.

Madame Beck lo miró. Nunca habían estado tan cerca el uno del otro. Ella olía a tierra, como al musgo del suelo del bosque. Gorski deseó que no percibiera su olor a alcohol. En la planta de abajo tintineó la campanilla de encima de la puerta. Madame Beck salió al rellano y se asomó al hueco de la escalera.

—Lo siento, está cerrado.

Los dos contuvieron la respiración hasta que escucharon a la campanilla indicarles que el cliente se había marchado.

—Deme un par de minutos para adecentarme —dijo ella antes de esfumarse escaleras abajo.

Gorski volvió a salón. El humo se había despejado, pero el penetrante olor químico persistía. A pesar de esto, cruzó la estancia y cerró la ventana. Madame Gorski detestaba pasar frío. Lo miró con desconfianza.

—Albert —dijo—, abajo hay un cliente. Acabo de oír la campanilla.

—Ya —contestó él—, justo iba a bajar a atenderle.

En el diminuto cuarto de baño, se humedeció la cara con abundante agua y se pasó las manos mojadas por el pelo. Se cepilló los dientes y remató la limpieza con enjuague bucal. Se examinó en el espejo. Tenía una barba incipiente en el mentón, pero no había tiempo para rectificarlo. Con un poco de suerte, le daría un aspecto más rudo. Se estiró la corbata y luego, pensándoselo dos veces, se la quitó y se la metió en el bolsillo. Así estaba mejor. Parecía más relajado; no tanto un estirado burócrata de pacotilla.

En el breve lapso que estuvo entretenido en la planta de arriba, madame Beck se las había apañado para barrer el suelo de la tienda y, por lo que Gorski se fijó, retocarse un poco los labios. Estaba de pie, con su discreto trasero apoyado contra el mostrador donde cortaba y montaba sus ramos y que estaba allí desde tiempos de su padre. La madera tenía una agradable pátina y, a veces, cuando pasaba por al lado, Gorski acariciaba la superficie con la palma de la mano y disfrutaba de la sensación que le producía sentir el tacto de sus ondulaciones contra la piel. Guardaron un incómodo silencio durante un instante, como si ambos reconocieran la trascendencia del paso que estaban a punto de dar. O quizá solo poseyera esa magnitud en la mente de Gorski. Tal vez madame Beck solo se había prestado a salir a tomar una copa porque sentía lástima por él a raíz de aquella traumática experiencia, nada más.

—Bueno, ¿y adónde me va a llevar? —preguntó.

Gorski soltó un aparatoso resoplido. Lo más natural habría sido poner rumbo a la Cloche, pero así solo darían pábulo a los cotillas del pueblo. Llevar a madame Beck a Le Pot quedaba totalmente descartado. En aquel local rara vez ponía el pie una mujer. El Café de la Gare era más respetable, pero ir hasta allí supondría recorrer buena parte de Rue de Mulhouse y cruzarse inevitablemente con algún conocido. De todos modos, el local no tenía un ambiente íntimo.

Gorski se quedó en blanco.

—Donde usted quiera —dijo.

Ni siquiera en ese momento era capaz de asumir el control de la situación. Le dio la impresión de que, en cierto modo, ya había decepcionado a madame Beck.

Sin embargo, ella contestó sin inmutarse.

—Está el barecito ese de Rue de Huningue —dijo.

Gorski sabía a qué establecimiento se refería, pero nunca había estado dentro. Tenía toda la pinta de estar abandonado. Y, más importante aún, para llegar hasta allí no hacía falta tomar ninguna de las calles principales de Saint-Louis. No pudo evitar pensar que ese era el motivo por el que madame Beck lo había sugerido.

Giraron a la izquierda al salir de la tienda y anduvieron por la estrecha acera de Rue des Trois Rois en silencio. Cuando llegaron a Rue du Temple, se detuvieron para dejar pasar un coche. Al bajar el bordillo, madame Beck enhebró su brazo en el hueco del de Gorski. Lo hizo con tanta naturalidad que Gorski podría haber pensado que era un gesto inocente; que no significaba nada en particular. Fingió no darse cuenta. Cada vez que pasaba por esa calle, Gorski se acordaba invariablemente de cuál era la alcantarilla exacta donde a los ocho años había dejado caer los pedazos de la cucharilla para la mostaza que había roto. Incluso en ese momento miró para otro lado, como simulando no saber lo que allí había sucedido.

Giraron a la derecha.

—Creo que es aquí, un poco más adelante —dijo madame Beck. Era evidente que ella tampoco había entrado jamás en el establecimiento.

A esas alturas, resultaba innegable que se traían algo ilícito entre manos. Gorski empezó a sentir cierta aprensión. ¿Se estaban embarcando en un *affaire* de alguna clase? Quizá madame Beck se esperara que, después de un par de copas de vino, él sugiriese que se trasladaran a algún hotel de la zona. Se imaginó plantándose en el Bertillon y pidiéndole a Virieu una habitación. Sintió cómo se le perlaba la frente de sudor. Madame Beck, sin embargo, parecía de lo más serena. A lo mejor se enredaba en aquella clase de encuentros clandestinos con frecuencia.

El local se llamaba Chez Gervaise. Estaba encajado entre una peluquería y una zapatería. Unas cortinas de gasa amarilleada ocultaban el interior de las miradas curiosas. Gorski sostuvo la puerta abierta y, con un ademán, invitó a madame Beck a pasar primero. El suelo estaba embaldosado de blanco y negro. Había media docena de mesas, todas provistas de manteles de hule de cuadros y sillas de madera desparejadas. Las paredes alojaban una miscelánea de grabados descoloridos de un torero entrando a matar, de una niña con una gruesa lágrima rodándole por una mejilla y de un grupo de jinetes ingleses ataviados con chaquetas rojas de caza, entre otros. Todos los dibujos podrían haberlos sacado de una de las cajas de lotes variados de la tienda del padre de Gorski. Al fondo estaba la barra, detrás de la cual había un surtido de botellas dispuestas en una estantería. No había grifos de cerveza. El sitio parecía una salita de estar reconvertida. Una mujer de unos sesenta años —Gervaise, supuestamente— estaba sentada a la mesa más alejada de la puerta con un vaso de pastís, jugando un solitario mientras un cigarrillo se consumía en el cenicero a su lado. No había otros clientes.

Gorski y madame Beck se miraron y, en silencio, acordaron ocupar la mesa pegada a la pared, a medio camino entre el escaparate y la barra. Gorski ayudó galantemente a madame Beck a quitarse el abrigo y lo colgó del perchero junto a la puerta. La jugadora de cartas se levantó y cruzó el local sin prisa. Calzaba unas zapatillas de andar por casa que parecían de caballero. Los saludó muy cordial y preguntó qué les apetecía. Antes de que pudieran responder, regresó a su mesa arrastrando los pies y cogió una caja de fósforos. El roce de sus zapatillas contra las baldosas producía un agradable sonido semejante al del papel de lija cuando se frota la madera suavemente. Volvió con la misma parsimonia de antes y encendió la vela encajada en la botella de vino revestida de mimbre que reposaba sobre la mesa.

—¡Ea! —dijo—. ¡Un poquito de ambiente!

Gorski miró a madame Beck. Sonreía encantada a la patrona. Pidió una copa de vino blanco.

Gervaise cantó la breve lista de opciones y aprobó la elección de madame Beck con un gesto de asentimiento. Gorski indicó que tomaría lo mismo.

—Entonces, casi mejor que les traiga la botella —dijo—. No tienen cara de que vayan a moverse de aquí en un buen rato.

Gorski aceptó la sugerencia sin buscar la aquiescencia de madame Beck. ¿Qué tenía de malo? Y si no se acababan la botella, ¿qué? Él era el jefe de policía. Podía permitirse hacer alarde de cierta opulencia.

De camino a la barra, la dueña se fue parando para encender las velas de las otras mesas. Mientras esperaban, Gorski jugueteaba con las gotas de cera que se habían solidificado en torno al cuello de la botella. No tenía sentido iniciar una conversación antes de que llegase el vino, pero, en el silencio, la pregunta de qué hacían allí se cernía como una losa entre los dos.

—Bueno, ¡pues aquí estamos! —dijo él tontamente.

—Aquí estamos —contestó madame Beck. Pareció que le hacía gracia su turbación.

La dueña llegó con el vino y dos copas de tallo verde. Chocaron las copas y bebieron.

—Tengo que darle las gracias —dijo Gorski.

Madame Beck lo miró con expresión interrogante.

—Sé que pasa muy a menudo a echarle un vistazo a mamá. Se lo agradezco.

Aunque lo que decía era verdad, lamentó haber iniciado la conversación de aquel modo. Daba la impresión de que era el motivo de su encuentro clandestino. La mención a su madre disipó el halo de intimidad entre ambos. La mueca divertida que jugueteaba en los labios de madame Beck desapareció.

—No es molestia. Estoy encantada de echar una mano. —Hizo una pausa y tomó un pequeño sorbo de vino—. Pero sabe perfectamente que las cosas no pueden seguir así. Lo de hoy es prueba de ello. De no haber llegado usted en ese preciso momento…

Por supuesto, Gorski ya tenía en mente lo inevitable: la residencia. El doctor Faubel se lo había dicho hacía meses, pero su madre no quería ni oír hablar del asunto. «Moriré en mi cama, gracias», ese era su mantra. Gorski incluso había visitado un establecimiento apropiado en el campo, cerca de Bartenheim. Era espacioso y aireado, un sitio agradable, y los residentes parecían contentos. Con el tiempo, quizá su madre llegara a encontrarse a gusto allí. Pasarse los días enjaulada en el apartamento de Rue des Trois Rois no era vida. Pero no por ello dejaría él de tener la impresión de estar abandonándola. Le había sacado el tema en numerosas ocasiones, pero ella seguía cerrada en banda. «¡Jamás!», respondía. «¡El día que deje este apartamento, lo haré en un ataúd!» A continuación rompía a llorar como una niña. «Albert, *Albert,* ¿por qué intentas deshacerte de mí?»

Gorski tomó un sorbo de vino.

—Lo sé —dijo.

Rellenó las copas hasta el borde. Luego, buscando cambiar de tema, miró en derredor y preguntó si iba mucho por Chez Gervaise.

—Es la primera vez. —Entonces pasó las puntas de los dedos por el pegajoso hule y añadió en voz baja—: Y me da que va a ser la última.

—Vaya, pues a mí me gusta bastante —replicó Gorski, que también bajó la voz—. Tiene cierto encanto. Podríamos juntarnos con la *patronne* más tarde y echar una partidita.

—Verá, lo cierto es que no puedo quedarme hasta tarde —dijo ella.

Aunque estas palabras ponían un límite a la velada, también constituían una suerte de aceptación. No había dicho que no deseara quedarse. Había dicho que no *podía.* La insinuación era evidente. Sus rodillas se tocaban debajo de la mesa y llevaban así desde que se sentaron. Ninguno de los dos había hecho ademán de separarse.

Madame Beck bajó la mirada a su copa. Se llevó los dedos a los labios. Gorski empezó a preguntarse cómo reaccionaría si se inclinaba sobre la mesa y la besaba, pero desechó la idea. No era nada práctica. Seguro que, o bien volcaba las copas, o bien volcaba su silla. Así que sacó los cigarrillos.

—¿Le molesta? —preguntó. Nunca había visto fumar a madame Beck.

Ella negó con la cabeza, y luego dijo:

—¿Puedo?

Gorski le ofreció un cigarrillo y se lo encendió.

Ella se arrellanó en la silla y exhaló ensanchando los ojos.

—No fumaba desde el colegio.

—¿Y qué tal?

—Bien —respondió, recalcando su afirmación con un gesto de la cabeza—. Un poco mareada.

En ese momento se abrió la puerta y una oronda anciana con un carlino jadeante pasaron al interior. Ella llevaba un enorme abrigo de *tweed* y un sombrero a juego con pequeñas plumas que sobresalían de un lado. Superó el trance de franquear el umbral no sin dificultad. Una vez conseguido, miró con cierta sorpresa a la pareja que ocupaba la mesa junto a la pared. Al pasar a su lado, inclinó la cabeza respetuosamente.

—Monsieur, madame —dijo, a modo de saludo.

Cuando alcanzó la mesa del fondo, Gervaise se levantó, y las dos mujeres se saludaron en silencio besándose en ambas mejillas. El carlino observaba con sus ojos saltones. La recién llegada se quitó el abrigo y tomó asiento con el mismo aire de agotamiento de un viajero que ha recorrido una larga distancia. Gervaise recogió las cartas, fue a buscar un vaso para su acompañante y sirvió un dedo de pastís, para a continuación rellenarlo con agua de la jarra que había encima de la mesa. De detrás de la barra sacó entonces una caja que acercó hasta la mesa. Contenía un juego de damas. Colocadas las piezas en el tablero, empezaron una partida. Todo ello, laboriosamente y sin mediar palabra.

—Así estaré yo dentro de unos años —susurró madame Beck.

Gorski se echó a reír.

Ella bebió más vino. La botella estaba ya medio vacía.

Esa noche, Gorski no conseguía conciliar el sueño. Se levantó de la cama y fue al salón y se sentó en la silla de su padre, junto a la chimenea. Su madre dormía profundamente.

Madame Beck y él se habían despedido en la acera de fuera del apartamento. Ella había insistido en que no hacía falta que la acompañase el resto del camino. Incluso bromeó diciendo que su marido habría reunido una partida de búsqueda.

La otra mitad de la botella se la habían bebido charlando de cuando eran pequeños. Madame Beck había pasado su infancia en Mulhouse. Por culpa de su constitución flacucha, siempre se había sentido rara. En el instituto, los chicos empezaron a llamarla la Esqueleto, e incluso algunos profesores hacían uso del apodo. Envalentonado por el vino, Gorski había aprovechado la oportunidad para decirle que, en su opinión, tenía una silueta muy elegante. Luego le habló un poco de las dificultades que había enfrentado él en el colegio.

—Para mí siempre fue como si mirase a los demás niños a través de una ventana —dijo.

—Sí —había contestado madame Beck—, yo tenía la misma sensación.

Para ella había sido una bendición mudarse a Saint-Louis después de la boda. Fue como empezar de cero, aunque de vez en cuando le daba por preguntarse qué le habría deparado la vida de no haberse casado tan joven. Le preguntó a Gorski si nunca pensaba en lo diferente que habría sido su vida si no se hubiese casado con Céline o no hubiera escogido ser policía. Gorski le había respondido que no tenía muy claro si alguna vez había *escogido* algo en su vida. Sugirió pedir una segunda botella, pero ella miró el reloj y se disculpó.

En la calle, fuera del apartamento, hubo un instante en el que Gorski creyó que tal vez ella quería que la besara, pero no hizo nada y el momento pasó. Así pues, se despidieron con un tieso apretón de manos y, mientras la contemplaba alejarse, Gorski se maldijo de mil maneras. Tendría que haber dejado atrás su reticencia, alcanzarla, apoyarla contra la pared y pegar sus labios a los de ella, las manos aferrando sus muñecas, la respiración de ambos acelerada. ¡A la mierda si los veían!

Sentado ahora en la silla de su padre, no obstante, le alivió no haber sido tan impulsivo. Así solo habría conseguido hacer el ridículo. No había ningún indicio que apuntase a que madame Beck tuviera algún interés amoroso en él. Esas ideas eran totalmente infundadas. ¿Y qué si se había retocado los labios con un poco de carmín? Eso no significaba nada. Le alegró no haberla insultado malinterpretando sus motivos. Pero, *aun así…*, ¿no le había parecido que flirteaba en algunos momentos? Por la forma de mirarlo, por las anécdotas humillantes que le había contado sobre su adolescencia, por el remordimiento con el que se había referido a su matrimonio. Gorski no sabía. Jamás se le había dado bien interpretar las intenciones del sexo opuesto. En su día le faltó tiempo para dejar que Céline llevase la iniciativa en todos los aspectos de su relación. Fue un auténtico alivio que lo liberasen de la toma de decisiones. Pero ahora, alcanzada la madurez, no tenía más remedio que reconocer que esa voluntad de ceder el control era precisamente la razón de que estuviese sentado a solas en la oscuridad del apartamento de sus padres, incapaz de decidir si tendría o no que haber besado a la mujer de la tienda de abajo.

11

Al poco de dar las ocho de la mañana, Gorski oyó la campanilla de la puerta anunciar la entrada de madame Beck en la tienda de abajo. Llegaba algo más temprano de lo habitual. Había contemplado la idea de marcharse antes de que llegase para evitar tener que comentar el encuentro clandestino de la tarde anterior, pero ahora ya no estaba en sus manos hacerlo. Generalmente, por las mañanas solo intercambiaban un breve saludo. Madame Beck solía estar pegada ya al teléfono o concentrada en su libro de pedidos. Dos veces por semana aparcaba frente a la tienda una furgoneta, y se la encontraba ocupada supervisando la entrega de mercancía. Pese a ello, estaría feo no pararse a intercambiar un par de frases esa mañana. Si no lo hacía, estaba convencido de que madame Beck se lo tomaría como un desaire. Puede que incluso debiera hacer alguna alusión a lo que fuera que había pasado entre ellos. El problema era que ni él mismo sabía con certeza qué había ocurrido. Quizá solo había sido el encuentro de dos adultos para tomar una copa de vino, nada más.

Lo importante era actuar con naturalidad.

Gorski se examinó en el espejo del pasillo. ¿No parecía más viejo? Tenía unos capilares rotos nada favorecedores en las mejillas, y puede que las patas de gallo se le hubieran acentuado.

No tenía costumbre de escudriñar su aspecto. Tras pasar por el altar, los hombres no se preocupan demasiado por su apariencia. La elección de la ropa y todo lo relacionado con el aseo personal cae inmediatamente bajo la jurisdicción de la esposa. Y si sueltan amarras y dejan atrás la vida marital, la mayoría experimenta un súbito retroceso a un estado de dejadez. Gorski aún no se había abandonado del todo: desde siempre se había tomado bastante en serio su aspecto y su higiene, puede que tratando inconscientemente de compensar su origen humilde. Ahora regresó a su dormitorio y se cambió la corbata. Con la de rayas que había elegido sin pensar iba demasiado peripuesto. ¿Acaso pensaba que solo por compartir una copa de vino con una mujer casada se había convertido de repente en una especie de don Juan?

Le voceó un adiós a su madre, que ya estaba instalada en su butaca. Llevaba en pie desde las cinco o las seis de la mañana, como de costumbre, y no había hecho ningún comentario sobre el estado de la cocina.

Gorski bajó las escaleras escandalosamente para alertar a madame Beck de su inminente llegada. De esa manera, si a ella no le apetecía conversar, podía meterse en la trastienda o fingir que hablaba por teléfono. Pero no hizo nada de eso: Gorski se la encontró de pie, encorvada sobre su libro de pedidos, como siempre. Levantó la vista del papeleo cuando él entró en la tienda.

—Buenos días, Georges —dijo.

Georges. Madame Beck nunca se había dirigido a él por su nombre de pila. No podía ser una coincidencia que escogiera hacerlo precisamente ahora. Era una forma de reconocer que algo había cambiado entre ellos. Gorski se detuvo en medio de la tienda —un gesto que rompía de por sí con su rutina— y le devolvió el saludo, aunque no le salió llamarla por su nombre, que conocía solamente por haberlo visto en la correspondencia que dejaba encima del mostrador. Gorski creyó advertir un leve rubor en sus mejillas, pero eso podía achacarse sencillamente a que acababa de entrar del frío de fuera.

Ella lo miró con una expresión que lo mismo podía ser de desconcierto que de guasa.

—¿Marcha bien el negocio? —preguntó él, señalando con un gesto el libro de pedidos.

Recordó momentáneamente los sábados de su infancia, cuando le confiaban la tarea de apuntar las transacciones del día en el libro de contabilidad de su padre.

—Siempre hay alguien en algún sito que necesita flores —contestó ella.

—Claro —dijo él—. Para los funerales y demás.

Avanzó hacia la puerta.

Entonces, casi con un hilo de voz, ella dijo:

—Mi marido se interesó por mis andanzas anoche.

Gorski se detuvo en seco. No se esperaba aquello.

—Y, claro, le conté lo del incendio —prosiguió ella.

Lo dijo de manera totalmente despreocupada y volvió la vista al libro de pedidos, pero daba a entender con absoluta claridad, aunque solo fuera por omisión, que había mentido a su marido. Si lo que habían hecho no tenía nada de ilícito, ¿por qué ocultarlo?

Gorski tragó saliva. Y como no se le ocurría nada que decir, murmuró:

—Bueno, mamá está como si nada.

Entonces, antes de que madame Beck tuviera ocasión de prolongar la conversación, le dio los buenos días y salió apresuradamente de la tienda.

¡Qué tonto! No había dado ni seis pasos antes de maldecirse. ¿Por qué no decir simplemente que había disfrutado de la velada? Podría incluso haber sugerido repetirlo alguna otra vez y, de haber tenido el valor, añadir con segundas el condicionante: «si a su marido le parece bien». Clémence le había dicho que madame Beck pensaba que era un hombre «encantador». Y, sin embargo, en lugar de respaldar su guiño de complicidad, él había sacado a relucir a su madre, como si ella fuera la única razón que había precipitado la cita. Se paró en la acera, dudando si aún a esas alturas debería volver atrás y enmendar su error. Tendría que aclarar que no había sabido qué decir y se había ido corriendo como un adolescente. No, así solo iba a parecer aún más estúpido. A las mujeres les gustaba que los hombres fueran decididos y enérgicos, no chiquillos hechos un manojo de nervios. Les atraían los bocazas deslenguados como Tarrou. Gorski bajó de la acera y sin darse cuenta se cruzó delante de una pequeña furgoneta. El conductor bajó el cristal de la ventanilla y soltó una retahíla de improperios antes de darse cuenta de que estaba insultando al jefe de policía y alejarse a toda prisa.

El informe de la autopsia de Faubel concluía que Marc Tarrou había muerto de un paro cardiaco. Estaba claro que el bueno del doctor había decidido cuál era la causa de la muerte y había buscado pruebas que confirmasen su hipótesis. Gorski no se esperaba otra cosa, pero que Faubel no hubiese llevado a cabo un trabajo exhaustivo no significaba que sus conclusiones fueran erróneas. No había evidencia, recapituló, de que hubiera sucedido algo más siniestro. Y, a pesar de ello, algo seguía sin convencerle. Por lo general, Faubel tardaba una semana o más en llevar a cabo esa clase de autopsia y en realizar el informe, pero esta le había llegado muchísimo antes. ¿Existía alguna conexión entre aquello y la presencia de Keller en el lugar de los hechos? Costaba creer que ambas cosas no estuvieran relacionadas.

Gorski tamborileó sobre el escritorio. Encendió otro cigarrillo y releyó el informe. No es que pensase que iba a encontrar algún detalle que no cuadraba. Al fin y al cabo, él no era médico. Solo buscaba un pretexto para hacerle una visita a Faubel. Mientras se ponía la gabardina, sonó el teléfono. Lo ignoró.

La consulta del forense estaba a pocos minutos a pie, en Avenue de Bâle. Al salir de la comisaría, Schmitt le dijo que había recibido una llamada telefónica de una tal Annie Petrović o algo así.

—¿Tanto te costaría responder al teléfono? —le preguntó.

Gorski hizo una mueca. La llamaría más tarde.

Hacía frío. El humo de los tubos de escape se adhería al asfalto de la calle. Gorski dobló a lo largo el sobre de papel manila que contenía el informe de la autopsia y se lo encajó en el bolsillo interior del abrigo.

La recepcionista le informó de que Faubel estaba con un paciente. Gorski tomó asiento. La sala de espera era tanto o más deprimente que la de los diversos veterinarios que había visitado hacía unos días. Ahí estaban las mismas sillas apilables de plástico con estructuras metálicas. Los carteles desgarrados de las paredes eran parecidos: advertencias sobre enfermedades latentes y medidas con las que quizá mantenerlas a raya. No hay ninguna ley que obligue a los profesionales de la medicina a tener instalaciones cómodas o atractivas. No son peluqueros. No ofrecen refrigerios. No dan palique.

Tres mujeres aguardaban su turno. Dos pasaban las hojas de las sobadas revistas que tenían a mano. La tercera se había traído su labor de punto, y el tableteo de sus agujas constituía un hilo musical nada desagradable. Ninguna tenía aspecto de estar enferma. Gorski había acudido en una ocasión a la residencia de la mujer de la labor de punto por un robo. Vivía en un apartamento en Avenue de la Marne, cerca de la estación de tren. Se habían llevado algo de dinero y unas pocas joyas. La mujer —Gorski no recordaba su nombre— se había disculpado por llamar a la policía. Las joyas no eran valiosas. Gorski la había tranquilizado diciéndole que había hecho lo correcto, pero que era poco probable que se pudiera recuperar lo robado. Le sugirió que se pasara por las casas de empeños de la zona. Ahora no daba señales de reconocer a Gorski. Y aunque lo hubiese hecho, seguramente no deseaba revelar que tenía trato con la policía.

Pasaron diez minutos. Cuando la puerta de la consulta de Faubel se abrió y salió una mujer con un niño llorando de la mano, Gorski se puso de pie. Nadie levantó la voz para protestar porque se estuviera saltando la vez. Las personas enfermas no tienen nada mejor que hacer.

Faubel estaba garabateando unas notas y, sin despegar los ojos del papel, le pidió a Gorski que tomase asiento.

—Ah, inspector —dijo, cuando alzó la vista—. ¿Está pachucho?

—Me encuentro perfectamente, gracias —contestó Gorski. Sostuvo en alto el sobre de papel manila—. Le agradezco la presteza en el cumplimiento de esta tarea.

Se preguntó a cuento de qué aquella necesidad suya de recurrir a frases tan pomposas cuando se dirigía a la gente con estudios.

—Pero no está de acuerdo con mi dictamen, ¿es así? —respondió el médico con voz cansina.

—Son solo un par de dudas. —Sacó el informe.

—¿Una copa? —preguntó Faubel.

Como Gorski no se opuso, Faubel fue a buscar una botella de coñac a la vitrina que había a un lado de la estancia y le tendió una copa generosa.

—Aquí, en la página dos, menciona la presencia de «tejido adiposo» alrededor de las arterias —dijo—. ¿Bastaría eso para provocar el paro cardiaco?

—No —dijo Faubel—, pero tampoco he sugerido que esa fuera la causa. Lo he incluido meramente como posible factor de riesgo.

—¿Y hasta qué punto es frecuente?

—En un hombre de la edad de Tarrou, con sus hábitos y demás, es perfectamente normal. Hallaría lo mismo si le abriese a usted.

Gorski avanzó hasta la última página del informe.

—¿Y estas abrasiones en la parte posterior del cráneo?

—Causadas sin lugar a duda por la caída contra la mesa de cristal. Como especifico, eran superficiales y no cabe considerarlas significativas, al menos como causa de la muerte.

—¿Y no detectó usted ninguna otra lesión externa?

—De ser así, lo habría registrado. Aquí no hay ningún misterio que resolver, Georges.

—Si es así —preguntó Gorski—, ¿por qué creyó necesario avisar al alcalde Keller?

Faubel lo miró sin comprender.

—Usted telefoneó a Keller desde la oficina de Tarrou.

Faubel negó con la cabeza.

—¿Por qué iba a hacer eso?

—Eso digo yo —dijo Gorski.

—Yo no llamé a Keller ni a nadie más —dijo Faubel.

Gorski frunció los labios.

—Parece que ha habido un malentendido, entonces. Pero, bueno, ya que estoy aquí, quisiera sondearle acerca de otro asunto, si no le importa.

Faubel le invitó a continuar con un gesto de la mano.

—¿Es paciente suya madame Duymann, de Rue Saint-Jean?

—En efecto —respondió con aire cansino.

—Y… —No tuvo que terminar la pregunta.

—Desde el punto de vista de su salud física, no tiene demasiados achaques. Tensión baja, anemia, nada serio. En cuanto a la salud mental, está bien, salvo por una leve pérdida de memoria.

—¿Nada más grave? Paranoia o delirios, ¿por ejemplo?

—Nada que yo haya observado.

Gorski se puso de pie y se excusó por robarle tiempo a Faubel. No se había acabado el coñac a propósito, como para demostrar al médico que era capaz de controlarse un poco.

—No se preocupe, las de la sala de espera tendrán cuentitis —dijo Faubel. Acompañó a Gorski hasta la puerta, tomándolo suavemente del codo—. Y hablando de ancianas —dijo—, ya sabe que lo de su madre es una situación que no puede prolongarse indefinidamente.

—Sí —dijo Gorski—. Soy consciente de ello.

—Me parece que los dos sabemos qué hay que hacer.

Gorski se lo quedó mirando un momento, no estaba seguro de qué insinuaba.

—Dada su posición —prosiguió el médico—, se podría disponer todo lo necesario con suma presteza, como diría usted. No gana nada aplazando lo inevitable.

Gorski se comprometió a hablar con ella.

—Así me gusta —dijo Faubel.

Si Gorski decidió hacerle otra visita a madame Duymann, no fue porque tuviera un verdadero motivo para hacerlo. Robert Duymann lo recibió con ligero fastidio y repitió la broma de no haber asesinado aún a su madre.

El ambiente cálido y demasiado perfumado de la alcoba de madame Duymann le resultaba a Gorski curiosamente relajante. Mientras hablaban, los acompañaba de fondo el débil tableteo de la máquina de escribir en la planta de abajo. En esta ocasión, insistió en que madame Duymann lo llamase Georges. Ella sugirió que Robert estaría encantado de subirles un té, pero Gorski bajó y lo preparó él mismo; minutos más tarde regresó con el servicio dispuesto en una bandeja.

—Qué amable eres, Georges —declaró ella—. Ojalá mi hijo fuera tan servicial.

Gorski le habló de la casa de empeños de su padre. Le describió aquel olor tan especial a polvo y cuero y barniz, y le contó cómo los sábados él mismo se encargaba de registrar las transacciones del día en el enorme libro de contabilidad. Ya por entonces era consciente de la grave responsabilidad que esto suponía, pero su padre nunca lo supervisó por encima del hombro ni revisó su trabajo.

Madame Duymann se acordaba de la tienda de Rue des Trois Rois, pero no había entrado nunca. Siempre le había parecido muy lúgubre. Gorski le explicó que lo de la iluminación tenue había sido a propósito. Repitió la máxima de su padre: «A la gente le avergüenza entrar en una casa de empeños. No quieren que les dé la luz cuando lo hacen». Madame Duymann opinó que se trataba de una política muy sabia.

—Su padre debió de ser una persona muy agradable —dijo ella.

—A veces pienso que habría hecho bien en relevar a mi padre al frente del negocio.

—¿Y entonces quién iba a venir a verme a mí? —replicó madame Duymann.

La habitación estaba recalentada, y Gorski notó que empezaban a cerrársele los ojos. Recogió las cosas del té y volvió a llevarlas abajo en la bandeja. Duymann lo miró con recelo. Gorski comprendió su perplejidad. De haberle pedido explicaciones, se las habría visto y deseado para justificar su visita.

* * *

Clémence no se presentó a la cena semanal. A Gorski se le había pasado ir al ultramarinos de Rue de Mulhouse, así que, si no salía de nuevo, no habría cena. Y más importante aún, había planeado sacar el tema de la residencia y tenía la impresión de que le resultaría más fácil si estaba Clémence. No podía quitarse la molesta sensación de que, cuando no había nadie más presente, su madre tendía a dramatizar mucho más. Con Clémence allí, parecería que el responsable de la decisión no era solo él, sino que se había tomado en conjunto por el bien de su madre. En cualquier caso, tenía pensado decir que había hablado con el doctor Faubel y que era *él* quien insistía en dar este paso. Claro que estos matices a su madre le iban a dar lo mismo.

Mientras esperaba a que apareciese Clémence, se sentó en la silla de su padre a beber una copa de vino. Su madre estaba tranquila. Tarareaba entre dientes una canción de su infancia. Cuando pasaron las siete y quedó claro que Clémence no se iba a presentar, Gorski se levantó e hizo una batida por los armarios de la cocina. Solo había un par de paquetes de sopa instantánea y un poco de pan rancio. ¿Y qué? De todos modos, su madre apenas comía. Si se molestaba en preparar comidas decentes, en realidad era solo por tener algo que hacer.

Pese a todo, puso la mesa como siempre y convenció a su madre para que se levantara de su butaca.

Cuando le plantó el cuenco delante, ella preguntó:

—¿Esto qué es?

—Un riquísimo cuenco de sopa de espárragos, mamá.

Madame Gorski plantó la cuchara en la mesa con sorprendente fuerza.

—No quiero sopa —dijo—. Quiero chuleta. Quiero chuleta con patatas.

—Te traigo tu chuleta en cuanto te acabes la sopa —contestó él con calma.

Gorski arrancó un pedazo de pan, lo mojó en la sopa y emitió unos sonidos de placer.

Madame Gorski situó entonces la mano izquierda a la derecha del cuenco y, con la mirada fija en Gorski, lo barrió de la mesa, volcando las vinagreras por el camino. El cuenco se estrelló contra la repisa de la ventana. Su contenido salpicó la pared y chorreó sobre la alfombra.

—No quiero sopa —repitió—. Quiero chuleta.

Gorski respiró hondo varias veces. Le resultaba imposible no pensar que su madre lo había hecho a mala idea. No habría actuado así si Clémence hubiese estado allí. En presencia de su nieta se ablandaba. Tenía de gagá lo que él. Aquellos arrebatos eran una farsa motivada únicamente por el deseo de atormentarlo. La fulminó con la mirada desde su lado de la mesa. Ella le aguantó la mirada, como si lo desafiara. Gorski dejó la servilleta sobre la mesa, se puso de pie y sacó un cubo de debajo del fregadero de la cocina. De rodillas a los pies de su madre, introdujo los pedazos del cuenco roto en el cubo y empezó a limpiar la sopa del suelo, que se había desparramado por un área sorprendentemente grande. Parte había alcanzado las piernas de su madre. No le importaba si se había quemado. La culpa era de ella. Cuando terminó, envolvió los restos de loza en hojas de periódico y los tiró a la basura, antes de vaciar el cubo en el fregadero. Regresó a su sitio en la mesa y devolvió las piezas de las vinagreras a su platito. Empezó a tomarse la sopa, que ya estaba fría. Su madre se echó a llorar.

—¿Y mi sopa? —sollozó—. ¿Por qué no hay sopa para mí?

Gorski se llevó su cuenco a la cocina, esperó allí unos instantes y regresó con él para colocarlo delante de su madre.

—Gracias, Albert —dijo ella.

Cogió la cuchara y empezó a comer de manera lenta pero metódica. Gorski la observaba impasible. La sopa le chorreaba por las comisuras de los labios.

Cuando hubo terminado, Gorski le limpió la cara con una servilleta. En la cocinita lavó y guardó la vajilla, antes de ponerse la chaqueta y salir del apartamento.

12

Al viajero que se encuentra de paso, Saint-Louis puede parecerle un lugar soso y anodino. Aquí no hay bulevares majestuosos ni elegantes edificios públicos. No hay *brasseries* de la *belle époque* ni teatros ni museos que atraigan a las multitudes. No hay estatuas ni fuentes ni catedrales. En resumen, no hay nada que haga quedarse al visitante. Pero los que se apresuran a seguir su camino rumbo a destinos más glamurosos no saben lo que se pierden. Porque, oculta tras los agostados escaparates de las tiendas y las cortinas de gasa de las modestas viviendas, hay vida; o al menos algo parecido. Y, aunque a primera vista pueda parecer un pueblo del montón, Saint-Louis tiene sus tribus como cualquier otra población. Su proletariado, su clase media y su alta burguesía.

Los afortunados miembros de los estamentos más altos de la sociedad de Saint-Louis ni se molestan en preguntarse cómo han llegado hasta allí. Con toda probabilidad, esa posición no la han ganado por mérito propio, sino que la deben al emprendimiento o trampeo de algún antepasado que lleva enterrado mucho tiempo. Sin embargo, esto no les impide mirar a los de abajo por encima del hombro. Estos brahmanes de pacotilla desprecian a la gente de clase media que conforma el grueso de la población local, y reducen la interacción con ella a lo mínimo imprescindible. Desprecian su gusto vulgar en la decoración, la edificación reciente de sus hogares y la pulcritud de sus patéticos jardines. Desprecian su tolerancia al vino mediocre, la aceptación de las fibras sintéticas y su obsesión por todo electrodoméstico que les ahorre trabajo (porque las clases medias no tienen criados). Sobre todo, desprecian su servilismo. Los desprecian por no corresponder con desdén el trato desdeñoso que reciben.

El pobre, por otra parte, es alguien a quien estos patricios de pueblo no desprecian. Los pobres están para compadecerlos. Igual que la alta burguesía no ha hecho nada para merecer su posición, los pobres tampoco han hecho nada para merecer la suya. Estas criaturas oprimidas no son responsables de su infortunio, porque el pobre carece de libre albedrío; de serle otorgado este poder, no haría sino desperdiciar las oportunidades que lleva aparejadas. A ojos de quienes están por encima de ellos, los pobres existen solamente para que ellos, los ricos, puedan hacer gala de su generosidad. Es posible que al pobre no se le acepte de buen grado en el hogar del rico, ni siquiera en las arboladas avenidas que este habita (infracción cuya consecuencia más probable es una llamada a la policía local), pero de vez en cuando se realizan donaciones para la escolarización de huérfanos, el auxilio de indigentes o el realojo de mujeres maltratadas. La munificencia es un bálsamo eficaz contra la irritante certeza de que, en el fondo, uno no es mejor que el borracho apostado a la barra del Café de la Gare. La munificencia tapa la culpa.

Los de clase media —la pequeña burguesía—, por su parte, ni desprecian ni compadecen al pobre. Lo que tiene esta gente es miedo del pobre. Teme que pueda entrar a robar en sus hogares, que viole a sus hijas y haga caer a sus hijos en la indolencia, la delincuencia y la adicción. Teme que pueda orinar en sus pulcras parcelas de césped o que, llave en mano, raye la pintura del Citroën de gama alta que con tanto sacrificio han conseguido comprarse. Al pasar por delante de determinados bares, las respetables mujeres burguesas temen los piropos soeces que emanan de la puerta, aun cuando esos comentarios les despierten un cosquilleo entre las piernas. De igual manera, el macho de la especie se cambiará de acera para evitar unos embates a su masculinidad que le hacen humillar la cabeza y acelerar el paso, a la vez que maldice por dentro su falta de entereza.

Estos seres mediocres, sin embargo, no corresponden a los de encima con su mismo desdén. Al contrario, contemplan a la que pasa por ser la aristocracia del pueblo con veneración. Admiran su ociosidad, su ropa remendada y sus mansiones destartaladas. Envidian su moral disoluta y la soltura con la que hasta sus mujeres emplean determinados epítetos. Pero, por encima de todo, envidian su carisma, una cualidad a la que ningún currante de clase media podrá aspirar jamás.

Y para acabar, abajo del todo, está la chusma, los inútiles que colonizan las calles de los alrededores de la estación de ferrocarril y que con toda probabilidad no han subido a un tren en su vida. Esta es la más feliz de las tribus de Saint-Louis. Los pobres no aspiran a nada, salvo a emborracharse y obtener gratificación sexual. Les importan un bledo los que están por encima en la pirámide social. Estas castas superiores apenas penetran su conciencia. Mejor confinar las grescas, la rapacería y la jodienda a los de su ralea. Así se ahorran problemas. Los pobres aceptan de buena gana su parte de violencia y latrocinio en su justa medida. Son cosas de la vida, y si no te gusta, a llorar a otra parte. Lo que es evidente es que no hay por qué molestar a las autoridades con esos asuntos.

Nada de este rico tapiz resulta patente para los que prosiguen apresuradamente hacia la A35. Ni debería serlo. Tienen cosas más importantes en las que pensar. Pero sí que lo era para Georges Gorski. Para Gorski resultaba patente porque él no tenía tribu. Gracias a su ascenso en la jerarquía del cuerpo de la policía, había hecho de sí mismo un intruso. Saint-Louis no mira con buenos ojos a los que abandonan su tribu. A aquellos que se mueren por ascender se los invita a marcharse con sus aspiraciones a otra parte. Lo mismo pasa con quienes toman una trayectoria descendente. A la mujer del alcalde no se la acepta de buen grado en el Café de la Gare ni en Le Pot. Todos sin excepción pensarían que se había echado a perder; su presencia constituiría un bochorno para propios y extraños. Y lo mismo al revés: el hijo de un prestamista no debería llegar a jefe de policía. Altera el orden natural de las cosas.

Como Gorski, Marc Tarrou no había pertenecido a ninguna tribu. Pero, a diferencia del jefe de policía, contaba con la aceptación de burgueses e inútiles por igual. Lo aceptaban porque tenía carisma, o al menos suficiente caradura como para disfrazarla de carisma. También tenía dinero, y el dinero surte un curioso efecto emoliente hasta en los prejuicios más arraigados.

Los que se habían reunido en su funeral eran buena prueba de ello.

El cementerio municipal de Saint-Louis está situado en el cruce de Rue de la Gare y Rue de Mulhouse, a un corto paseo andando del Hôtel Bertillon. Lo rodea una tapia encalada rematada por una cornisa de arcilla, y se puede acceder a él por sendas verjas situadas en la parte de delante y la de atrás. Aquí, los ricos se entremezclan libremente con los pobres como en ningún otro sitio del pueblo. Por encima del suelo, las tumbas de la gente adinerada se distinguen con ostentosos mausoleos identificados con el apellido familiar. Pero, por debajo, los gusanos no distinguen entre la carne de los ricos y la de los pobres. Toda acaba igual.

Desde cada rincón se divisa la torre del agua con el enorme cartel rotulado con el nombre del pueblo. El cementerio está delimitado en la parte de atrás por las vías del tren. La capilla del camposanto es una construcción sobria. Al igual que Saint-Louis, es más funcional que espiritual. Gorski se había despedido de su padre en ese mismo edificio. En aquella ocasión, aparte de su madre y él, la congregación la habían formado Maloin, un puñado de clientes de su padre, Marie y Pasteur, y unos pocos parroquianos del Restaurant de la Cloche. Ribéry se había sentado al fondo de la capilla contemplando respetuosamente las exequias.

A Gorski le gustaban los funerales. Tenían algo de auténtico. Aparte de la familia directa o de algún que otro amigo íntimo, los presentes no lamentan demasiado el deceso del individuo que ocupa el ataúd. No hace falta deshacerse en excesivas muestras de dolor. Basta con ir, no se requiere nada más. Poder decir que han contado con una «buena afluencia» es un consuelo para los dolientes y el mayor tributo al que puede aspirar la mayoría de los ludovicianos. A los parientes se los sienta en primera fila, de manera que no puedan ver a los que están detrás intercambiando sonrisitas y pasándose caramelitos. Los enterradores saben lo que hacen. Tan pronto como se sirve el bufé, se olvida al muerto y la conversación toma otros derroteros.

Las bodas, en cambio, son una farsa. Los invitados se sienten en la obligación de fingir que se alegran por los novios, mientras hacen apuestas sobre cuánto durará la unión. Luego está la pantomima de los votos matrimoniales. En la boda de Gorski, Céline puso cara de guasa e intercambió miraditas con su dama de honor a medida que los iban recitando. Gorski actuó como si participase de la broma, pero se sintió profundamente humillado delante de los potentados del pueblo allí reunidos.

Ahora, muchos de aquellos potentados habían acudido a despedir a Tarrou. A pesar de la llovizna, los asistentes se demoraron junto a los peldaños de acceso a la capilla. Entre los presentes estaban Keller, engalanado con su collar de alcalde; varios miembros del consistorio; el abogado Gustave Corbeil, socio del antiguo bufete Barthelme & Corbeil; el agente inmobiliario de propiedades de lujo Henri Martin; Arsène Susselin, el Carteras; y, como es natural, el doctor Faubel, que jamás se perdía el entierro de aquellos a los que diseccionaba. Había también un grupo de obreros de la cementera, hombres bajos y fornidos con dedos como maromas que parecían incómodos en presencia de sus superiores. No se habían vestido para la ocasión y se limitaron a llevarse las gorras al pecho mientras entraba el ataúd. Seguramente tenían a Tarrou por un buen tipo. Gorski podía imaginárselo embarcándose sin ningún esfuerzo en el clásico intercambio de bromas groseras que emplean los hombres para meterse en el bolsillo a los que están por debajo de ellos en la escala social.

Detrás de esta piña de hombres, Gorski divisó el domo transparente del paraguas de Anna Petrovka. Aún no le había devuelto la llamada. No estaba sola: además de las esposas de los potentados locales, la asistencia femenina era considerable. Teniendo en cuenta la información que había recibido acerca de las costumbres de Tarrou, tampoco era de extrañar, pero a Gorski le sorprendió ver allí a Céline. Pensó que lo más probable era que conociera a Tarrou por su padre. También había acudido una atractiva mujer de unos cuarenta años que, aunque no iba de luto, debía de ser la viuda, puesto que el oficiante la acompañó hasta la cabecera de la capilla. Al parecer, Tarrou no había engendrado ninguna criatura, o al menos ninguna reconocida oficialmente. Allí presente se encontraba, además, Lucette Barthelme, viuda de Bertrand Barthelme, el abogado fallecido cuando su Mercedes se salió de la A35 y fue a estrellarse contra un árbol. Iba vestida con un pulcro traje de chaqueta negro y un casquete tipo *pillbox* con velo. Gorski la saludó con una inclinación de cabeza. Ella le sonrió con pesar. Después de investigar la muerte de su marido, Gorski había sopesado la idea de inventarse una excusa para llamarla, pero al final no se había atrevido.

La misa fue un puro trámite. Una vez acabada, Gorski se quedó esperando a que la congregación desfilara por delante del sacerdote.

Cuando pasó por delante de él, Gorski tocó el brazo de Anna Petrovka.

—Deseaba usted hablar conmigo —dijo.

Ella sacudió la cabeza como una niña pequeña que se niega a comerse la verdura. Gorski la siguió al exterior. Sus botas blancas hasta la rodilla estaban salpicadas de barro. Ella abrió el paraguas.

Gorski se disculpó por no haberle devuelto la llamada.

—No era importante —dijo ella.

Gorski la agarró del codo con suavidad y se la llevó a un lado del camino. Ella miró a su alrededor, como si le preocupase que pudieran oírla.

—Lo bastante como para llamarme —dijo Gorski. Si tenía información en su haber, estaba en la obligación de compartirla con él.

Ella insistió en que debía marcharse. Gorski le soltó el codo. Tenía su dirección. Pasaría a hacerle una visita en cuanto tuviese oportunidad.

—Un poco jovencita para ti, ¿no, Georges? —Céline se había acercado hasta donde estaba, al borde del camino—. O a lo mejor es que estás recuperando el tiempo perdido.

—Es una testigo —dijo Gorski.

—Seguro. —Le dio un codazo con aire divertido a la vez que guiñaba un ojo exageradamente—. ¿Tienes un cigarrillo? —preguntó.

Gorski sacó un paquete del bolsillo de su abrigo, y juntaron las cabezas brevemente para encender el mechero. Gorski percibió su familiar aroma.

—Creía que lo habías dejado —le dijo él.

—¡Ni pensarlo! —contestó ella—. ¿Que da cáncer? Tururú.

Era la típica respuesta de Céline. El cáncer era para los mortales de segunda. Frunció los labios hasta formar una O y exhaló muy despacio una bocanada de humo. A su pesar, Gorski sintió una punzada de deseo.

Si le preguntaran, a Gorski le habría costado señalar el momento exacto en el que supo que su matrimonio estaba acabado. Desde el principio —cuando, siendo un policía novato, entró en la tienda de moda femenina donde ella trabajaba— tuvo claro que Céline era demasiado para él. Estaba escrito en el vocabulario que utilizaba, en su desdén hacia las normas, en el trato displicente que daba a los camareros, en la calidad de su ropa, en su total falta de timidez con respecto al acto sexual. La diferencia era que, por aquel entonces, Gorski había creído que podría ponerse a su altura: que al emparejarse con la hija de un potentado local conseguiría borrar de un modo u otro su origen humilde. También contaba —y no poco— que estuviera loco por ella.

Descubrió que era perfectamente posible aprender a usar los cubiertos y a apoyar el tenedor en la mesa entre bocado y bocado. Esforzándose un poco, consiguió eliminar de su habla ciertos giros y expresiones plebeyos. Incluso logró afectar interés por el buen vino y el teatro. Gorski permitió que Céline elevase la categoría de su guardarropa, y aceptó las burlas de sus colegas como un precio que merecía la pena pagar. Pero, a pesar de sus desvelos, había ciertos rasgos —ciertos rasgos de su baja condición— que le resultaban imposibles de erradicar. Era incapaz de permitir que un camarero le recogiese la servilleta si se le caía al suelo. No conseguía sentarse a cenar en la colosal mesa de comedor del hogar de los Keller sin sentirse un impostor. Nunca había logrado desembarazarse del sentimiento de culpa que lo abrumaba después del sexo. Ni siquiera conseguía emborracharse a gusto en Le Pot sin tratar secretamente de congraciarse con Yves.

La primera vez que Céline se marchó de vacaciones sin él —al tercer año de casados— sintió un gran alivio, pero no fue capaz de reconocerlo. Durante los primeros días tras la partida de su mujer a Niza, Gorski iba de acá para allá por la casa, sin saber qué hacer. No vaciaba los ceniceros y dejaba que tazas, copas y vasos sucios se amontonaran en el fregadero de la cocina. Una noche, después de interrogar a un testigo, se había quedado en un bar de Mulhouse y fue tal la borrachera que tuvieron que acompañarlo al hotel más próximo. Sin embargo, nada de esto le proporcionó placer y, como no se le ocurrió una manera mejor de aprovechar su libertad, a la semana ya estaba echando de menos a Céline. Cuando se lo contó a su regreso, Céline le dijo alegremente que se dejara de tonterías.

Y quizá esa fuera la gota que colmó el vaso. Caer en la cuenta de que, mientras que ver la mano de un entrenador de tenis posada en la parte baja de la espalda de su mujer bastaba para ponerle celoso, él podría haberle confesado que había pasado una semana de putas en Estrasburgo y ella se lo habría tomado a risa y le habría dicho que no olvidara tomarse unas dosis de penicilina.

Desfilaron tras el ataúd de Tarrou. Keller era uno de los portadores del féretro; Corbeil, otro. El tenue sol invernal arrojaba una peculiar luz amarilla sobre la llovizna. El camino de grava era irregular y los tacones de Céline no eran adecuados para el terreno. Con la mano libre, se agarró del brazo de Gorski para mantener el equilibrio.

—No sabía que conocieras a Tarrou —dijo él.

—*Todo el mundo* conocía a Marc —respondió ella con socarronería—. Pero ¿y tú? ¿Qué haces tú aquí?

Evidentemente, Gorski no entraba en la categoría «todo el mundo».

—Estoy aquí por trabajo.
—Creía que le había dado un infarto.
—Eso cree todo el mundo —dijo. No pudo resistir la tentación de intentar dar la impresión de que disponía de información privilegiada.
Céline arrojó la colilla de su cigarrillo a medio fumar dentro del mausoleo del clan Barthelme.
—Me ha contado Clémence que tu madre no está bien.
—Sí —respondió él—. No podemos seguir así.
—Debe de ser difícil.
Gorski asintió con la cabeza.
—Ayer no vi a Clémence. —Y como Céline no contestó, añadió—: ¿Está bien?
Ella se encogió de hombros.
—Yo qué sé. Ya sabes cómo son los adolescentes. Lo último que haría es venir corriendo a contarle sus problemas a mamá.
Se aproximaban al hoyo recién cavado.
—Bueno, yo me quedo aquí —dijo ella—. Las tumbas, mejor de lejos.
Gorski soltó una risita por la nariz. Céline aún le gustaba. No lo podía evitar.
Se quedó mirando mientras metían el ataúd en el hoyo. Keller fue el primero en dar un paso al frente para arrojar un puñado de tierra dentro de la tumba. Lo hizo con estudiada solemnidad, antes de sacudirse los guantes con esmero.
—¿Sigues husmeando, Georges? —susurró al pasar.
Y fue justo entonces cuando Gorski divisó al eslavo de pie junto a la verja de hierro forjado que franqueaba la salida a Rue de Mulhouse. No había razón para considerarlo sospechoso. Su hotel quedaba cerca; de hecho, si Gorski visitaba alguna vez la República de Yugoslavia y se topaba con un funeral, seguro que se pararía a mirar. Son ritos que dicen mucho de las tradiciones de un lugar.

13

A partir de la medianoche, algo cambiaba en el ambiente de Le Pot. Era como si el espacio se contrajera y se tornase más oscuro. Se volvía claustrofóbico. Los que seguían conversando lo hacían entre susurros, como si les inquietara dejarse oír. A esas horas, los borrachines ocasionales y los neófitos ya habían cedido el escenario a los bebedores serios: aquellos para los que emborracharse hasta perder el sentido era una obligación nocturna con la que cumplían con la solemnidad de un ritual.

Aparte de Gorski, el maestro que había tenido que dimitir a raíz de las feas acusaciones de un alumno estaba en su sitio de siempre, al lado de la puerta. Dos hombres a los que Gorski no había visto nunca ocupaban sendas banquetas junto a la barra. Por lo que les había escuchado hablar, era evidente que uno era comercial de piensos para ganadería. Ahora, sin embargo, bebían en silencio casi todo el rato, intercambiando solamente comentarios esporádicos para asegurarse de que el otro no se marchaba.

A esta hora de la noche, fueran conscientes de ello o no, los que quedaban en Le Pot estaban confabulados entre sí. Para Yves era una cuestión de honor no cerrar mientras quedase un solo cliente en el local. Pero también existía una norma no escrita según la cual el hombre que aguantaba hasta el final debía apurar su copa delante de él y no pedir otra. Por lo tanto, a los últimos parroquianos los vinculaba un contrato tácito. Para poder seguir bebiendo se necesitaban los unos a los otros. No es que ninguno de los que frecuentaban Le Pot a altas horas de la noche no contara con un arsenal de alcohol en casa o con media botella de matarratas escondida en la maleta, pero no era lo mismo. Beber a solas en el apartamento o en la habitación del hotel es un atentado contra el amor propio de un hombre. No importa lo borracho que llegue a estar un tipo, o lo incapaz que sea de hilar dos palabras coherentes o de dar dos pasos seguidos, mientras esté sentado en un bar podrá conservar la ilusión de que participa en una actividad aceptada socialmente.

Los dos tipos de la barra debatían ahora muy serios si tomarse o no otra ronda. Entre la frente de uno y la del otro apenas había unos milímetros de separación. Yves los miraba impasible, seguro del resultado. El comercial, sentado en el lado de la derecha, se balanceaba. Hacía ya una media hora aproximadamente que mantenía la punta del zapato derecho apoyada en el suelo. La mano izquierda agarraba el hombro de su compañero de cogorza, la derecha reposaba plana sobre la barra. Parecía un edificio declarado en ruina al que solo el andamiaje exterior le impedía derrumbarse. Si ahora aceptó la propuesta de su amigo de tomar «la penúltima», solo fue porque en ese momento no podía estar seguro de que llegaría hasta la puerta. Lo que necesitaba era un reconstituyente. Eso era así.

Cuando Yves rellenó sus copas, Gorski tuvo la impresión de que debía aprovechar la coyuntura para vaciar la vejiga.

El aseo de Le Pot estaba detrás del perchero situado a la izquierda de la barra. Era tan minúsculo que para cerrar la puerta había que encajarse a un lado u otro de la taza, a la que le faltaba el asiento desde vaya usted a saber cuándo. En la puerta había un cartel tan gracioso como innecesario en el que se podía leer: USAGE LIMITÉ À 5 MIN. Gorski había oído una vez a uno de los parroquianos preguntarle a Yves cuándo tenía pensado reparar el retrete. Su respuesta había sido: «Si quieres plantar un pino, tienes la alcantarilla ahí fuera». Y, se diría que para respaldar esta política, el establecimiento no proporcionaba papel higiénico.

Gorski iba lo bastante ebrio como para dejarse la puerta entreabierta, pero no tanto como para que no le avergonzasen el ruidoso chorreo o los salpicones de orina en los pantalones. Por suerte, llevaba un traje oscuro. A la izquierda había un diminuto lavabo, y Gorski se retorció hacia un lado para echarse un poco de agua en las manos. Una costrosa toalla de color gris colgaba de un gancho, pero Gorski se conformó con restregarse las manos en los fondillos del pantalón.

Salió subiéndose la bragueta. Experimentó un leve instante de confusión. Al parecer, ya había regresado a su sitio en el banco corrido. Era como si el tiempo hubiese avanzado de golpe y él fuera con unos segundos de retraso. Entonces se fijó en la nariz achatada del individuo que ocupaba su asiento. No era él, sino el eslavo.

Gorski se sentó a su lado. No le venía mal un poco de compañía. Lo saludó.

El eslavo hizo otro tanto. Yves le plantó delante un chupito de licor transparente.

—¿Vodka? —preguntó Gorski.

—*Šljivovica* —dijo el eslavo.

Gorski lo miró sin comprender.

—Ustedes quizá lo llamarían licor de ciruela, tal vez *eau-de-vie.*

—¿Le sirvo uno, inspector? —preguntó Yves.

Como Gorski apenas se había bebido la mitad de su cerveza, resultó evidente que lo único que buscaba Yves era poner sobre aviso al recién llegado de que se encontraba en presencia de un policía.

De pronto, Gorski se sintió avergonzado de beber cerveza. Era lo que pedían los adolescentes la primera vez que tenían el valor de entrar en un bar. No se trataba de una bebida con la que dos hombres serios acompañaran una conversación hasta altas horas de la madrugada. En su primera visita a Le Pot había sentido la necesidad de demostrar que, aun siendo el jefe de policía, no consideraba una bajeza sentarse a la barra de un bar de obreros a tomarse una cerveza. A partir de ese momento, le había resultado impensable beber otra cosa. Si cambiaba lo que pedía de costumbre, quedaría como un farsante y haría peligrar la aceptación que tanto le había costado conseguir.

A pesar de esto, se dejó llevar por un impulso repentino e indicó que tomaría lo que fuera que estuviese bebiendo el eslavo. Yves se encogió de hombros. Le traía sin cuidado el medio que escogieran sus clientes para emborracharse. El eslavo dijo algo en su idioma; luego echó la cabeza bruscamente hacia atrás y apuró el chupito de un trago. Gorski se sintió obligado a imitarlo. El aguardiente le quemó el fondo de la garganta. El eslavo indicó con un movimiento lateral del índice que tomarían otros dos.

Mientras servía los chupitos, Yves le preguntó:

—¿Boxeaba? —Se dio un toquecito en la nariz para señalar que ese era el rasgo que había suscitado la pregunta.

—Un poco —respondió el eslavo—. Aunque no de manera profesional. ¿Y usted?

—Solo en el Ejército, pero se me daba bastante bien.

Yves depositó la botella, adoptó una pose de boxeador y lanzó un par de puñetazos al aire por encima de la mesa, exhalando ruidosamente con cada golpe. Bailó un par de pasos hacia atrás, con agilidad inesperada, luego echó el peso sobre las puntas de los pies mientras ejecutaba dos medio directos y un gancho con la derecha. El antiguo maestro observaba el espectáculo desde su mesa junto a la puerta.

El eslavo aplaudió brevemente.

Yves recogió la botella de la mesa.

—A veces viene bien en este negocio —dijo antes de regresar a su puesto detrás de la barra.

En sus numerosas visitas a Le Pot, Gorski jamás había sido testigo de ningún incidente que requiriese la intervención de Yves y sus habilidades pugilísticas. La clientela era demasiado dócil para causar problemas, pero tal vez se debiera solamente a la amenaza de violencia implícita en Yves.

Con el fin de evitar que se impusiera el silencio entre ambos, Gorski preguntó al eslavo si había estado antes en el bar.

—No le he visto por aquí —añadió.

El eslavo adoptó una expresión de reserva.

—Desde luego —porfió Gorski—, no es el local más exquisito de Saint-Louis, pero sí que tiene una ventaja particular...

En ese momento, su discursito se apagó. De pronto había perdido el hilo de sus pensamientos. Tomó un trago de la copa de cerveza que seguía sobre la mesa.

—¿Y cuál es? —dijo el eslavo.

—¿Cuál es qué? —dijo Gorski. Se volvió a mirar a su compañero, que lo escudriñaba intrigado, con una leve sonrisa asomándose a sus labios.

—La ventaja particular. Decía usted que el establecimiento tiene una ventaja particular.

—Ah, sí, ¡una ventaja particular! —dijo Gorski, recordando lo que iba a decir—. La ventaja particular de Le Pot es que nadie puede verte desde fuera. —Señaló con un ademán las dos ventanas alargadas situadas en lo alto de la pared, cuya única finalidad era ventilar el espacio.

El eslavo asintió con la cabeza, pensativo.

—Eso suena más como el punto de vista de un fugitivo que el de un policía. ¿Acaso se esconde de alguien?

—No es que me esconda de nadie —dijo Gorski—. Lo que pasa es que, a veces, uno prefiere resultar invisible.

—Entonces, ¿tiene la impresión de que la gente le observa? Por decirlo de otra manera, ¿piensa que le vigilan?

—No, no es eso. —El eslavo tenía la manía de retorcer las palabras para hacerle decir cosas que no había dicho. O para sacar conclusiones ajenas a sus intenciones.

—En ese caso, permítame que le haga una pregunta: si en efecto creyese que lo vigilan, ¿de qué manera alteraría su comportamiento?

Lo cierto es que Gorski ya se sentía como si estuviera constantemente bajo vigilancia. No podía salir del apartamento de su madre sin cruzar la tienda de madame Beck, y si bien ella nunca cuestionaba sus movimientos —¿por qué iba hacerlo?—, a menudo se sentía en la obligación de ofrecerle una explicación sobre adónde iba. No podía caminar por Rue de Mulhouse sin que el agente de viajes Vinçard o alguno de los dueños de los demás comercios lo saludaran. Schmitt siempre estaba en la comisaría, controlando sus idas y venidas. Gorski tenía la opción de usar la entrada de atrás, pero no le gustaba. Hacía que se sintiera como un delincuente, como si evitar a Schmitt fuera una manera tácita de reconocer que le afectaba lo que este pensaba. Cuando vivía con Céline en la casa de Rue de Village-Neuf, ¿no había tenido siempre la sensación de que su mujer espiaba cada uno de sus movimientos, de que se movía por su propia casa como si temiera estar cometiendo alguna infracción? Incluso ahora vivía con la impresión de que su madre —por mucho que se le hubiera ido la cabeza— juzgaba cada uno de sus actos. Por no hablar de que, en todos los garitos que frecuentaba, sin excepción, su presencia nunca pasaba desapercibida, y siempre que estaba en su mano se sentaba en un rincón discreto.

Al considerar estos detalles en conjunto, Saint-Louis se le presentaba como una suerte de cárcel donde uno era perpetuamente visible. Solo aquí, en Le Pot, sentía cierto desahogo de aquel implacable escrutinio.

Así pues, la cuestión no estribaba en cómo alteraría Gorski su conducta si se pensaba vigilado. La cuestión era de qué modo la cambiaría de saber que *no* lo vigilaban.

Con todo, se guardó todo esto para sí. Y, en cambio, dijo:

—¿Por qué iba a modificar mi conducta? Eso lo hace solamente el que actúa de manera ilícita.

—Y si no ha hecho nada ilícito, ¿por qué tiene esa necesidad de ser invisible?

—No la tengo —dijo, consciente de que era justo lo contrario de lo que acababa de decir.

Se sintió confuso, tenía la sensación de que el eslavo lo estaba liando a propósito. En un intento de cambiar de tema, sugirió que tomasen otra copa. El eslavo aceptó con un asentimiento, pero fue él quien le hizo la señal a Yves para que rellenara sus vasos. Luego le pidió que dejara la botella en la mesa.

Hecho esto, el eslavo se deslizó un poco hacia él en el banco, de modo que los hombros y los muslos de ambos se tocaban. La imagen de unos siameses que Gorski había visto en una ocasión en una enciclopedia infantil se le vino a la cabeza fugazmente.

El eslavo siguió mirando hacia el frente, pero habló en voz baja.

—¿Y cómo va la investigación? ¿Progresa?

Gorski, por borracho que estuviera, tuvo la impresión de que eso era lo que el eslavo quería preguntarle desde el principio. Giró los hombros para mirar de hito en hito a su compañero de farra. Estaban lo suficientemente cerca para besarse.

—¿Qué investigación? —dijo, aunque sabía perfectamente a cuál se refería.

—Sus pesquisas sobre la muerte de monsieur Tarrou. —Revolvió su *eau-de-vie* en el vaso.

—Como le dije antes, no hay ninguna investigación en curso.

—¿En serio? —El eslavo meneó levemente la cabeza, se diría que estupefacto—. Un hombre se muere de pronto, sin razón aparente, y la policía no encuentra motivos para abrir una investigación.

—Monsieur Tarrou falleció por causas naturales.

—Y usted se lo cree, ¿eh?

—Lo que yo crea o deje de creer es asunto mío —dijo Gorski—. Es la conclusión a la que llega el informe de la autopsia y por el momento no hay indicios que apunten en otra dirección.

El eslavo soltó una breve risotada.

—Admiro su estrategia —dijo.

—¿Qué estrategia? —preguntó Gorski—. No tengo ninguna estrategia.

—Vamos, vamos, inspector. Salta a la vista que la pantomima esta de que no hay investigación es solo una treta para dar una falsa sensación de seguridad al culpable y que este se confíe, pensando que se ha librado, y cometa un error.

Gorski se preguntó, y no por primera vez, si el eslavo no sería detective o algo así.

—No es una pantomima —contestó.

El eslavo no le hizo caso.

—O a lo mejor cree que si le da cancha, al culpable, me refiero, este acabará confesando; que querrá atribuirse el mérito de una hazaña que usted desestima al considerarla un accidente.

—¡Eso es absurdo!
—¿En serio? —dijo el eslavo. Hizo una pausa, rellenó los vasos con la botella que Yves había dejado en la mesa—. Entonces, ¿qué haría falta para que abriese usted una investigación? ¿Y si aparecieran nuevas pistas, por ejemplo?
—Dependería de qué clase de pistas fueran.
—Entonces reconoce que cabe esa posibilidad, que puede haber una explicación alternativa al fallecimiento de monsieur Tarrou.
—Siempre mantengo la mente abierta. Me guío por las pruebas que tengo a mi disposición.
—Pero si existieran nuevas pistas, ¿cómo las iban a descubrir si no hay una investigación en marcha?
—Una apertura de pesquisas no se realiza a la ligera. Debe existir una base fundamentada sobre la que proceder.
El eslavo apuró de un trago su chupito de aguardiente.
—Pongamos que un testigo se presentara con información fresca, ¿entonces, qué?
—Naturalmente, estaría en la obligación de tenerla en cuenta.
—¿Y qué pasaría si yo le contase, hipotéticamente hablando, claro está, que había entablado conversación con un tipo en un bar, justo como estamos charlando nosotros ahora, y que el susodicho me contó que había asesinado a Tarrou?
Adoptó un tono de voz despreocupado, como para dar la impresión de que hablaba por hablar.
—¿Y por qué haría el susodicho algo semejante?
—Pasa muy a menudo, o al menos eso me han contado. Un delincuente siente el impulso de confesar su crimen, de liberarse del peso de la culpa. ¿Y quién mejor que un extraño en un bar para sincerarse? Seguro que se ha cruzado con múltiples casos como este, inspector.
—Le aseguro que no —replicó Gorski.
—Sea como sea, la cuestión, o la pregunta, más bien, sigue en pie. Si llegara a su conocimiento una prueba de esta naturaleza, ¿qué haría?
Gorski lo observó. Ya antes de que se presentara el eslavo sabía que había bebido más de la cuenta. ¿Cuántas llevaba? ¿Cinco?

¿Seis cervezas? ¿Más? Y ahora con el *eau-de-vie* la cabeza empezaba a darle vueltas.

—Trataría de determinar si había algo de cierto en la historia del tipo en cuestión.

—Adelante —dijo el eslavo, acompañando sus palabras con un barrido de la mano.

A Gorski no le pareció que tuviese nada de malo seguirle el juego.

—Bueno —dijo—, para empezar, ¿dónde alegaba el tipo haber perpetrado el crimen?

El eslavo no perdió un segundo en responder:

—En la oficina de monsieur Tarrou.

—¿A qué hora?

—A las diez de la mañana, aproximadamente. Pero con estas preguntas no llegaría usted a ninguna parte, inspector. Son datos que ya aparecieron publicados en los periódicos.

—En efecto —contestó Gorski, con la impresión de que empezaba a pisar terreno firme—, pero hay que ser metódico en el procedimiento. Deben establecerse los hechos, los hechos básicos. Una vez cumplido este paso, le preguntaría cómo asesinó a Tarrou.

El eslavo asintió con la cabeza.

—Desde luego, yo le hice la misma pregunta. Tras un breve forcejeo, según alegó el caballero en cuestión, le inyectó una sustancia que le provocó un paro cardiaco. Entonces, Tarrou se tambaleó hacia atrás y se desplomó sobre una mesa baja de cristal.

Gorski se sintió sobrio de repente. No estaba completamente seguro, pero no creía que ninguna de las noticias publicadas en los periódicos mencionase la mesita baja o la posición del cadáver Tarrou.

—Y la sustancia esa, ¿qué era?

—Ah, sí, también se lo pregunté —dijo el eslavo, como hurgando en la memoria—. ¿Qué fue lo que me dijo? Sulfato de algo... Sulfato potásico, creo que dijo, aunque no podría jurarlo.

Gorski intentó memorizar el nombre de la sustancia química con todas sus fuerzas.

—En el cadáver no se han hallado marcas —dijo—. Y el análisis forense tampoco ha revelado la presencia de sustancias tóxicas.

El eslavo desestimó estas objeciones con aire jocoso.

—Yo no es que sea un experto, desde luego, pero diría que una sustancia de esa naturaleza solo se detectaría mediante análisis muy concretos. En cuanto a la marca de una aguja hipodérmica, imagino que sería fácil pasarla por alto, sobre todo si el patólogo de turno estuviese a punto de jubilarse y ya hubiese llegado a una conclusión acerca de la causa de la muerte.

Gorski lo miró. Empezaba a sentir náuseas. Se masajeó las sienes con el pulgar y el índice.

El eslavo se echó a reír de repente.

—No se ponga tan serio, inspector. Hablaba hipotéticamente, ¿entiende? No he conocido a ningún tipo en ningún bar, claro. Solo tenía curiosidad por saber qué haría falta para que abriese usted una investigación.

El eslavo pasó un brazo sobre los hombros de Gorski, como si fueran compañeros de farras de toda la vida. Rellenó los vasos y, a continuación, levantó el suyo para brindar.

—¡*Nazdrovje,* inspector!

Gorski probó a repetir la palabra, pero se le trabó la lengua. Le costaba pensar. Eso sí, había una cosa con la que estaba totalmente de acuerdo: el eslavo no había sacado nada de aquello de boca de un tipo con el que hubiera congeniado en un bar.

—Quizá ahora esté deseando haberme mantenido bajo vigilancia —sugirió el eslavo.

—¿Y cómo sabe que no es así?

—Bueno, no he visto a ese muchacho suyo con cara de caballo últimamente.

—Tengo otros recursos a mi disposición —dijo Gorski.

—Entonces sabrá si hay algo de verdad en lo que le acabo de contar —dijo el eslavo, muy contento. Le dio un codazo a Gorski en las costillas, como si acabase de contarle un chiste buenísimo.

A pesar de tener la constante impresión de que el eslavo estaba jugando con él, a Gorski había terminado por caerle simpático aquel curioso forastero. Se preguntó si, en otras circunstancias, no habrían hecho buenas migas.

Ahora eran los últimos clientes de Le Pot. Gorski no había visto marcharse a los demás. Yves estaba al otro lado de la barra con los brazos cruzados. Debía de haber oído la conversación de principio a fin.

Gorski se excusó y fue al aseo. Esta vez ni siquiera se molestó en entornar la puerta. Cuando regresó, el eslavo no estaba. Gorski apuró el último chupito allí mismo, de pie junto a la mesa. Podría acostumbrarse a aquel bebercio. Fue hasta la barra para abonar la cuenta, pero Yves le dijo que ya estaba pagada.

Fuera, vació el contenido de su estómago en la alcantarilla, mientras se apoyaba con una mano en el capó de un coche para mantener el equilibrio. Cuando acabó, inspeccionó los alrededores con detenimiento. No parecía que nadie hubiese presenciado su indecoroso comportamiento.

14

La mañana siguiente, Gorski tenía la cabeza como un bombo. Se había desvanecido en la silla de su padre y se despertó hacia las seis de la mañana cuando su madre empezó a trastear en la cocina. Sin mediar palabra, se arrastró hasta su antiguo cuarto y se quedó dormido boca abajo en el diván otra hora aproximadamente, sin parar de soñar. La segunda vez lo despertó el ruido de una furgoneta que se detuvo delante de la tienda de madame Beck, seguido de la habitual escandalera de la entrega. Se levantó, se duchó, se afeitó y se vistió, y ahora estaba sentado a la mesa tomándose una taza de café. Una lacerante sensación de ansiedad le oprimía el estómago. Lo achacó a haber bebido más de la cuenta, pero algo le decía que tenía una causa más profunda. Su madre estaba sentada en su butaca, con la vista perdida en la alacena. Sus labios se movían de vez en cuando, pero sin emitir sonido alguno.

Intentó recordar con todas sus fuerzas los detalles de la conversación en Le Pot. Una cosa estaba clara: el eslavo aquel era un tipo listo. «Hipotéticamente hablando.» Esa era la frase que había usado sin parar. Y, sin embargo, no habría hecho falta que fuera tan precavido. Hubiese bastado con negar que la conversación había tenido lugar, o con añadir que estaba bromeando. Era evidente que no había existido conversación alguna con «un hombre en un bar», pero, independientemente de eso, la charla carecía de valor como prueba. No servía para nada. Aun así, el conocimiento que había exhibido sobre la escena de los hechos sugería que efectivamente había estado allí. Gorski recreó en su mente una vez más la postura antinatural del cadáver, el zapato suelto que apuntaba a la posibilidad de que se hubiera producido una pelea. ¿Cuál era el compuesto químico del que le había hablado? No sé qué sódico. No, potásico. No sé qué potásico. Maldijo su mala memoria. Tendría que haberlo anotado. Con todo, no debería resultar demasiado complicado descubrir si el compuesto químico existía y se podía utilizar con ese fin. Quizá fuera una tarea que pudiera encargarle a Roland.

Luego cabía preguntarse qué buscaba el eslavo con su hipotética confesión. A Gorski, la teoría de que los criminales sienten una necesidad irresistible de confesar le parecía un cuento. Por su experiencia, sucedía todo lo contrario. Incluso enfrentado ante la más irrefutable de las pruebas, el delincuente seguía defendiendo su inocencia con tesón. La idea del asesino que se entrega fustigado por la culpa era un invento de quienes carecían de experiencia en esos asuntos. Partía de un error de base, que es creer que los delincuentes están sujetos a los mismos dictados de la conciencia que el ciudadano medio respetuoso de la ley. No lo están. Si fuera así, tendrían que dedicarse a otra cosa.

De todos modos, Gorski no pensaba ni de lejos que el eslavo hubiera actuado movido por el remordimiento y la culpa. Sus comentarios no habían tenido nada de espontáneo; nada de emotivo. Aunque Gorski cursara una solicitud de exhumación —cosa que, en cualquier caso, jamás le concederían—, era improbable que se hallasen pruebas que corroborasen la historia del eslavo. Su situación era invulnerable. Y, después de todo, cabía la posibilidad de que se lo hubiera inventado. Cierto era que había proporcionado detalles que los periódicos no habían publicado; sin embargo, en cuanto Gorski hubo terminado de interrogar a Anna Petrovka, esta se había visto rodeada por sus colegas, a quienes seguramente describió con pelos y señales lo que había visto en la caseta prefabricada de Tarrou. Y, luego, cada uno de esos compañeros de trabajo diseminaría a su vez la información por los bares y cafés del pueblo. Era perfectamente posible que el eslavo simplemente hubiese oído esos chismorreos. Además, ¿no le había comentado a Gorski en algún momento que tenía debilidad por espiar las conversaciones ajenas? En cuanto al compuesto químico que había mencionado, parecía que era otro invento suyo. Fuese o no verdad lo que había dicho, resultaba obvio que su intención era jugar con Gorski: demostrar que era él quien controlaba la situación y que Gorski, el jefe de policía de pueblo, no tenía nada que hacer.

Pero ¿y qué? Nadie, salvo Yves, tal vez, tenía por qué enterarse jamás de que la conversación había tenido lugar. Gorski ni siquiera podía asegurar que hubiese sucedido. Quizá hubiera sido un sueño. Porque algo de onírico sí que había tenido. No había visto al eslavo entrar ni salir del bar. Apareció sin más y después se esfumó. Entonces Gorski se acordó de que el eslavo se había encargado de pagar la cuenta. O puede que eso también formase parte del sueño. Podría preguntarle a Yves, pero así solo iba a hacer aún más el ridículo.

Acabó su café. Se fumó un cigarrillo para calmar el estómago. La presencia de su madre le sacaba de quicio. No había dicho palabra y, aun así, tenía la sensación de que lo estuviera reprendiendo. La miró. A lo mejor todo aquello no era más que puro teatro. A lo mejor era muy consciente de lo que pasaba a su alrededor y también estaba desplegando alguna clase de jueguecito. Volvió al cuarto de baño y se cepilló los dientes por segunda vez para tratar de quitarse el mal sabor de boca.

En la planta de abajo, madame Beck estaba barriendo unas hojas del vestíbulo de su tienda. Cuando vio a Gorski, paró y se apoyó en la escoba con una postura que acentuaba la curva de sus delgadas caderas.

—Va usted tarde esta mañana —dijo—. Pensaba que ya había salido.

Normalmente, Gorski se habría sentido encantado por el mero hecho de que madame Beck hubiese pensado en él, pero ese día sus palabras solo acentuaron la sensación de que vigilaban cada uno de sus movimientos, de que tenía que justificar hasta sus actos más triviales.

—¿Y qué? —replicó.

Madame Beck se quedó de piedra ante el tono cortante de su voz. Hizo una mueca y continuó barriendo, a la vez que se apartaba de la puerta para dejarlo pasar.

Había avanzado escasos metros por Rue des Trois Rois y ya estaba arrepintiéndose de su salida de tono. Sin pararse a pensar, dio la media vuelta. Madame Beck debía de haber reparado en que estaba allí de nuevo, porque la campanilla de encima de la puerta tintineó, pero no levantó la vista. Gorski permaneció unos instantes en el umbral mientras formulaba en su cabeza una expresión adecuada de contrición. Finalmente, ella lo miró.

—¿Ha olvidado algo? —preguntó, impasible.

Debía de haberse dado cuenta de que había vuelto para disculparse, pero no se lo iba a poner fácil.

—Lo siento —dijo Gorski—. Anoche… Anoche me pasé un poco con la bebida. Creo que lo de mamá está empezando a afectarme.

Vaya jugada despreciable, usar la situación de su madre para excusar sus pésimos modales.

A madame Beck no le impresionó su explicación.

—Georges —dijo—, nadie le obliga a darme conversación cada vez que cruza la tienda, pero, si está de resaca o de mal humor, no la pague conmigo.

Dicho esto, pese a que el suelo estaba limpio, se puso a barrer otra vez. Gorski murmuró una segunda disculpa y salió a la calle de retirada.

Compró un *pain au chocolat* en la *boulangerie* de Rue de Mulhouse. No estaba de humor para aguantar las bromitas de Schmitt, así que tiró por el callejón que daba al aparcamiento de detrás de la comisaría, donde tenía estacionado su 504. Dio cuenta del bollo en el asiento del conductor, dejando caer las migas sobre su regazo. Bajó la ventanilla y se fumó un cigarrillo. Luego condujo hasta la fábrica de cemento de Tarrou a las afueras del pueblo.

Anna Petrovka no había llegado a la oficina. Lo mismo daba. Gorski había anotado sus datos. No vivía en Saint-Louis, sino en Sierentz, un pueblecito situado unos kilómetros al norte.

El paisaje en este rincón de la Alsacia no está empañado por hitos de interés topográfico. El terreno se encuentra dividido en campos de geometría regular donde se cultivan patatas, espárragos y cereal. Los que se encuentran cedidos al ganado están delimitados por cercas eléctricas levantadas de cualquier manera, aunque sus residentes bovinas no dan muestras de tener muchas ansias de conocer mundo. ¿Por qué iban a tenerlas? A ellas no les preocupa la monotonía de los alrededores. No conocen otra cosa. Y, de todos modos, el pasto es excelente: suculento, verde y harto abundante.

Debido a lo llano del terreno y a la uniformidad de los sembrados, las carreteras entre poblaciones son totalmente rectas. Aquí sobran las curvas. De modo que, si una ambulancia se encuentra detenida en un campo de vacas con las luces azules encendidas, resulta visible desde bien lejos y todas direcciones.

Gorski divisó las luces al poco de salir de la A35. La aparición de un vehículo de emergencias rara vez augura nada bueno, así que se aproximó al lugar con un recelo muy familiar.

Las moradoras del campo en cuestión se habían retirado al límite más apartado de su territorio y observaban los acontecimientos desde una distancia prudencial. Unos cien metros pasto adentro, un coche había acabado boca abajo. Había dejado dos rodadas en ángulo de treinta grados aproximadamente con respecto a la carretera. Aparte de la ambulancia, había dos coches patrulla aparcados en el arcén. Gorski estacionó su Peugeot detrás de ellos. Un Opel negro también se había detenido con el morro metido en diagonal en el campo. Se preguntó si el conductor habría ejecutado alguna suerte de maniobra de evasión.

Roland estaba entre los presentes.

—Han llamado hace veinte minutos —dijo.

Gorski caminó trabajosamente hacia el vehículo. Quince o veinte metros antes del lugar donde había acabado volcado desaparecían los surcos que había hendido en la hierba. El coche debía de haberse precipitado campo a través y luego salir catapultado por los aires. El capó estaba arrugado como un acordeón, y el habitáculo, totalmente aplastado. La puerta del copiloto había salido despedida y yacía veinte metros más allá. La pintura de la carrocería del lado del conductor presentaba profundas rayaduras horizontales. Las ruedas estaban desplazadas hacia fuera. Por incongruente que pareciera, el motor seguía en marcha y los neumáticos delanteros giraban temblorosos. El coche era un dos caballos blanco.

Dos sanitarios esperaban de pie junto al vehículo.

—Nosotros no podemos hacer nada —dijo uno de ellos—. Estamos esperando a los bomberos para que la saquen.

Gorski se hincó de rodillas y manos, y pegó la mejilla al suelo para poder asomarse al interior. Entre el amasijo de metal, podía distinguir una cabellera enmarañada de pelo rubio apelmazado por la sangre. Rodeó el coche hasta el lado del copiloto y repitió la maniobra, pero el habitáculo había quedado tan aplastado por el impacto que no pudo ver nada más de la ocupante. Ni falta que hacía. Desde el momento en que divisó las luces de la ambulancia iluminando el cielo matutino supo que se trataba de Anna Petrovka.

Se enderezó. A trescientos o cuatrocientos metros en dirección a Saint-Louis había una granja. A una distancia parecida hacia el norte, una arboleda delimitaba el sembrado. Al este se adivinaban en el horizonte las chimeneas industriales de Basilea. Aparte de esto, llanuras y más llanuras. Roland apareció al lado de Gorski.

—El caballero que dio el aviso está en el coche.

Emprendieron la vuelta campo a través.

El hombre se llamaba Antoine Lutz. Tenía treinta y cinco años y también vivía en Sierentz. Trabajaba de contable para una farmacéutica en Basilea, al otro lado de la frontera. Le temblaban las manos. Gorski le ofreció un cigarrillo y le pidió que se apeara del coche y le describiera lo que había visto. No había presenciado el accidente, solo había divisado el vehículo en medio del sembrado de camino al trabajo. Se había quedado dormido y no había salido de casa hasta las 9:15, así que debían de ser las 9:20. Estacionó el coche y atravesó el campo corriendo para comprobar si alguien seguía en el interior. Había reconocido el vehículo de Anna Petrovka al instante. Vivía dos o tres números más abajo de su casa. Era una chica encantadora, muy simpática. Llegado este punto, rompió a llorar.

—Conducía fatal… —dijo entre lágrimas—. Yo siempre le decía que acabaría teniendo un accidente, pero ella se reía. Siempre se estaba riendo.

Gorski ignoró estos comentarios y le preguntó si había visto otros coches en la carretera, ya fuera delante de él o circulando en la otra dirección.

—Bueno, creo que justo delante de mí no había nadie. Como iba con retraso, la carretera estaba más tranquila de lo habitual. —Lutz recapacitó sobre la segunda parte de la pregunta, luego meneó la cabeza—. La verdad es que no sabría decirle. Es decir, ¿por qué iba a fijarme?

—Si se cruzó con alguien que conducía de manera errática, tal vez como si acabara de verse envuelto en un accidente, es posible que se hubiese fijado —dijo Gorski.

—Sí, supongo que sí. Pero no vi nada por el estilo.

Con un ademán, Gorski lo animó a continuar.

Lutz había intentado abrir la puerta del conductor, pero fue inútil, así que se acercó corriendo a la granja —hizo un gesto en su dirección— y llamó a una ambulancia. Y eso era todo. No había nada más que contar.

Gorski ordenó a Roland que tomara los datos del testigo y lo acercase en coche a su casa. Él iría a hablar con los residentes de la granja. Roland le preguntó si podía acompañarlo, pero Gorski se negó. Empezaba a verse superado por los acontecimientos. De haber actuado con mayor presteza, las cosas no habrían tomado ese rumbo. E independientemente de lo que hubiese provocado la salida de vía del dos caballos, el caso es que ahora una joven había muerto aplastada, un destino que difícilmente podía haberse esperado y que no se merecía.

Empezó a llover, pero Gorski no aceleró el paso. Tenía una sensación de picazón en la frente. La respiración entrecortada. Sin darse cuenta, abría y cerraba los puños. Paró a encenderse un cigarrillo. Le daba tiempo de sobra a fumárselo antes de llegar a la granja. Una honda calada sirvió de poco. Entonces se dio cuenta de lo que le pasaba: estaba enfadado.

Por lo general, Gorski conseguía que su trabajo no lo alterase. Tendía a distender las situaciones por instinto. ¿Cuántas veces había fingido no sentirse desairado u ofendido? Estaba orgulloso de su capacidad para dominarse. Pero ahora no lo podía disimular: estaba furioso. Estaba enojado con Keller. Enojado con el eslavo. Enojado con Anna Petrovka porque no le había contado lo que fuera que supiese cuando tuvo la oportunidad. Pero, por encima de todo, estaba enojado consigo mismo. Apuró el cigarrillo hasta el filtro y arrojó la colilla al arcén. De haber tenido un árbol a mano, le habría arreado un puñetazo, pero no. El más cercano estaba al otro lado de la carretera, y parecería un idiota si se molestaba en cruzar el asfalto solo para golpear un árbol.

Se demoró en el patio adoquinado y se fumó otro cigarrillo antes de llamar a la puerta de la granja. Tal vez le ofreciesen una copa.

Gorski reconoció a madame Fourneau del mercado semanal. Ella y su marido regentaban el tercer puesto contando desde la entrada de Rue de Huningue. Entre los granjeros de la zona, este detalle los convertía casi en aristócratas. Vendían quesos y otros productos lácteos. Madame Fourneau era una mujer rubicunda e iba ataviada con camisa de hombre, pantalón de peto y unas botas cortas de agua. Cuando Gorski apareció en la puerta de la cocina, lo saludó calurosamente y le ofreció un vaso de leche. Lo aceptó. No era lo que venía deseando, pero tal vez le calmase el estómago. Se sentaron a la mesa. La puertecita de la cocina económica estaba abierta y un cálido resplandor irradiaba del interior. La estancia olía a estiércol. Las botas de madame Fourneau estaban cubiertas de bosta. Una vez, cuando era adolescente, después de haber estado haciendo el amor en un sembrado no muy lejos de donde ahora se hallaba sentado, Martha Gelsen había recogido unos puñados de boñiga fresca de vaca y se había embadurnado con ella los pechos, que a continuación procedió a restregar sobre el torso de Gorski, todo ello muerta de risa. Gorski se había excitado, y ella le había untado el miembro con más bosta y lo había llevado al clímax manualmente. Luego se había limpiado las manos en las mejillas y en el pelo de Gorski, y habían estado tumbados boca arriba hasta que el sol secó y formó una costra con todo aquello.

Madame Fourneau observó a Gorski con aprobación mientras se bebía la leche. Con esta clase de gente, no se podía ir al grano demasiado pronto. De todos modos, sabía de antemano que aquella visita no pasaría de ser una mera formalidad. Y así resultó: monsieur Fourneau estaba dando un manguerazo al establo; madame Fourneau se encontraba en la cocina picando verdura. La prueba de esto último descansaba sobre la encimera de madera, junto al fregadero. Gorski estaba a punto de marcharse cuando Fourneau apareció en el umbral.

—Mal asunto —dijo.

No obstante, se comportaba como si un accidente mortal en su propiedad no fuese para tanto. Las vacas se habían sobresaltado, comentó. Darían menos leche el día siguiente.

Gorski se levantó y le dio las gracias a madame Fourneau por la leche. Ella desapareció en la despensa aneja y volvió con un queso enorme. Gorski lo rechazó en un primer momento. Hizo una broma sin demasiada gracia sobre no aceptar sobornos, pero ella desechó sus objeciones con un gesto de la mano.

—Lléveselo a su mujer —dijo—. Estará curado como dentro de un mes o así.

Resultaba más sencillo transigir que contarle que Céline y él ya no estaban juntos. El queso pesaba lo suyo y tuvo que sostenerlo con ambas manos para llevarlo hasta el coche. Su madre y él no se lo acabarían jamás. Le ofrecería una parte a madame Beck. En una ocasión le había comentado que tenía debilidad por el queso. Tal vez sirviera como una suerte de ofrenda de paz.

15

Gorski caminaba despacio por Rue des Tres Rois. Eran cerca de las seis de la mañana. Las calles de Saint-Louis estaban desiertas. Aparte de que no llevaba corbata ni gabardina, su aspecto externo no era muy distinto del habitual. Un análisis en profundidad podría haber detectado que tenía los ojos rojos y que parpadeaba más de lo habitual, pero a alguien que lo divisara casualmente desde la ventana de su apartamento no le habría llamado la atención. Por dentro, sin embargo, Gorski sí se sentía diferente. Estaba completamente aturdido. Acababa de matar a su madre. Hecho esto, se le había antojado impensable seguir en el apartamento y, ahora, tras salir de allí, tampoco podía quedarse merodeando en la acera, delante de la tienda de madame Beck. Así que, puso un pie delante del otro y se echó a caminar. Torció a la derecha por Rue de Mulhouse. Una brisa helada soplaba desde la estación de ferrocarril haciendo que le escocieran los ojos.

No habría sabido decir cuándo había decidido matar a su madre. Es más, «decidir» no era el verbo acertado. Se trataba de una idea que se le había ocurrido y sobre la que había actuado. Él no había *decidido* nada. Si la idea había anidado en su subconsciente hacía algún tiempo, se había resistido a reconocerlo. Porque, de lo contrario, habría sido inevitable actuar en consecuencia. Y eso era exactamente lo que había ocurrido. Cada vez le había resultado más difícil ignorar su presencia. Y es que —más allá de los actos que se cometen en arrebatos de pasión— nadie lleva a cabo una obra, por insignificante que sea, sin antes haberla concebido. Y si se concibe algo, la acción resultante en el mundo real se convierte en una posibilidad. Sin el pensamiento, no puede haber acción.

Y, ciertamente, la idea de matar a su madre no se le había ocurrido a Gorski tan solo en los instantes antes de actuar. No, le había estado rondado un tiempo, pero, lo mismo que a una mosca pesada a la que viera revolotear por el rabillo del ojo, la había espantado de su vista. La cuestión era en qué momento había empezado ese pensamiento a asentarse en su mente. La otra noche, cuando su madre había tirado el cuenco de sopa al suelo de un manotazo, ¿no había murmurado él entre dientes las palabras «te mato»? ¿O fue la vez que se encontró la cocina en llamas al volver del trabajo? Al día siguiente, cuando Faubel le dijo: «Me parece que los dos sabemos qué hay que hacer», Gorski no había podido evitar preguntarse si insinuaba algo. Pero difícilmente podría haber interpretado de ese modo las palabras de Faubel si antes no hubiera estado él mismo dándole vueltas a la idea. ¿Podía argumentar que había sido la acusación de madame Duymann sobre que su hijo intentaba matarla lo que había plantado la semilla de ese pensamiento en su cabeza? No, las raíces eran más profundas. Quizá se remontase a cuando ya no pudieron achacar a la edad los lapsus de su madre; a cuando confundía en todo momento a su hijo con su difunto marido. Era imposible determinarlo con certeza. Gorski ni siquiera estaba seguro de que fuera una exageración pensar que este desenlace era inevitable desde el instante mismo en que, cuarenta años atrás, había colocado el pie encima de la cucharilla para la mostaza y pisado con fuerza a propósito. Lo importante no había sido el acto de romper la cucharilla para la mostaza, por malintencionado que fuera, sino que su madre supiera que lo había hecho. De haberle acusado entonces, él lo habría admitido todo. Pero ella había preferido callarse, puede que con la esperanza de que su hijo confesara voluntariamente, y desde aquel día él siempre había tenido la impresión de que ella juzgaba cada uno de sus actos, que se avergonzaba de él. Luego, la decisión de hacerse policía no había sido —como se decía a sí mismo— un acto de rebeldía contra la naturaleza dudosa del negocio de su padre, sino un intento de demostrarle a su madre que no era la mala persona que ella creía. Sin embargo, no sirvió de nada. Ella se daba cuenta de que era un impostor. O eso suponía él.

En cualquier caso, llegó el punto en el que se encontró sentado en el borde de la cama de su madre escuchando cómo repetía entre sollozos: «Albert, no me lleves allí. Me estás desechando como a unos zapatos viejos». Que pensara que aquella traición venía de su marido y no de Gorski hizo que no lo soportase más. Por mucho que le repitió que no estaban desechando a nadie, ella siguió llorando. Cuando cambió la cantinela a «Prefiero morirme, prefiero morirme», Gorski no pudo fingir que era eso lo que le había metido la idea en la cabeza.

Se había levantado de la cama y había vuelto al salón. Los quejidos se debilitaron. Si hubieran tenido vecinos, lo habrían oído todo. Pero no había vecinos. Solo estaba la tienda de abajo. Gorski tomó un sorbo de vino y luego se bebió a morro lo que quedaba en la botella. Sabía lo que iba a hacer. Ahora solo era cuestión de cuándo. Una vez tomada la decisión, si la tarea es desagradable, lo mejor es apechugar y acabar cuanto antes. Pero, así y todo, procrastinó un poco. Sacó otra botella del armario de debajo del fregadero. Una farsa más. Mamá sabía perfectamente dónde guardaba su alijo. Se sirvió una copa, salpicando la encimera descuidadamente. Buscaba insensibilizarse, pero a la vez era consciente de que, si se emborrachaba demasiado, podía acabar haciendo una chapuza. Era cuestión de hallar el equilibrio. Media botella ahora, decidió, y la otra mitad una vez rematada la faena.

De pie junto al fogón donde su madre había preparado década tras década el caldo que elaboraba con los huesos que le regalaba el carnicero de Rue de Mulhouse, y donde sus zapatillas habían desgastado el linóleo, Gorski sintió por un instante que su determinación se debilitaba. Se le doblaron las rodillas y tuvo que agarrarse a la encimera con ambas manos para no caerse. Había que ser miserable para pensar en el asesinato de su madre como «una tarea desagradable» por la que se recompensaría —sí, «se recompensaría»— con la segunda mitad de la botella, una vez rematada la faena. Y, sin embargo, fue la promesa de ese trago lo que le alentó a seguir adelante. Incluso levantó la botella para observarla a contraluz y ver cuánto quedaba. Había hecho un trato consigo mismo y estaba decidido a cumplirlo. Era un hombre de palabra.

Regresó al dormitorio de su madre. Independientemente del instante concreto en que hubiera emprendido esta senda, lo que no había contemplado en ningún momento era la realidad de llevarla a cabo. De haber sido así, sin duda eso habría servido como freno. Pero como no, una vez que dejó atrás la cocinita, azuzado por el vino y la promesa de una segunda dosis, ya no había marcha atrás.

La faena no había sido sencilla. Había vuelto a sentarse en el borde de la cama de su madre y la había tomado de la mano. Le había murmurado unas palabras tranquilizadoras. No, no la llevaría al asilo. Podía quedarse allí, en su apartamento. Incluso se giró y la miró a la cara. Los sollozos se apagaron, pero sus ojos se movían rápido de un lado a otro, como los de un animal arrinconado. Entonces Gorski se había estirado hacia el lado opuesto de la cama y había cogido la almohada. Era una almohada generosa, pesada, rellena de pluma de ganso. Temiéndose un centelleo de consciencia de lo que estaba por suceder en la mirada de su madre, había desviado la vista mientras la situaba sobre su cara. Durante treinta segundos, o un minuto quizá, su cuerpo se relajó. Ese lapso bastó para que Gorski sintiese una suerte de siniestro alivio; en primer lugar, porque su madre no había tenido la fuerza de resistirse, y, en segundo lugar, porque solamente estaba haciendo —se dijo a sí mismo— lo que ella le había pedido. Moralmente, ¿qué diferencia había con llevar el perro al veterinario para que lo sacrificasen? En el peor de los casos, lo único que hacía era adelantar lo inevitable. Entonces el cuerpo de madame Gorski se agarrotó, y a los pocos segundos estaba luchando contra la presión sobre su cara. Una especie de fuerza vital se apoderó de ella. Su cuerpo se retorcía bajo la colcha con una energía asombrosa. Sus brazos estaban atrapados bajo las sábanas. A Gorski le vino a la cabeza la imagen que había visto una vez en la televisión de unos pacientes psiquiátricos que recibían terapia de electroshock. No existió en ningún momento la posibilidad de que ella pudiera defenderse con éxito, pero tuvo que subirse a la cama para reducirla. Aun así, su madre consiguió liberar de alguna manera su brazo derecho, que empezó a manotear inútilmente por la cara de su hijo. Gorski no había calculado que pudiera ocurrir algo así, pero no permitió que afectase a su resolución. De todos modos, tampoco podía dejar la faena a medias. Entonces la huesuda mano de ella lo agarró de la muñeca. El segundero de su reloj avanzaba despacio por el dial. Pasaron treinta segundos, luego cuarenta y cinco. Las uñas de la mano de su madre palidecieron. Otros veinte segundos. Luego, un agarrotamiento repentino antes de que todo se aflojase.

Gorski se quedó un rato en la cama, a horcajadas sobre el pecho de su madre. Tenía la respiración agitada por el esfuerzo. No le retiró la almohada de la cara. Tuvo que separar de su muñeca los dedos con los que ella la aferraba. Le metió el brazo bajo las sábanas. Bajó de la cama y contempló el resultado. Quedaba tan poco de su madre que bien podría haber estado mirando un montón de sábanas arrugadas. Notó un nudo de congoja que le atenazaba la garganta, pero, al recordar el trato al que había llegado consigo mismo, regresó a la cocinita y se echó al coleto el resto del contenido de la botella.

Y así fue a parar a Rue de Mulhouse, por donde ahora caminaba trabajosamente sin abrigo, contra un viento helado. ¿Formaba parte esto también de un plan que él mismo había bosquejado, pero del que no había tomado conciencia? Desde luego, sabía adónde se dirigía y lo que iba a hacer. Era inevitable. No tenía la sensación de estar eligiendo nada. Para él ya no quedaban más opciones. De todas formas, estaba harto. Harto de todo.

Embutió las manos en los bolsillos de los pantalones. Qué absurdo era pensar en mantener las manos calientes en semejante momento, pero no ganaba nada pasando frío. Pensó por un instante en volver al apartamento para coger el abrigo, pero desechó la idea. Debía seguir adelante. Necesitaba mostrar algo de agallas por una vez en su vida.

A medianoche, Rue de Mulhouse solía estar un poco más animada que ahora. Podía uno cruzarse con un borracho haciendo eses por la acera, o entrever un gato entre los contenedores de basura. De vez en cuando pasaba algún coche, gobernado con la exagerada cautela del conductor ebrio. Pero, a esta hora de la mañana, ni un alma.

Gorski avanzaba con paso decidido. Tenía un propósito. Se le habían calentado las manos. Había sido buena idea metérselas en los bolsillos. Se felicitó por la decisión.

Se aproximó a la comisaría. Aparte de la luz del vestíbulo en lo alto de los peldaños, se hallaba a oscuras. Gorski cruzó a la acera de enfrente. Schmitt estaría sentado en su pequeño taburete detrás del mostrador comiendo caramelos y completando el crucigrama de *L'Alsace* del día anterior. Prefería el turno de mañana porque así llegaba a comer a casa.

Gorski no tiró por la calle que llevaba a la estación de ferrocarril. Habría sido muy fácil saltar a las vías desde la pasarela, pero seguro que algún guarda nocturno decidía que era su deber intervenir. En cualquier caso, era demasiado descarado —demasiado *visible*—, y Gorski no quería testigos. Cruzó la calle y recorrió otra manzana. Pasó por el cementerio donde su madre pronto sería enterrada junto a su padre. En los meses inmediatamente posteriores a la muerte de este, Gorski había visitado la tumba de vez en cuando, pero solamente para guardar las apariencias. En un par de ocasiones había tratado de hablarle, pero se había sentido ridículo y había mirado a su alrededor para comprobar que nadie lo había visto. Ahora se le ocurrió hacer una última visita a la tumba de su padre, pero ¿para qué? No quería pensar en el padre de los últimos años, respirando trabajosamente en su butaca del apartamento de Rue des Trois Rois. De todas formas, la verja del cementerio estaba cerrada por la noche, a raíz de un incidente acaecido el año anterior en el que habían profanado varias tumbas.

Dejó atrás las puertas de hierro del cementerio y tomó un estrecho sendero que bordeaba el límite septentrional del camposanto.

Fuera del alcance de las farolas, Gorski tuvo la impresión de estar adentrándose en otro mundo. La vereda estaba delimitada a la izquierda por la tapia del cementerio y a la derecha por la espesa maleza que envolvía una malla metálica de tres metros de altura, de manera que entre las dos forman una especie de túnel. Se demoró unos instantes para que sus ojos se acostumbrasen a la oscuridad, pero no sirvió de mucho. Se preguntó si en la espesura habría hombres al acecho aguardando para salirle al paso y pedirle la cartera. No iban a tener suerte, ya que su cartera se había quedado en el bolsillo del abrigo que había olvidado ponerse.

A través de la fronda se atisbaba a duras penas la gigantesca silueta del depósito de agua. De adolescentes, Gorski y Pichón habían esperado a que oscureciese y trepado por encima de la cerca metálica. Su plan era subir por la escalera de caracol hasta lo alto de la torre y pasar la noche en la plataforma elevada. La idea había sido de Pichón, y Gorski le había seguido el rollo porque no quería que le llamase gallina. Pichón le había sisado una botella de vino a sus padres, y Gorski había llevado algo de pan y embutidos. Cuando llegaron al pie de la torre, descubrieron que el acceso a la escalera estaba bloqueado por una verja con candado. Estaban discutiendo cómo superar este obstáculo cuando apareció un guarda con una linterna y les gritó que se largasen. Salieron corriendo; Gorski sintió que se le escapaba un chorrito de orina que le mojó el calzoncillo y luego la parte interior de la pernera del pantalón. Pichón propuso saltar la tapia y colarse en el cementerio para beberse el vino, y Gorski aceptó porque allí estaba oscuro y su amigo no advertiría la mancha en sus pantalones.

Un zorro apareció entre la maleza unos pasos más adelante. Paró y se quedó mirando a Gorski, sus ojos destellantes como monedas. Luego, como si hubiese llegado a la conclusión de que Gorski carecía de interés, cruzó el sendero con parsimonia y desapareció entre la vegetación que crecía al pie de la tapia del cementerio. El camino dibujaba una suave curva hacia la derecha y las vías del tren. Allí, la valla metálica le cortó el paso. Había una puerta de malla, pero estaba asegurada con una gruesa cadena. El plan de Gorski no estaba mejor pensado que el de Pichón tantos años atrás. Ladeó la cabeza y sondeó con la vista la barrera que lo separaba de las vías. No tenía ganas de trepar, pero no le quedaba otra alternativa. El que está decidido a autodestruirse no puede darse por vencido a la primera adversidad.

Sin dudarlo más tiempo, retrocedió cuatro o cinco pasos, corrió hacia la valla y saltó, tratando de agarrarse al borde superior de la estructura. Lo que consiguió fue estrellarse contra la malla, rebotar hacia atrás y caer de culo al suelo. Se incorporó rápidamente, como si quisiera aparentar ante algún testigo oculto que era esto precisamente lo que pretendía hacer. Al sacudirse el polvo, dejó un rastro de sangre en la ropa. Se había cortado la base de pulgar con la tela metálica. Presionó la mano contra el muslo para cortar el sangrado, pero no sintió dolor, tal vez debido al frío.

Un fino trazo de luz asomaba ya en el horizonte, al este.

Gorski se plantó junto a la valla y barajó sus opciones. El poste vertical de la puerta tenía ensamblada una tornapunta en diagonal. Quedaba al otro lado de la malla, pero podía servirle de punto de apoyo. Se agarró a la valla con las manos por encima de la cabeza y embutió el pie izquierdo en la malla. Céline le había regalado aquellos zapatos por su cumpleaños hacía unos años, no sin recalcarle que eran de una tienda muy cara de Estrasburgo. Desde la posición en la que estaba, logró alzarse hasta la mitad de la valla. En una incómoda torsión, apoyó el pie derecho en el extremo superior del poste diagonal. Se impulsó hacia arriba y se agarró al travesaño de la puerta. El zapato del pie izquierdo había quedado atrapado en la estructura metálica. Le chorreaba sangre de la herida de la mano. Iba a tener que auparse otra vez para pasar la pierna por encima de la valla. El borde superior era irregular, con picos. Gorski pensó en las posibles consecuencias para sus genitales, pero ¿y qué? Tampoco había hecho buen uso de ellos desde hacía tiempo.

Consiguió encaramarse con éxito a lo alto de la valla y se quedó sentado a horcajadas en una extraña postura. Tenía el escroto intacto, pero la pernera de los pantalones se le había rasgado a la altura del muslo. Estuvo allí unos momentos, montado a caballo de la puerta, con una mano apoyada delante de él y la otra detrás. Luego pasó la pierna izquierda por encima de la valla y bajó hasta el suelo. Aterrizó de culo y, sentado sobre los hierbajos, trató de recuperar el aliento. Se sintió como si hubiese alcanzado un hito.

La primera del haz de cuatro vías por la que circulaban trenes desde Saint-Louis a Basilea y Estrasburgo y más allá estaba solo unos metros más adelante. Gorski no tenía ni idea de la dirección en la que circularía el siguiente tren, pero daba lo mismo. No recordaba la última vez que se había subido a uno.

Los raíles estaban tendidos por encima del nivel del suelo, las traviesas asentadas con grandes piedras. Gorski se acercó a la vía y se arrodilló. Seguro que desde fuera parecía que se iba a poner a rezar. Luego se tumbó boca abajo, con el cuello sobre el riel. El metal le pareció frío al contacto con la piel. Era una postura incómoda y se removió hacia delante para pegar los hombros contra el canto del riel. Giró la cabeza hacia la izquierda, mirando hacia Basilea, y apoyó las manos sobre la vía. Así estaba bastante más cómodo. Le vino a la cabeza el chiste del condenado que coloca las manos a ambos lados de la cabeza sobre el banco de la guillotina y el verdugo le dice: «Cuidado con los dedos». Era un buen chiste y le arrancó una sonrisa. A pesar de esto, la idea de acabar con los dedos cortados le resultó desagradable, así que extendió los brazos a ambos lados, como si imitara a un pájaro o un avión.

En esa postura podía ver su reloj de pulsera. Eran las siete menos veinte. El reloj se lo había regalado su padre al cumplir veintiún años. Sin duda era un artículo que alguien había empeñado en la tienda, pero seguía funcionando a la perfección. Le hubiese gustado que se lo quedara Clémence. Se lo quitó y se lo metió en el bolsillo de la chaqueta.

Hacía mucho frío. Había sido un error no ponerse el abrigo, pero a esas alturas no iba a volver al apartamento a por él. A los pocos minutos le empezó a doler la espalda. No tenía la menor idea de a qué hora pasaría el primer tren. Tendría que haber consultado el horario. Además cayó en la cuenta de que, cuando por fin se aproximase un tren, iba a preferir no mirar en su dirección. Se preguntó si tendría tiempo de volver la cara hacia el otro lado.

Los pájaros empezaban a piar entre los matorrales, pero, aparte de eso, reinaba el silencio.

Pasó el tiempo. El cielo detrás de las chimeneas industriales de Basilea se tiñó de un tono rosáceo. A Gorski empezó a inquietarle la idea de que alguien pudiera pasar por el sendero de camino al trabajo y lo viera allí. No iba a ser fácil explicar qué hacía.

Entonces, antes de oír nada, notó una vibración en el suelo. Gorski se acordó de haber leído de pequeño que las serpientes perciben el sonido a través de las vibraciones que sienten en el vientre. El corazón empezó a latirle muy deprisa. El fin. ¿Era aquello lo que quería? Demasiado tarde para plantearse preguntas como aquella. Pensó en mamá descansando en su blando colchón, el cuerpo enfriándose por momentos. Los ojos se le humedecieron. Las vibraciones ganaron intensidad y las empezó a acompañar un sonido semejante al rugido de una cascada lejana. Muy pronto se volvió estruendoso. Gorski se dio cuenta de que ya no estaba a tiempo de cambiar de idea. Cerró los ojos e inspiró tan hondo como pudo. Se imaginó a su padre, con su guardapolvo marrón, y a sí mismo, de niño, encorvados los dos sobre el enorme libro de contabilidad donde se registraban las transacciones del negocio. Le gustó la imagen e intentó retenerla en su mente, pero se desvaneció con un parpadeo. Vio a Clémence apoyada contra el marco de la puerta de la cocinita, mirándole cuartear un bulbo de hinojo. ¿Qué pensaría de su padre si pudiera verle en ese momento? El ruido se volvió ensordecedor. Desafiando el consejo del verdugo, adelantó las manos y agarró el raíl. Luego, silencio.

Clémence Gorski se despierta con un sobresalto. La luz del amanecer ha empezado a colarse por la rendija de debajo de la persiana. Se da la vuelta. Es demasiado temprano para levantarse, pero siente un nudo de ansiedad en el estómago. La noche anterior, Raymond Barthelme la invitó a su casa, una deteriorada mansión en las afueras del pueblo. Subieron a su dormitorio, en la planta de arriba, que estaba pintado todo de blanco. No había dónde sentarse, aparte de una silla de respaldo recto en medio de la estancia. Escucharon unos discos, luego se tendió junto a él en la cama y estuvieron un rato besándose. Él le había preguntado si tenía hermanos. Al contestarle ella que no, él le había preguntado si le gustaría que ellos dos lo fueran. Clémence se marchó poco después. Como no consigue volverse a dormir, se levanta y sube la persiana. Su dormitorio queda en la parte de atrás de la casa de Rue de Village-Neuf y da al pequeño jardín, de cuyos cuidados se encarga un jardinero, monsieur Guizot, que se supone que ha de pasar por allí solo una vez a la semana, pero que acude prácticamente a diario. Ahora ya está en el patio tratando de encender su pipa.

El parquecito junto al templo protestante está desierto. Una brisa helada que sopla desde la estación de ferrocarril sacude ruidosamente las pocas hojas que todavía se aferran a las ramas de los castaños.

El agente de viajes Eugène Vinçard mira el reloj junto a su cama. Rondan las seis y media. Ya hace aproximadamente una hora que está despierto. Desde la muerte de su esposa, solo duerme a ratos. Echa de menos la calidez de su cuerpo a su lado y le aterran las horas vacías antes de poder abrir la tienda de abajo. Se levanta y se asoma a Rue de Mulhouse por el hueco entre las cortinas. El policía del apellido raro está pasando por la acera de enfrente. Va sin abrigo. Vinçard menea la cabeza: el tipo va a cogerse un gripazo de muerte.

Dejan Vukašinović cierra con un ruidoso clic los herrajes de latón de su maleta. No hace falta finiquitar la cuenta formalmente. Ha pagado por adelantado, así que puede dejar la llave sobre el mostrador de recepción al salir, pero todavía es pronto y el rata del dueño mantiene cerrada a cal y canto la puerta principal del hotel hasta las siete de la mañana. Lo mismo da. No tiene prisa. Se tumba en la cama sin molestarse en quitarse los zapatos.

En el apartamento de encima de Le Pot, Yves Reno ronca a pierna suelta, el brazo tatuado sobre el pecho de su mujer, Titou. Ella se remueve un poco y, sin despertarse, se arrima más a su marido, acurrucándose contra su torso.

En el mostrador de la comisaría de policía de Rue de Mulhouse, Willy Schmitt ha vertido café sobre su crucigrama. Se pone de pie, saca unas servilletas de papel del dispensador junto a lavabo y limpia el desaguisado. Tiene un caramelo en la boca. Le encanta chupar un dulce con sabor a caramelo mientras se bebé el café. Su mujer siempre le echa la bronca por el ruido que hace al comérselos.

Emma Beck está preparando café. En la planta de arriba, su marido aún duerme. Ella no suele levantarse tan temprano, pero se le ha quedado mal cuerpo después de una conversación con el policía que vive en el apartamento de encima de su tienda. Le ha cogido cariño y tuvo que aguantarse las lágrimas cuando él le habló de manera cortante el día anterior. La situación la ha dejado muy desasosegada.

Ivan Baudoin duerme junto al perro al que ahora llama Charlot. Están tumbados nariz contra nariz, como una pareja de amantes. La primera noche, cuando el perro quiso subirse a la cama, Ivan lo espantó, pero al día siguiente, al despertarse, vio que el animal había acabado instalándose a su lado de todos modos. Ahora Charlot duerme con él todas las noches, y emite quejidos, como si estuviera soñando. Si monsieur Baudoin se cruza con los dueños legítimos de Charlot en algún momento, no tendrá más remedio que entregárselo, claro, pero le romperá el corazón.

16

Lo primero que pensó Gorski fue que no había perdido los dedos. Asimismo, su cabeza seguía pegada a los hombros. Estos dos hechos le llevaron a concluir que no estaba muerto. El tren había pasado por una vía adyacente. El ruido había sido ensordecedor y aún reverberaba en sus oídos. Se incorporó hasta quedar de rodillas. Se sentía estúpido, pero por los alrededores no había nadie que hubiera presenciado aquella ridícula escena. Quizá el maquinista lo hubiera visto al pasar a toda velocidad. ¿Y qué? Aun habiendo reparado en una figura junto a las vías, no habría reconocido a Gorski. Lo que importaba es que seguía vivo. Esperar a otro tren quedaba descartado. No tanto por la posibilidad de que este circulase también por la vía equivocada, sino más bien porque Gorski se daba cuenta de que se alegraba de no estar muerto. Ni siquiera era capaz de deshacerse de sí mismo, reflexionó con ironía. De haber ido en serio, podría haber comprobado los horarios expuestos en los andenes de la estación sin levantar sospechas. Y, en lugar de colocar la cabeza sobre la vía, se habría tirado delante de un tren en marcha, como hace todo el mundo. Como intento de suicidio, la cosa había sido bastante chapucera; de risa, en realidad. A decir verdad, lo había dejado en manos del azar.

Se puso de pie y se sacudió el polvo. Recordó que se había dejado uno de los zapatos en la valla. Seguía allí. Saltó de nuevo por encima de la puerta. Resultó más fácil esta vez, dado que la tornapunta diagonal estaba ensamblada a la valla por el lado de las vías. Recuperó el zapato y se calzó. Tenía arañazos y estaba retorcido y deformado. El traje lo llevaba mugriento y roto, y la herida de su mano seguía chorreando sangre. Parecía un mendigo.

Como ya empezaba a clarear, tomó el camino de detrás del cementerio y salió al cruce de Rue de Mulhouse y Rue de la Gare. Apretó el paso, deseando que nadie lo viera con aquella pinta. Por la calle se veían ya algunos coches más, pero ni un peatón aún. Hasta que no torció por Rue des Trois Rois no se acordó realmente de lo que le esperaba. De pronto sintió pavor de que su madre pudiera no estar muerta; de que solo hubiera perdido el conocimiento. Cometido el acto, debería haber comprobado si tenía pulso, pero no se encontraba en sus cabales. Dadas las circunstancias, era comprensible que se le hubiera pasado tomar esta precaución, pero ¿y si mamá estaba ahora incorporada en la cama, esperando su regreso? ¿Y si se acordaba de que había intentado asfixiarla? Bueno, iba a ser fácil desechar el recuerdo como una aberración de su mente trastornada, pero, aun así, se trataba de una eventualidad a la que prefería no tener que hacer frente.

Al entrar en la tienda, pensó en la suerte que tenía de haber vuelto antes de que madame Beck diera comienzo a su jornada. De lo contrario, le habría costado explicar de dónde venía y qué le había ocurrido para acabar con tan desastroso aspecto.

Subió las escaleras aguzando el oído por si detectaba algún sonido procedente de arriba. Madame Gorski era muy madrugadora, y lo normal era que a esas horas ya estuviera en danza. Gorski abrió de un empujón la puerta, que se había olvidado de cerrar con llave. Permaneció unos instantes en el pequeño recibidor, conteniendo la respiración. Silencio. La puerta del dormitorio de su madre estaba entornada. ¿La había dejado él así? No conseguía acordarse. No había nadie en el salón. Fue a la cocinita y se lavó las manos. El corte que se había hecho en la palma casi había dejado de sangrar. Tampoco era especialmente profundo, pero seguro que alguien le preguntaba por él tarde o temprano. Se secó las manos con un trapo de cocina, donde dejó un rastro de sangre. Sacudió la cabeza: no estaba actuando con sensatez.

La botella de vino con la que se había recompensado seguía sobre la encimera como un objeto acusador. Rotó la cabeza sobre los hombros. Debía proceder de manera metódica. Embutió el paño ensangrentado en el cubo de la basura de la cocina. Mal. Aquel era el primer sitio al que se dirigiría un investigador en busca de pruebas. Era el primer sitio donde *él mismo* miraría. Sacó el trapo del cubo y lo metió en una bolsa vacía de la tienda de comestibles. Miró la botella de vino. No tenía nada de incriminatorio. La experiencia le había enseñado una valiosa lección: lo que falta en un escenario puede constituir una prueba tanto o más importante que lo que está presente. Al examinar la escena de un crimen, Gorski siempre se fijaba en qué cosas deberían estar allí y no estaban. ¿Qué podían haberse llevado? Los escenarios excesivamente pulcros solo sugerían que alguien había tratado de ordenar las cosas antes de que llegase la policía. Por lo tanto, la botella se quedaba donde estaba. Una persona gravemente conmocionada —alguien que acaba de descubrir el cadáver de su madre— no se pone a ordenar la cocina.

Gorski empujó la puerta del dormitorio con cautela. Lo primero que vio fueron los pies de su madre, que sobresalían por debajo de la colcha de ganchillo, el derecho colgando por el lateral de la cama. La almohada todavía le cubría la cabeza. Entonces se acordó. La había dejado así a propósito. Un error: fuera quien fuera la persona que hallase el cadáver —madame Beck, con toda probabilidad— sabría al instante que no había muerto por causas naturales. En aquel momento no había sido un factor relevante, pero la situación había cambiado.

Gorski se sentó en el borde de la cama. Retiró la almohada y la dejó caer al suelo. Los ojos de su madre estaban abiertos y fijos en el espacio por encima de la cabeza de Gorski. Se los cerró con las puntas de los dedos. Exhaló aire, larga y lentamente. Estiró la colcha sobre los pies de su madre. De esa forma no parecía tanto que se hubiese producido un forcejeo.

Luego se dirigió a su dormitorio y se desvistió. Hizo una bola con sus pantalones rajados y los embutió, con la chaqueta del traje, en el fondo del armario. Se desharía de ellos tan pronto como le fuera posible, junto con el trapo de cocina manchado de sangre.

Dejó la ropa interior amontonada en el suelo y se puso el pijama. Abrió la cama y enredó las sábanas. Aplastó la almohada, pero allí no parecía que hubiese dormido nadie. Las sábanas estaban demasiado tiesas. Se tumbó y se tapó. Rodó sobre su cuerpo varias veces y sacudió las piernas hacia todos los lados. Salió de la cama. Ahora daba más el pego, pero nadie iba a inspeccionar su cama. ¿A cuento de qué?

Entró en el cuarto de baño y se miró la cara en el espejo. Iba sin afeitar. Tenía los ojos inyectados de sangre. Eso estaba bien. Parecía que hubiese llorado. Se cepilló los dientes. Cuando se despertaba por la mañana, el aliento le olía agrio, pero, al no haber dormido, el olor no estaba. Si le interrogaban, diría que se había cepillado los dientes antes de encontrar el cadáver de su madre, porque ¿a quién se le iba a ocurrir cepillarse los dientes después de descubrir que su madre estaba muerta? ¿Qué clase de persona sería?

Solo entonces salió al vestíbulo y telefoneó a Faubel.

¿Cuánto había tardado en llegar? ¿Quince minutos? Desde luego que no más de veinte. A pesar de su creciente ansiedad, Gorski no se permitió el lujo de fumar. Se imaginaba a Faubel declarando ante el fiscal: «Cuando llegué, estaba tan pancho fumándose un cigarrillo». Algo parecido lo llevó a quedarse en pijama, e incluso bajó descalzo a recibir al médico. Se saludaron con un incómodo apretón de manos en el diminuto vestíbulo de la tienda antes de que Gorski lo invitase a pasar. Faubel fue quien lideró el ascenso por la estrecha escalera. Después de todo, había visitado el apartamento en numerosas ocasiones. Mientras examinaba a madame Gorski, tomándole primero la muñeca con delicadeza antes de sacudir la cabeza con solemnidad, Gorski permaneció en el umbral. Mamá ofrecía un aspecto muy apacible, casi como si estuviera dormida.

—He sido yo el que le ha cerrado los ojos —dijo, arrepintiéndose al instante.

Si su madre había muerto mientras dormía, ¿no habría tenido los ojos cerrados de todos modos? Gorski no estaba seguro. Es más, su forma de decirlo era extraña, cuando menos. Si tenía que hablar, ¿por qué no limitarse a decir: «Le he cerrado los ojos»? Incluso si Faubel había dado por hecho que alguien le había cerrado los ojos, esa persona solo podía haber sido Gorski. La frase utilizada daba a entender que alguien más había estado presente. Fuera como fuera, había sido un error abrir la boca. Así era como se comportaban los culpables. Sentían la necesidad de rellenar cada silencio con comentarios estúpidos.

Faubel no emitió un certificado de defunción. No podía determinar la causa de la muerte hasta que no se le practicase la autopsia. Gorski preguntó si eso era estrictamente necesario. Faubel le recordó que él, mejor que nadie, debía comprender la necesidad de cumplir con el protocolo.

A pesar del absurdo comentario de Gorski sobre haberle cerrado los ojos a su madre, Faubel había realizado su trabajo sin dar señales de sospechar nada. Para un médico, recordó Gorski, se trataba de un asunto rutinario. Una paciente de edad avanzada que había muerto mientras dormía. Esas cosas pasaban a todas horas y, además, Faubel no era el hombre más diligente del mundo.

A su llegada, madame Beck se encontró una ambulancia bloqueando la calle. Se dirigió directamente al apartamento, pero se topó con los sanitarios maniobrando con la camilla escaleras abajo. Gorski y Faubel iban detrás. Ella reculó hasta la tienda y les sostuvo la puerta. Los sanitarios agradecieron el gesto con un ademán de la cabeza antes de introducir su cargamento en la parte de atrás del vehículo.

Faubel estrechó la mano de Gorski en la acera y se alejó andando. No se molestó en ofrecerle unas palabras de condolencia. Su Citroën estaba bloqueando la estrecha acera unos metros más adelante. Gorski se sorprendió preguntándose si el médico se dirigiría ahora directamente a su quirófano en Avenue de Bâle o si antes se pasaría por casa para desayunar. Decidió que esta segunda opción era la más probable.

Madame Beck se reunió con él afuera.

—Oh, Georges —dijo, mientras contemplaban el coche de Faubel bajar a trompicones de la acera—. Lo siento mucho.

Él asintió con la cabeza emulando lo que se imaginaba que parecería un gesto de apesadumbrada resignación.

—Quizá haya sido lo mejor —dijo.

Ella rompió a llorar. Le había cogido cariño a su madre y, aparte de Gorski, era la persona que más la veía. Gorski apoyó la mano en el brazo de madame Beck, y ella interpretó el gesto como una invitación a que lo abrazase. Su mejilla rozó la de él. Tenía la piel suave y cálida, como si acabase de salir de la bañera. Olía a lavanda o a agua de rosas o algo similar. Gorski no había tenido nunca mucho olfato para esas cosas, pero el perfume despertó en su mente el recuerdo de las bolsitas de popurrí que colgaban en el armario de su madre.

La ambulancia se alejó por la calle. Debían de formar una extraña pareja, allí abrazados en la acera. Él había evitado hacer cualquier cosa que pudiese sugerir que, en un momento tan crítico como aquel, se había preocupado por su aspecto, pero plantado ahora delante de madame Beck se moría de vergüenza. Se había puesto una gabardina encima del pijama y llevaba los zapatos sin calcetines. Los cordones se los había dejado sueltos a propósito, y, al pasar al interior de la tienda, madame Beck se fijó y le advirtió que tuviese cuidado, no se fuera a tropezar. Lo que estaba muy bien. Si más adelante surgían las preguntas, estos detalles podían adquirir bastante relevancia.

«¡Estaba tan destrozado que ni se acordó de anudarse los cordones de los zapatos!»

La florista lo acompañó al apartamento. Gorski cerró la puerta del dormitorio de su madre, luego puso una cafetera al fuego. Mientras subía el café, se excusó y fue a su dormitorio a vestirse. Madame Beck se sentó a la mesa junto a la ventana.

Gorski volvió y sirvió el café. Había una botella de coñac en el aparador, y madame Beck no se opuso cuando él añadió un chorrito en cada taza. Ese fue el momento en el que le preguntó por el corte en la base del pulgar. Gorski volteó la mano de manera instintiva, como para ocultar la herida. No se le ocurría ninguna explicación creíble de cómo podría habérsela hecho.

—Ah, esto —dijo—. Ni idea. Me di cuenta después.

¿Después? Esa respuesta no tenía sentido. ¿Después de qué? Sin embargo, madame Beck no insistió. Su madre acababa de morir. Era perfectamente comprensible que no recordase cada detalle de lo sucedido. En lugar de seguir preguntando, se levantó y le dio la mano por encima de la mesa. Abrazó sus dedos en la palma de una mano y recorrió la herida con el índice de la que le quedaba libre. Le produjo una sensación agradable.

—De todos modos, debería curársela —dijo.

Gorski asintió obedientemente, como un niño pequeño. Se diría que el incidente había conseguido disipar el resquemor causado por su arisco comportamiento del día anterior.

Madame Beck se había sentado inadvertidamente en el sitio que él siempre ocupaba en la mesa, lo que le obligó a ocupar el que había sido el lugar de su madre. La sensación era desconcertante, algo así como una imagen reflejada del salón. Todo parecía dispuesto en el orden inverso. Encendió un cigarrillo y le ofreció uno a madame Beck. Ella exhaló un fino hilo de humo, con la mirada fija en las vinagreras. Gorski sintió el impulso de contarle la historia de cuando rompió la cucharilla para la mostaza, pero se contuvo. A cambio, le explicó cómo había encontrado el cadáver de su madre.

—Supe al instante que algo iba mal —se oyó decir— porque ella siempre estaba en danza antes de que yo me levantase.

A continuación, describió cómo había abierto la puerta de su dormitorio y se la había encontrado. Llegado este punto, hizo una pausa y miró por la ventana, como buscando recomponerse. Tuvo cuidado de no adornar en exceso la historia. Era un error de principiante: creer que al añadir detalles superfluos se daba más autenticidad al relato. Madame Beck escuchaba en silencio. En un momento dado posó una mano sobre la de él y se la apretó. No puso en duda nada de lo que Gorski le contó. ¿Por qué iba a hacerlo?

Cuando él calló, madame Beck se ofreció encantada a cerrar la tienda ese día, si necesitaba ayuda con lo que llamó «los trámites». Gorski le agradeció el ofrecimiento, pero le dijo que no sería necesario. Como era natural, le había tocado a él ocuparse de todo tras el fallecimiento de su padre y, de todas formas, por su profesión estaba familiarizado con toda la burocracia.

Era agradable estar allí sentado con ella, viendo el humo elevarse lánguidamente desde sus cigarrillos. Tal vez la invitara más tarde a tomar una copa de vino. Dadas las circunstancias, no podría negarse. Por otro lado, quizá fuera más prudente dejar pasar unos días. No quería parecer oportunista.

Sin madame Beck, el apartamento se notaba vacío. Gorski abrió la ventana. El tráfico en Rue de Mulhouse apenas se oía. Caía una fina llovizna. Eran las nueve en punto. Los niños ya estarían en el colegio. En las avenidas del pueblo, los comerciantes estarían levantando las persianas. De joven, Gorski se imaginaba a veces abriendo la ventana de un apartamento en Estrasburgo o en París, y asomándose por encima de una barandilla de hierro forjado para empaparse de la ajetreada vida de la ciudad a sus pies: carniceros y fruteros voceando su género desde carretones; prostitutas lenguaraces insinuándose a los viandantes; hombres cobijados en algún que otro portal trapicheando con diferentes pasajes al olvido. En cambio, ahora se encontró observando a una anciana que iba por la acera de enfrente con un terrier de alguna clase. Gorski la había visto pasar innumerables veces. El perro se paró a olisquear una matita de diente de león que sobresalía de una grieta en la base de una fachada y luego levantó la pata trasera. Un reguerillo de orina se abrió camino por delante de los zapatos de su dueña, que eran de aspecto robusto.

Abajo, madame Beck estaría hojeando su libro de pedidos, las gafas de cerca que se había agenciado recientemente encajadas en la punta de la nariz. No llegaban sonidos de abajo —el de las flores no es negocio ruidoso—, pero Gorski se la imaginaba yendo y viniendo por la tienda, organizando con parsimonia las actividades del día. Puede que la ausencia de su madre le hubiese imbuido de una sensación de relativa independencia o liberación, pero esta se desvanecía con solo pensar en la presencia de madame Beck allí abajo. Si, por ejemplo, decidía de pronto dejar de lado sus diversas obligaciones e irse directo a Le Pot, no podía hacerlo sin cruzar la tienda e, inevitablemente, tener que proporcionarle a madame Beck alguna explicación sobre adónde se dirigía. Aunque tampoco es que fuera a hacer nada parecido. Había cosas de las que ocuparse y, además, Yves no abría el bar hasta media tarde.

Echó un chorro de coñac en la taza y, con un movimiento circular, lo mezcló con los restos del café. Miró la butaca de su madre. Se hacía raro pensar que ya nunca la volvería a ocupar. A decir verdad, ya no era su butaca. Ahora solo era una butaca cualquiera. Gorski la contempló como si la viera por primera vez. Aunque nadie la había movido del sitio en décadas, tenía ruedecitas, y las patas curvas de madera que las abrazaban estaban talladas con forma de pata animal. Nunca se había fijado en este detalle. Las ruedecitas habían labrado profundas hendiduras en la alfombra, justo igual que las zapatillas de andar por casa de su madre habían dejado su marca sobre el linóleo de la cocina. La butaca en sí estaba tapizada con un tejido brocado, desgastado en las zonas donde los codos de su madre habían reposado cuando todavía podía pasar las tardes tejiendo. En algún momento, madame Gorski había añadido un cojín color mostaza para apoyar mejor la parte baja de la espalda. Gorski la había observado con frecuencia ahuecarlo antes de tomar asiento tan vacilantemente en la butaca que costaba creer que fuese a poder levantarse de ella otra vez. En el respaldo había un antimacasar con ribetes bordados. Estaba amarilleado por el tiempo. Sin pensar, Gorski cruzó la estancia y lo retiró. Se lo llevó a la cara e inhaló. Olía a su madre, y el aroma le provocó un nudo de pesar en la garganta. Fue como si un fantasma hubiese entrado en la habitación. Embutió el antimacasar en la bolsa de la tienda de comestibles que contenía el trapo manchado de sangre.

Fue al cuarto de baño para afeitarse. Aunque no tenía mucha barba, el afeitado siempre había revestido cierta importancia para él. Ejecutaba el ritual cada mañana sin excepción. Le parecía indecente salir de casa sin afeitar. A su padre le pasaba lo mismo.

«Nadie quiere hacer negocios con un hombre con barba de tres días», le había dicho una vez a su hijo. Asimismo, Gorski no recordaba haber visto a su padre sin camisa y corbata, y por mucho calor que hiciese, jamás ponía un pie fuera de casa sin la chaqueta puesta. También Gorski se sentía desaliñado, casi indecente, en camisa de cuello abierto. En su vestuario no cabía la ropa informal.

Sus ojos seguían inyectados de sangre, pero sus mejillas habían recuperado el rubor. El episodio de las vías del ferrocarril ya era un recuerdo lejano. Casi como si lo hubiese vivido sonámbulo. Evocó el rugido del tren al aproximarse y un escalofrío le recorrió la espalda. ¿Y si hubiese circulado por otras vías? El inspector jefe Georges Gorski de la policía de Saint-Louis ya no existiría. La idea no tenía sentido. ¿Acaso era posible contemplar la inexistencia de uno mismo? Se mojó la cara con agua fría, luego baldeó cuidadosamente el lavabo para eliminar el cerco de pelillos afeitados. Se sentía mejor. Volvía a reinar el orden.

No fue hasta que salió de nuevo al dormitorio de su madre cuando Gorski reparó en aquel desagradable hedor. Ella había manchado las sábanas. No era nada escandaloso, pero la visión de las heces de su madre lo avergonzó. ¿Perdían el control de los esfínteres las personas que mueren plácidamente mientras duermen? No lo sabía, pero no parecía que Faubel se hubiera dado cuenta, y los sanitarios de la ambulancia habían cumplido con su labor con la indiferencia propia de aquellos a quienes el oficio vuelve inmunes a esas cosas.

Deshizo la cama. Había una mancha marrón como del tamaño de su mano en el colchón. Abrió la ventana del dormitorio y se puso a fregar el círculo oscuro. Desapareció con bastante rapidez.

Metió las sábanas manchadas en la bolsa con el antimacasar y el trapo de cocina. Luego se acordó del traje que había llevado puesto. Lo mejor sería quemarlo todo.

Y allí estaba: planeando la destrucción de pruebas como un vulgar delincuente.

No habían usado la chimenea desde hacía años, pero el tiro no tenía por qué estar obstruido. Aun así, resultaría sospechoso que cambiara sus costumbres de repente y encendiera el fuego. Especialmente en la mañana de la muerte su madre. No, habría que deshacerse de las pruebas de alguna otra manera.

Era crucial actuar de manera lógica, no cometer ningún error. Volvió al salón y devolvió la botella de coñac a su sitio en el aparador. Se sentó a la mesa y encendió un cigarrillo. Hizo el esfuerzo consciente de repasar la cronología de los acontecimientos. Tal vez se le hubiera pasado algún detalle. Se recordó a sí mismo que, para un observador imparcial, no había nada fuera de lo común en lo sucedido. Con todo, algo le inquietaba. Quizá era alguna cosilla sin importancia aparente que había pasado por alto, pero no caía en qué podía ser. Probablemente se debiera a que estaba nervioso, nada más. Teniendo en cuenta lo ocurrido, era comprensible. Pero, de todos modos, debía andarse con mil ojos. Si no tenía cuidado, se descubriría el pastel.

Los trámites fueron coser y cantar. Al fallecer su padre hubo que avisar a un montón de contactos personales y del trabajo, pero su madre no tenía amistades. En los últimos años, su existencia no había trascendido las paredes del apartamento de Rue des Trois Rois. Por la tarde, Gorski se acercó a la funeraria de Rue Henner. Madame Beck se ofreció a cerrar la tienda y acompañarlo, pero prefirió ir solo. Así sería menos trastorno. Se decantó por el más rudimentario de los planes que le ofrecieron los agentes funerarios. Si no escogió el ataúd más barato de todos no fue por ningún deseo expreso de su madre —a ella le habría parecido ridículo gastarse un céntimo más de lo estrictamente necesario—, sino para evitar una mirada desdeñosa de parte del encargado de la funeraria.

Luego se plantó en la barra del Café de la Gare y se bebió un par de copas de cerveza. Nadie le prestó la menor atención. ¿Por qué iban a hacerlo? La noticia todavía no habría corrido por el pueblo.

Algo después, se pasó por la casa de Rue de Village-Neuf. No habría parecido correcto darle la noticia a Clémence por teléfono.

Céline se mostró sorprendida, pero no del todo molesta por verle.

—Georges —dijo—, ¿qué te trae por aquí?

Él le preguntó si Clémence estaba en casa.

Céline negó con la cabeza, pero se hizo a un lado, y Gorski la siguió al interior. Había una botella de vino y un cuenco con restos de ensalada sobre la mesa de la cocina. Le gustó que Céline hubiese estado bebiendo a solas.

—¿Te apetece una copa de vino? —preguntó ella.

Negó con la cabeza. Era consciente de que Céline opinaba que bebía demasiado. Ella fue a por una segunda copa y le sirvió de todos modos. No había manera de engañarla.

—¿Sabes cuándo volverá? —Gorski se refería a Clémence.

Céline levantó las manos enseñando las palmas y ensanchó los ojos.

—Es una adolescente, Georges. No controlo sus entradas y salidas.

Siempre había adoptado una política de *laissez faire* con su hija. Ejercer de madre nunca le había interesado demasiado.

Se sentó e invitó a Gorski a hacer otro tanto. Luego le preguntó cómo estaba su madre.

—Por eso he venido —contestó—. Ha muerto.

Entonces repitió, más o menos, la historia que le había contado antes a madame Beck.

Céline dijo que lo sentía. Rellenó el vaso de Gorski.

—Se lo quería decir a Clémence en persona —dijo.

—Creo que había quedado con un chico —le contó ella—. O a lo mejor está en casa de alguna amiga. Se lo diré cuando venga.

Gorski asintió con la cabeza. Esa última frase indicaba que no le iban a dejar quedarse a esperar indefinidamente. Siguió un breve silencio. Después Céline preguntó cuándo sería el funeral. Gorski respondió que primero iban a hacerle la autopsia. Entonces rompió a llorar. No estaba seguro de si había llorado alguna vez delante de su mujer. Desde luego no era un hombre muy dado a mostrar sus emociones. Se tapó los ojos con la palma de la mano. Era perfectamente natural emocionarse en su situación.

Lo que habría resultado antinatural e incluso sospechoso habría sido que no le afectase. En cualquier caso, no duró mucho.

Céline le tendió un pañuelo de papel y le dio unas palmaditas en el hombro.

Él se sonó la nariz.

—Ha sido lo mejor —dijo.

Ella asintió con la cabeza.

—Avísame para el funeral —le dijo.

Gorski apuró su vino y se marchó.

17

En los días siguientes al incidente con la cucharilla para la mostaza, una fuerte sensación de pavor se apoderó del pequeño Gorski de ocho años. Estaba convencido de que en cualquier momento lo llamarían a capítulo. Si en el colegio se abría la puerta del aula, él daba por hecho que era la policía, que venía a interrogarle. «¿De verdad pretende hacernos creer, jovencito, que no tiene conocimiento de lo que pasó con la cucharilla para la mostaza?» En casa rehuía la mirada de su madre fingiendo que leía un libro o escabulléndose a su dormitorio. Por las tardes, si su padre plegaba el periódico, interpretaba el ademán como el preludio a una seria regañina. La única explicación que encontraba a que su padre no hubiese abordado el asunto aún era que deseaba prolongar el sufrimiento de su hijo.

Era como si una suerte de viscosa sustancia negra latiese dentro de Gorski. Por las noches se quedaba despierto mientras notaba como aquella marea oleaginosa iba invadiendo su pecho, convencido de que, si se quedaba dormido, esta se desbordaría por sus orificios hasta ahogarlo. Por las mañanas amanecía agotado, pero por nada del mundo se le hubiese ocurrido pedir quedarse en casa. Su madre hacía comentarios sobre su mal aspecto, pero él insistía en que se encontraba perfectamente. Resultaba imperativo actuar como si nada.

Aunque se arrepentía de haber roto la cucharilla para la mostaza, también era consciente de que aquello solo había sido un lapsus, una incapacidad pasajera de contenerse. Su verdadera equivocación estribaba en no haberlo reconocido al instante. De esa forma habría sido fácil que pasara por un accidente. Nadie habría dudado de él. No era un niño con tendencia a romper cosas a propósito. Su padre habría pegado los trozos y el incidente habría caído en el olvido rápidamente. Así pues, no era el hecho de haber roto la cucharilla, sino lo que hizo inmediatamente después, el motivo de su inquietud. Menudo idiota había sido al deshacerse de los pedazos en la calle vecina. Aun cuando había tenido cuidado de comprobar de que no había nadie cerca, ¿podía estar totalmente seguro? Alguno de los vecinos de Rue du Temple podía haberle observado desde la ventana de su casa. Al arrojar los pedazos de porcelana por la alcantarilla, uno había caído en una de las láminas de metal de la rejilla, y había tenido que empujarlo con la punta del zapato hacia la ranura. A cualquiera que hubiera estado mirando le habría parecido evidente que no tramaba nada bueno. De todos modos, había sido un error deshacerse de las pruebas de esa manera. Seguro que la red de alcantarillado que discurría por debajo de las calles contaba con alguna clase de malla para impedir atascos. Cuando limpiaran la malla, seguro que descubrían las piezas de la cucharilla para la mostaza y les seguían la pista hasta la casa de empeños de Rue des Trois Rois (pues, a buen seguro, su padre se habría encargado de mencionarles el incidente a sus amigotes del Restaurant de la Cloche). Empezarían las preguntas sobre cómo y por qué habían acabado los trozos en el alcantarillado. El misterio pondría en vilo a todo el pueblo. Los periódicos publicarían crónicas. Empezarían a circular teorías variopintas sobre lo sucedido. Los testigos darían un paso al frente y el culpable acabaría por ser desenmascarado. En vez de deshacerse de los pedazos a la primera de cambio, Gorski tendría que haber conservado la sangre fría y esperado para arrojarlos al Rin o machacarlos hasta convertirlos en un polvo irreconocible para luego esparcirlo por algún descampado. Pero no lo hizo, y pasó días y días aguardando la inevitable hora de la verdad. Hasta empezó a desear que llegase. Porque con él quedaría libre de aquella losa; su mezquindad quedaría al descubierto. Y él aceptaría el castigo que le impusieran, fuera cual fuera.

Pero pasaron los días, luego una semana, una quincena y un mes, y la hora de la verdad no llegó. La marea viscosa que latía en sus entrañas empezó a retirarse. Cuando la puerta del aula se abría o tintineaba la campanilla sobre la puerta de la tienda de su padre, Gorski ya no temía lo que pudiera ocurrir a continuación. Y, entonces, una mañana de camino al colegio se dio cuenta de que por primera vez en muchas semanas no estaba pensando en la cucharilla para la mostaza. Era una luminosa mañana de primavera y se paró para sentarse en el murete que bordeaba el parquecito del templo protestante. Una mujer ocupaba uno de los bancos y lanzaba unos mendrugos que llevaba en una bolsa de papel marrón. Un montón de palomas se arremolinaban a sus pies. Allí mirándola, Gorski supo que se había librado. Toda aquella angustia no había servido para nada. Qué ridículo había sido pensar que alguien recuperaría los pedazos rotos de la alcantarilla o que algún testigo daría un paso al frente y lo acusaría. De acuerdo, su madre lo sabía —estaba convencido de ello—, pero por razones que solo ella conocía había decidido no airear sus sospechas. Tal vez no quisiera humillar a su hijo, pero, independientemente del motivo, el secreto los unía. Ella misma se había convertido en su cómplice.

Ahora, cuarenta años después, esta complicidad tácita se había roto. Era un alivio. Gorski sabía que los delincuentes que se salían con la suya eran en su mayoría criminales que trabajaban solos. Al final, ya fuera a propósito o sin quererlo, los cómplices siempre acababan traicionándose. Bastaba una palabra inoportuna tras unas copas de más o una de esas peleas tan propias de los villanos. Así pues, los cómplices permanecen subyugados unos a otros no solo el tiempo que dura un trabajo particular, sino mientras ambos sigan en el mundo de los vivos. Es una suerte de matrimonio siniestro. Solo por este motivo, acaban desconfiando el uno del otro, y ese sentimiento perdura hasta que uno u otro estira la pata. Pero a diferencia de lo que sucede en estas asociaciones entre criminales, lo que Gorski temía no era que su madre pudiera traicionarlo y denunciarlo a los poderes fácticos, sino que ella misma fuera la representante de dichos poderes.

De modo que este era el motivo por el que, desaparecida su madre, Gorski avanzaba por Rue de Mulhouse con un incómodo sentimiento de liberación. Solo había pasado un día, o casi, pero era como si un régimen opresor hubiese sido derrocado de improviso.

Era una mañana de una luminosidad impropia para aquella época del año. El cielo estaba azul y solo lo salpicaban un puñado de cúmulos altos. Eran casi las once, de modo que ya había pasado la que en Saint-Louis se tenía por hora punta. El aire estaba fresco y limpio de los humos industriales de Basilea. Gorski sabía de sobra que la avenida no se había ensanchado de repente, pero lo parecía. La luz del sol saturaba los colores de los carteles que remataban las fachadas de las tiendas a ambos lados de la calle. ¿Cuántos miles de veces había pasado Gorski por aquella vía sin reparar apenas en lo que le rodeaba? Hoy estaba despierto a todo. Registró el leve susurro que emitían las suelas de sus zapatos al contacto con la acera; el fuerte olor de los plátanos demasiado maduros al pasar por delante de la frutería; el runrún distintivo de los motores de los vehículos que lo adelantaban por el asfalto y la expresión de sus respectivos conductores. En el escaparate del carnicero, de cuyo nombre nunca lograba acordarse, la visión de las brillantes vísceras en exposición se le antojó verdaderamente obscena. Un moscardón se posó sobre un trozo de carne de falda de escabroso color morado. Se fijó por primera vez en que al cartel de la agencia de viajes de Vinçard le faltaba la V. ¿Desde cuándo llevaría así? Años, lo más seguro. Por lo general, apenas levantaba la vista de la acera, y si lo hacía, casi no reparaba en lo que abarcaba su campo de visión. Sin embargo, aquel día todo era intenso. Vertiginoso. Se sentía más ligero. Sí, eso era: se sentía más ligero.

Paró delante del tablón informativo acristalado que había a los pies de los peldaños que brindaban acceso a la comisaría. La pintura azul del marco estaba levantada y desgastada, y dejaba ver la madera de debajo. Detrás del cristal, el póster que publicitaba la Legión

Extranjera llevaba allí desde tiempo inmemorial. Mostraba a un joven con quepis mirando con gesto idealista hacia el futuro. Debajo figuraba el eslogan «*Voir la vie autrement*». La idea le arrancó una triste sonrisa. No se sentía del todo preparado para volver a su puesto de trabajo, así que continuó por Rue de Mulhouse. Alzó la mirada y respiró hondo. Enderezó los hombros. Llegó al parquecito del templo protestante y se sentó en un banco. Podía sentir la textura de la madera contra el trasero. Extendió los brazos sobre los tablones astillados del respaldo. En lo alto, unas últimas pocas hojas de color herrumbre se aferraban a las ramas de los árboles. Eran grandes con hojuelas gruesas como dedos gordos. Al atravesar el follaje, el sol formaba patrones moteados sobre los adoquines. Encendió un cigarrillo. ¿Qué podía importar que alguien viera al jefe de policía sentado en un banco sin hacer nada una mañana de diario? Su madre había muerto, y este era un suceso que, por un tiempo al menos, le daba licencia para hacer lo que quisiera. Le costaba creer, allí sentado bajo la centelleante luz del sol, que tan poco tiempo antes se hubiera encontrado tumbado con el cuello sobre el frío acero de una vía de tren. La imagen se le antojaba no tanto un recuerdo como la escena de una película protagonizada por un actor que se le parecía. De no haber sido por el corte en la mano y el traje desgarrado que seguía embutido en el fondo del armario, podría haber pensado que lo había soñado todo. La escena en el dormitorio de su madre tenía un regusto similar. ¿De verdad había ocurrido como él lo recordaba? No podía estar seguro y no tenía ganas de traer a la memoria los detalles. En vez de eso, reprodujo en su mente la versión que le había contado primero a Faubel, luego a madame Beck y más tarde a Céline, siempre con cuidado de modificar las palabras que usaba para que el relato no sonase demasiado ensayado. Con cada repetición de la versión del suceso, se la creía más. Este relato ya había empezado a soterrar lo ocurrido en realidad. Y como cada una de las personas a las que se lo había contado ya lo habría trasladado a otras tantas, por fuerza de repetirla, la versión no tardaría en aceptarse como la verdad.

Y, aun así, Gorski seguía teniendo la molesta impresión de que tarde o temprano alguien iba a sospechar de él.

Unos meses después del incidente de la cucharilla para la mostaza, en el colegio desapareció una caja de lápices del armario del material. A pesar de no haber tenido nada que ver con el asunto, Gorski tenía la sensación de que acabarían acusándolo a él. Así que, para anticiparse, había escrito un detallado registro de sus movimientos en el día de autos. Luego se dio cuenta de que la lista en sí podía resultar incriminatoria. ¿Por qué iba una persona inocente a molestarse tanto en justificar dónde se encontraba en cada momento? Arrancó las hojas del libro de ejercicios, las rompió en mil pedazos y se fue deshaciendo de ellos en las papeleras que salpicaban su camino al colegio. Al día siguiente, el director reunió a todos los alumnos. El culpable, les dijo, estaba presente en la sala y tarde o temprano sería desenmascarado. Lo mejor que podía hacer el individuo en cuestión era admitir voluntariamente el hurto. Gorski tuvo que tirar de fuerza de voluntad para no levantar la mano. Mientras observaba a sus compañeros salir del salón de actos, le chocó que ninguno mostrase signos obvios de culpabilidad.

Durante el recreo para el almuerzo, uno de los alumnos de su clase, que se llamaba Jean-Claude Lantier, arrinconó a Gorski en el patio con ayuda de dos de sus amigotes. Era un niño grandón que vivía en uno de los bloques de pisos de la zona de la estación de ferrocarril. Incluso a esa edad empezaba ya a tener bigote. Siempre llevaba las uñas negras de roña.

—Se me ha ocurrido que a lo mejor querías un lápiz —dijo.

Le tendió uno. Estaba nuevecito, sin punta en ninguno de los extremos.

—No, gracias —repuso Gorski, tratando de que no le temblase la voz.

—¡Cógelo! —Le clavó el lápiz en la tripa.

—No lo quiero. —A esas alturas ya estaba al borde de las lágrimas.

Lantier encogió los hombros.

—Tú verás —dijo—. Pero si alguien se chiva de nosotros, ya sé dónde buscarle. —Hizo ademán de ir a pegarle un puñetazo a Gorski, pero abortó el golpe en el último momento.

Después del recreo, Gorski contempló con desmayo cómo Lantier se acercaba al escritorio de mademoiselle Doisneau. Era una joven muy bonita que probablemente no pasara de los veintitrés o veinticuatro años. Cuando Lantier regresó a su pupitre, la profesora anunció en voz alta que era la última oportunidad para que quien hubiese robado la caja de lápices confesara. Incluso miró con ojos suplicantes a Gorski, pero él no apartó la mirada del pupitre donde no pocos de sus predecesores habían grabado sus nombres. Mademoiselle Doisneau le pidió entonces que se acercara con la cartera. Gorski supo que era el fin. Al plantarse delante del escritorio de la profesora, esta le preguntó por última vez si tenía algo que contarle. Sus compañeros lo observaban mudos, intrigados por el dramatismo del momento. Gorski negó con la cabeza. Mademoiselle Doisneau abrió entonces la cartera y sacó media docena de lápices, todos sin afilar por ninguno de los extremos.

Lo llevó de la mano hasta el despacho del director. Al salir al pasillo, Gorski dejó de aguantarse las ganas de llorar. La profesora sacó un pañuelo de papel y le apremió a que se secara las lágrimas. Gorski protestó débilmente, reivindicando su inocencia. Si era así, preguntó el director con tono sosegado, ¿cómo habían llegado los lápices a su cartera? Alguien debía de habérselos metido dentro, fue la respuesta que murmuró Gorski, pero no se atrevió a nombrar a Lantier. Lo despacharon a casa con una nota para sus padres. Nada más llegar a la tienda, le contó a su padre lo sucedido. Monsieur Gorski le dijo que conocía al padre de Jean-Claude Lantier y que no era trigo limpio. Pero no había nada que hacer: a veces no queda otra que aguantarse y soportar esas injusticias. Para su madre, sin embargo, se diría que el episodio solo sirvió para confirmar las tendencias delictivas de su hijo. En cierto sentido, Gorski llegó a asumir que había robado los lápices. De alguna manera, resultaba más sencillo no plantarse contra el consenso general. Había aprendido que lo importante no era lo que había sucedido en realidad, sino lo que la gente creía que había sucedido. Mucho más tarde, la asistencia a innumerables juicios le permitiría comprobar en persona cómo esta dinámica se repetía una y otra vez.

La anciana de los zapatos robustos a la que Gorski veía pasar de vez en cuando por Rue des Trois Rois se había sentado en un banco frente a él. Su terrier subió de un salto y se acomodó a su lado con la lengua fuera. Gorski le deseó buenos días. Ella le devolvió el saludo, pero no dio muestras de haberlo reconocido. Tampoco tenía por qué. Siempre la había visto desde la ventana del apartamento, y ella jamás levantaba la vista de la acera.

18

A Schmitt no pareció sorprenderle la llegada de Gorski a la comisaría. El sonido de la puerta le hizo alzar la vista del periódico y, cuando Gorski cruzó por delante del mostrador, le ofreció sus condolencias. Gorski se lo agradeció con un ademán de la cabeza, pero no se paró a prolongar la conversación. Solo cuando se sentó en el despacho se dio cuenta de que estaba molesto con aquel breve intercambio.

¿Qué le había dicho Schmitt exactamente? «Me he enterado de lo de tu madre.» Nada más. «Me he enterado de lo de tu madre.» Gorski lo había interpretado como una expresión de pésame, pero no tenía nada de eso. No era más que una constatación de lo sucedido. No había dicho «Siento lo de tu madre» ni había utilizado ninguna de las fórmulas de costumbre. Tampoco había rematado su fría constatación con un «Te acompaño en el sentimiento». No es que Gorski esperase nada mejor de Schmitt. Y le importaba más bien poco que cumpliese o no con las cortesías convencionales a la hora de ofrecer el pésame, pero mejor hubiera sido que no dijese nada. Reconocer que estaba al tanto del fallecimiento de su madre y no ofrecer la más mínima condolencia, por superficial que fuera, parecía un gesto malintencionado; una especie de indirecta maliciosa. Schmitt había dicho que se había enterado de lo de la madre de Gorski, pero no *de qué* se había enterado.

A lo mejor había sido un error después de todo sentarse a fumar un cigarrillo en el pequeño parque junto al templo protestante hacía un rato. «Le vi por ahí sentado fumando tan tranquilo. Y su madre no estaba ni enterrada.» A lo mejor debía mostrarse más circunspecto. Se levantó y abrió la ventana. La estancia estaba cargada y sobrecalentada. El anticuado radiador de hierro de debajo de la ventana goteaba. Se asomó al exterior y miró hacia el aparcamiento notando el aire frío en la cara. No debía reaccionar de manera tan exagerada, sobre todo cuando se trataba de comentarios intrascendentes de gente como Schmitt, que tanto disfrutaba sacándolo de sus casillas. Necesitaba mantener las cosas bajo control, no hacer nada que lo delatase. Se acordó de la sábana sucia, de la toalla manchada de sangre y del traje desgarrado de los que aún no se había deshecho. Solo pensar en aquellos objetos —las pruebas— hizo que la frente se le perlase de sudor. Se ocuparía de ellos más tarde. Esa mañana había descartado completamente intentar sacarlos sin que madame Beck se diera cuenta. Ella seguro que recordaría, en un posterior interrogatorio, que él iba cargado con una especie de fardo al salir del apartamento el día después de morir su madre. Después de todo, puede que sí fuera mejor quemarlo todo.

Entretanto, el trabajo policial no se había detenido en seco solo porque su madre hubiera fallecido. No se podía confiar en que los delincuentes de Saint-Louis respetasen un periodo de duelo.

Llamó a Roland, que se plantó ante él con la postura de costumbre, las manos recogidas a la espalda. Tras vacilar un instante, el joven agente se despachó con un discurso que, a todas luces, llevaba preparado.

—Señor, no sé si me extralimito al mencionarlo, pero deseo ofrecerle mis condolencias con motivo del fallecimiento de su madre.

Lo soltó sin despegar los ojos de la alfombra, ruborizado hasta las orejas. Cuando hubo terminado, miró a su jefe, ansioso por comprobar si su perorata gozaba de la aprobación de su superior.

—Gracias, muchacho —contestó Gorski.

Hasta entonces, nunca había llamado a Roland «muchacho». Ribéry solía hacerlo con él, y era algo que siempre le hacía pensar que había un lazo especial entre ambos. Le hubiese gustado preguntar cómo se había enterado Roland del fallecimiento de su madre o qué decía la gente sobre el asunto, pero resistió la tentación. El jefe de policía no podía hacer ver que le interesaba lo que pudiera pensar un subordinado.

Así pues, preguntó si el control de carretera que habían montado a las afueras de Sierentz había arrojado algún resultado. Roland le informó con todo detalle, como siempre. No solo habían interrogado él y otros dos agentes a los ocupantes de todos los vehículos que abandonaron el pueblo durante la mañana, sino que se había ocupado personalmente de repetir el proceso horas más tarde, cuando los residentes regresaban a casa del trabajo. Gorski elogió su iniciativa. Ni siquiera lo interrumpió cuando Roland le repitió concienzudamente las preguntas que le habían hecho a cada conductor. Ya sabía cuál era el resultado.

—Por desgracia —concluyó Roland—, nadie presenció el accidente, ni se ha denunciado ninguna actividad sospechosa.

Gorski le agradeció el esfuerzo.

—Pero, dime —prosiguió—, ¿a ti qué te parece?

—¿Qué me parece a mí, señor? —Gorski nunca le había pedido su opinión hasta entonces.

—Sí —dijo Gorski—. Seguro que te has formado una idea sobre el caso.

—No estoy seguro. —Roland se mostró confundido, como si le hubiesen hecho una pregunta trampa—. No hay pruebas que apunten a que no fuera sino un accidente. Es más, varios individuos han declarado que mademoiselle Petrovka era mala conductora y que pensaban que tarde o temprano acabaría pasándole algo así.

—Entonces no te parece curioso que el accidente se haya producido precisamente a los pocos días de que su jefe muriera en circunstancias sospechosas.

Ni siquiera mencionó la asombrosa similitud con el incidente en el que el abogado Bertrand Barthelme había perdido la vida el año anterior.

—Sí que es casualidad, la verdad —dijo Roland con cautela—, pero el hecho de que dos incidentes sucedan próximos en el tiempo no significa necesariamente que exista una relación causal entre ambos.

Gorski le había enseñado bien.

—Usted siempre dice que hay que ceñirse a las pruebas, señor —prosiguió—, y que todo lo demás son burdas conjeturas.

—Pero ¿y si, solo a modo de experimento, nos permitiéramos especular un poco?

Gorski hizo ademán de ampliar la mente, abriendo las palmas de las manos como si estuviera soltando una paloma al aire.

—¿Qué le ha pasado en la mano, señor? —preguntó Roland—. Está sangrando.

El corte en la base del pulgar se le había abierto. Se quedó mirando la herida un instante. Luego sacó un pañuelo de su bolsillo y se lo aplicó encima haciendo presión. Roland dio un paso hacia el escritorio para ofrecer su ayuda.

—No es nada —dijo Gorski con brusquedad.

Roland preguntó cómo se lo había hecho.

—Estaba cortando una manzana en rodajas. Se me resbaló el cuchillo.

¡Cortando una manzana en rodajas! ¿De dónde se había sacado eso?

Roland asintió con la cabeza, pero no parecía convencido. Ni debería. Aun cuando Gorski sí hubiera estado cortando una manzana en rodajas, el cuchillo lo habría sujetado con la mano derecha y, por lo tanto, se habría cortado la mano izquierda. Era la típica invención que uno podía esperarse de un sospechoso sin demasiadas luces. Además, a Gorski ni siquiera le gustaban las manzanas.

Despachó a Roland con un gesto. El sangrado no duró mucho. ¿Por qué había sentido siquiera la necesidad de justificarse ante su subordinado? Su respuesta resultaba aún más estúpida si tenía en cuenta que a madame Beck le había contado que no se acordaba de cómo se había hecho el corte. Cualquiera se daría cuenta de que mentía. Y si mentía, era porque ocultaba algo.

Estaba furioso consigo mismo. La primera regla del sospechoso es mantener la boca cerrada. Tan pronto como la abres, corres el riesgo de incriminarte. La táctica más segura es no decir nada, nunca.

Y ahí lo tenía: Gorski se consideraba sospechoso. Nadie le había acusado de nada, pero no podía quitarse de encima la sensación de que la gente estaba al tanto de lo que había hecho y se limitaba a esperar a que se viniera abajo. Se puso de pie y empezó a pasearse por la estancia. Se detuvo delante de la ventana abierta y respiró hondo varias veces. ¿Podría interpretarse incluso como un signo de culpabilidad un acto tan inocente como detenerse junto a la ventana del despacho para respirar hondo? Debía tranquilizarse, se apremió. No estaba pensando con claridad. Era absurdo. Nadie sabía lo que había hecho. Estaba dejando que su mala conciencia empañase su raciocinio. Veía insinuaciones donde no las había. Era de lo más natural que después de lo ocurrido tuviera los nervios a flor de piel. Estaba pensando como un delincuente. A ojos de la ley, era un delincuente. Indudablemente, había cometido un crimen. ¿Y no se había embarcado acaso desde la mañana anterior en una campaña deliberada de mentiras, repitiendo una y otra vez una versión falaz de los acontecimientos? ¿Acaso no planeaba destruir las pruebas de su culpabilidad? Todo ello se correspondía con el comportamiento de un delincuente. Y, a pesar de todo, Gorski no se *sentía* un criminal. A él no le había movido la posibilidad de obtener una ganancia personal. Solo había hecho lo que su madre deseaba. Si eso era un crimen, entonces que así fuera.

Consultó su reloj. Le Pot tardaría horas en abrir. Es verdad que podía tomarse un trago en la barra del Café de la Gare, que abría a primera hora de la mañana, pero allí llamaría demasiado la atención. Con todo, convenía dejarse ver. No debía dar la sensación de que se escondía. Aún no había llegado al nivel de guardar una reserva en el cajón del escritorio para echar un trago de vez en cuando. A sus ojos, eso ya sería pasarse. De todas formas, era mejor no beber. El alcohol aflojaba la lengua y ya había hablado demasiado.

Volvió a llamar a Roland al despacho. No hizo referencia alguna a la conversación sobre su mano. En vez de eso, le dio instrucciones para que se interesara en los talleres mecánicos de la zona por los vehículos que les hubiesen dejado a reparar desde la mañana del fallecimiento de Anna Petrovka. En concreto, buscaba información de los coches con daños de pintura en el lado del copiloto. Roland asintió con entusiasmo. Entendía por dónde iba.

Gorski no tenía esperanza de que Roland fuera a descubrir algo de interés, pero le venía bien mantener la mente ocupada con otros asuntos. Aun cuando acertase con su teoría sobre la muerte de Anna Petrovka, el culpable no sería tan tonto como para cometer el error de llevar el vehículo a un taller. Por mor del procedimiento, no obstante, había que descartar esa posibilidad.

Antes del almuerzo, Gorski se pasó por la farmacia de Avenue de Bâle y pidió una venda para la herida de la mano. La mujer que atendía el mostrador le preguntó si deseaba que se la colocase ella misma.

—¿Viene de la guerra? —preguntó cuando él tendió la mano.

—Se me resbaló un cuchillo —dijo él. Parecía mejor ceñirse a su primera mentira que contradecirse con lo que le había contado a Roland. La farmacéutica no tenía por qué saber si era diestro o zurdo.

La mujer se ausentó un momento para regresar con un desinfectante y algodón. Limpió la herida antes de aplicarle una gasa y fijársela alrededor de la base del pulgar. A Gorski le produjo cierto placer el tacto de sus dedos.

—Así está mejor, inspector —dijo ella cuando terminó.

No quiso cobrarle, y Gorski no insistió. Una vez en la calle, se examinó la mano. La farmacéutica había hecho un buen trabajo. El vendaje dejaba a la vista que se había herido, pero, paradójicamente, solo sugería que no tenía nada que ocultar.

Cuando Gorski apareció en el Restaurant de la Cloche, nadie le hizo un recibimiento especial. El servicio del almuerzo estaba en pleno apogeo. Reinaba un alboroto de platos y cubiertos. Las puertas batientes de la cocina eran un constante abrir y cerrar. Los comensales levantaban la voz para hacerse oír por encima del estrépito. Marie le dio un fugaz apretón en el brazo y le dijo que sentía lo de su madre. Gorski no preguntó quién se lo había contado. Su madre, que él supiera, no había pisado la Cloche en su vida, pero daba lo mismo. No se había presentado a almorzar el día anterior y eso bastaba para levantar suspicacias. En los pueblos como Saint-Louis hasta los cotilleos más nimios corren como la pólvora, pero, cuando se produce un hecho tan notable como una muerte, es casi seguro que la única persona ajena a la noticia pasadas veinticuatro horas sea el propio difunto.

Al poco de ocupar Gorski su sitio de siempre, Pasteur avisó a la camarera Adèle y le pidió que le llevara un coñac a la mesa. Gorski alzó la copa hacia Pasteur y el anfitrión respondió con una leve inclinación de la cabeza. Gorski apreciaba la naturaleza flemática de sus paisanos ludovicianos. Sí, su madre había muerto, pero tampoco había que dramatizar. Se comería su almuerzo y bebería su *pichet* de vino como de costumbre. Se sobreentendía que la copa de coñac corría a cargo de la casa, pero aparte de eso ni iba él a buscar ni iban los demás a ofrecerle un trato especial.

Al terminar su almuerzo, Gorski se acercó a la barra para pagar la cuenta como siempre. Pasteur tomó el dinero sin hacer ningún comentario. Gorski dejó la propina habitual en el platillo de peltre. Se demoró junto a la barra un instante más de lo normal para que Pasteur, que en ese momento estaba distraído decantando una botella de vino, tuviera la oportunidad de pronunciar unas breves palabras de pésame. Sin embargo, cuando el dueño del local levantó la vista, se mostró sorprendido de encontrar a Gorski aún allí.

—¿Quería algo más, inspector? —preguntó.

Gorski meneó la cabeza.

—No, qué va —contestó, pero no pudo evitar quedarse con la sensación de que el breve ademán que Pasteur le había dedicado un rato antes no constituía un reconocimiento adecuado de su pérdida.

El reparto de pésames y la expresión de sentimientos similares era una tarea que Pasteur delegaba encantado a su mujer, pero, aun así, Gorski se había esperado un par de palabras de condolencia de su parte, al menos. Es más, le dio la impresión de que evitaba pronunciar esas palabras a propósito.

Al final, la única verdadera expresión de pésame brotó de una fuente inesperada. Mientras se dirigía a la puerta, Lemerre se levantó de la mesa y le estrechó la mano sin energía.

—La muerte de una madre es el momento más hondo en la vida de un hombre —sentenció con solemnidad.

Luego posó las manos sobre los hombros de Gorski y lo besó ceremoniosamente en ambas mejillas. Fue una experiencia profundamente desagradable. Lemerre despedía un fuerte hedor a sudor ácido y a aceite capilar. Gorski se soltó, dirigió unas someras palabras de agradecimiento a Lemerre y se apresuró a salir del establecimiento. Las palabras del barbero tendrían que haberle emocionado, pero no. Más bien lo avergonzaron.

Fuera sintió cierta turbación. Empezó a dudar si el pésame que le había dado Marie no había sonado también un poco desganado. Se recordó a sí mismo que era el momento más ajetreado del día. No podía esperar que ella lo dejase todo por él. Tampoco es que fueran amigos. Él no era distinto de cualquier otro parroquiano y no merecía una atención especial. Con todo, volvió a oír las palabras de Schmitt: «Me he enterado de lo de tu madre». ¿De qué se había enterado exactamente? Le tranquilizó pensar que Lemerre al menos no se había mostrado ambiguo. Si algún oscuro rumor estuviera circulando por ahí, seguro que el peluquero ya estaría al tanto. A pesar de todo, había algo que le inquietaba. Regresó caminando despacio a la comisaría. Aparte del estúpido comentario sobre la herida del pulgar, no se le ocurría qué podía haber hecho para levantar sospechas. Y, aun así, algo había. Hizo un esfuerzo para retrotraerse a la mañana del día anterior. ¿Se le había pasado algún detalle? ¿Algo a lo que no le dio importancia en el momento?

La primera persona con la que había contactado era Faubel. La conversación telefónica había sido breve y concisa. El médico había descolgado al cuarto o quinto tono de llamada. ¿Estaría ya despierto? Muy posiblemente. También era probable que, al ser médico, tuviera un teléfono en la mesilla de noche, aunque no había hablado en voz baja, como quizá hubiera hecho si no hubiese querido molestar a su mujer. Fuera como fuera, había respondido con una frase sencilla, ni brusca ni amistosa: «Faubel al aparato».

Gorski le había dado las gracias por responder tan temprano, antes de decir: «Es mamá. Creo que ha muerto», o algo parecido. ¿Qué había dicho? ¿«Ha muerto» o «Creo que ha muerto»? No importaba. El caso es que Faubel había respondido con una única sílaba: «Ah».

Y fue ese «ah» sobre lo que Gorski reflexionaba ahora. Eso era lo que le inquietaba.

No la palabra en sí, sino la entonación, la *forma* en la que Faubel la había pronunciado. El médico no había querido expresar sorpresa, pero eso no tenía nada de siniestro. Para Faubel, recibir noticias sobre el fallecimiento de uno de sus ancianos pacientes era el pan de cada día. Sin embargo, tampoco la había pronunciado buscando trasladar un sentimiento de pena o condolencia. En ese punto, Gorski repitió la palabra en voz baja varias veces, tratando de remedar la inflexión que le había dado Faubel. Por fin lo consiguió. «Ah.» Había sido alargada, ínfimamente alargada, pero sin subida o bajada de tono. Una entonación monocorde: «Ah». Lo que Faubel estaba comunicando era que entendía lo que había ocurrido. Gorski exhaló la palabra otra vez. «Ah.» Estaba claro. Faubel lo sabía.

Gorski miró a su alrededor. Había llegado a la esquina con Rue de Mulhouse. Nadie le prestaba atención, lo que era una suerte, porque tenía la impresión de que su culpabilidad debía de saltarle a la vista a todo el que lo mirase. Se obligó a continuar avanzando. De repente, el acto de ir poniendo un pie delante del otro se le hacía un mundo. Sentía las piernas como si las hubiese tomado prestadas de otra persona y no le encajasen bien. Dejó atrás el parquecito del templo protestante. Ni hablar de hacer una pausa allí. Vinçard estaba asomado al escaparate de su tienda. Gorski levantó el brazo, pero el agente de viajes no le devolvió el saludo. ¿Se equivocaba Gorski o era cierto que Vinçard había vuelto la cabeza a propósito? Se detuvo a encenderse un cigarrillo. Divisó su reflejo en el cristal del escaparate de la carnicería. Su aspecto era el de siempre. No tenía escrita la palabra *culpable* en la cara. Dio una honda calada y se llenó los pulmones de humo. Su comportamiento era penoso. Lo interpretaba todo de forma exagerada. Estaba alterado. Era normal. Su madre había muerto. Había fallecido en paz mientras dormía. Pensó otra vez en el «ah» de Faubel. Era un «ah» y nada más. Una sílaba carente de sentido, pronunciada únicamente para indicar que se acusaba recibo de la información. No había nada detrás.

Roland aguardaba su regreso en la acera delante de la comisaría. Se dirigió a Gorski como si no pasara nada. Habían dejado a reparar un Mercedes blanco en un taller de Rue du Rhône. El faro y el intermitente lateral derecho estaban rotos, y el parachoques delantero estaba abollado y arañado.

Gorski fingió interés.

—El dueño es un tal monsieur Pierre Tournier, con residencia en el número 23 de Rue de la Couronne —le informó Roland.

Gorski le dijo que lo había hecho muy bien.

Monsieur Tournier no estaba en casa, pero dieron con él en la zapatería que regentaba en Rue de Huningue. Era un hombre pulcramente ataviado, con gafas de montura gruesa y pelo ralo. Llevaba unos mocasines de piel clara con una pequeña hebilla dorada. Gorski se preguntó si sería allí donde Robert Duymann se compraba los zapatos.

A Tournier no pareció que le desconcertase la aparición de dos policías. Los acompañó a su oficina. Gorski ocupó la única silla libre y se encendió un cigarrillo. Con un ademán, le indicó a Roland que explicase el motivo de su visita, cosa que hizo con mucho circunloquio, sin omitir ningún detalle sobre la hora a la que habían dejado el coche en el taller y los daños que presentaba. Cuando terminó, Tournier le confirmó que todo lo que le había contado era correcto.

—¿Y puedo preguntarle —continuó Roland, mirando a Gorski de reojo— cómo sufrió el vehículo estos daños?

El coche había pasado la noche en la calle, delante de casa; cuando Tournier regresó de trabajar, al día siguiente, el vehículo se había visto envuelto en un choque de alguna clase. Dio por sentado que los daños se los habría hecho algún vehículo al pasar, pero no lo denunció porque no creyó que fuera a servir para nada.

Roland preguntó si monsieur Tournier había oído, o le había despertado, algún estruendo. No había sido así.

—Y cuando salió a trabajar por la mañana, ¿el coche no tenía daños?

—Pues no sabría decirle —contestó—, pasé junto a él por el lado del conductor.

—De modo que el impacto podría haberse producido después de que se marchara usted a trabajar, ¿es así?

Tournier estuvo de acuerdo en que era una posibilidad.

Mientras caminaban de regreso a la comisaría, Gorski le preguntó a Roland si tenía alguna teoría. Roland respondió con cautela. Tal vez Tournier tuviera razón y su coche solo hubiese recibido el golpe de otro vehículo al pasar. Gorski arguyó que Rue de la Couronne era una calle muy tranquila. Parecía poco probable que un choque de esa magnitud pasara desapercibido.

Gorski mandó a Roland a interrogar a los vecinos de monsieur Tournier en Rue de la Couronne. Luego recorrió toda Rue de Mulhouse hasta el Hôtel Bertillon.

Encontró a Henri Virieu en su urna de cristal, encorvado sobre un tablero de ajedrez. Gorski hizo sonar el timbre de latón del mostrador. Virieu salió retirándose las gafas de cerca, que llevaba prendidas del cuello por una cadenita.

—Ah, no esperaba que regresara tan pronto, monsieur.

Gorski lo miró sin comprender.

Virieu lo escrutó unos instantes con los ojos entrecerrados.

—Ah, disculpe, inspector. Por un momento me ha parecido que... Mi vista ya no es lo que era... Guardan cierto parecido...

—¿Nos parecemos? ¿Quiénes? —preguntó Gorski.

—Sí, usted y mi antiguo huésped. El caballero extranjero. Un parecido notable, la verdad. Me sorprende no haberme dado cuenta antes. Pero es un placer verle de nuevo. ¿Me permite ofrecerle una copita de algo? Me haría un gran honor.

Juntó las manos y las revolvió como si estuviese lavándoselas bajo un grifo invisible.

Gorski negó con la cabeza.

—De hecho, era con ese huésped con quien deseaba hablar —dijo.

—¿Hay novedades? —preguntó Virieu con entusiasmo—. Sabía que el tipo no era trigo limpio. Cuando se ha visto a tanta gente ir y venir como yo, uno desarrolla un sexto sentido para estas cosas. Estoy convencido de que hasta sería un buen detective, aunque entiendo perfectamente, inspector, que debe de ser mucho más complicado de lo que parece a simple vista. Con esto no quiero decir que pudiera sustituir a alguien como usted. A un hombre de su talla. Ni mucho menos, qué va.

Gorski permitió que la perorata siguiera su curso natural antes de preguntar si el caballero en cuestión se encontraba en el hotel.

—No, me temo que no está aquí —respondió—. Se marchó hará uno o dos días.

—¿Podría ser más preciso?

El hombrecillo sopesó la pregunta unos instantes. Preguntó a qué fecha estaban.

—A veces cuesta llevar la cuenta de los días, ¿no le parece?

—Pues no, la verdad —dijo Gorski.

Tras recapacitar unos momentos más, Virieu declaró que se había marchado a primera hora de la mañana del día anterior. Sí, estaba prácticamente seguro.

—Así que, en realidad, no hace ni un día ni dos —añadió como para defender su afirmación anterior.

Gorski preguntó si guardaba algún registro de su partida.

—Como ya le expliqué, me he vuelto algo relajado con el papeleo. Era mi mujer la que... —Dejó la frase inacabada, con aire tristón.

—Y supongo que no averiguaría su apellido, ¿no?

Virieu negó con la cabeza.

—Si quiere que le diga la verdad, no me resultó un tipo especialmente agradable.

La puerta principal del hotel se abrió e hizo su entrada un hombre ataviado con un traje marrón oscuro, cargado con dos grandes maletas. Algunas de las hojas secas que ensuciaban el portal se colaron en el vestíbulo mientras el tipo arrastraba su equipaje hacia el interior.

19

Tras su visita al Hôtel Bertillon, Gorski hizo una parada en el ultramarinos de Rue de Mulhouse y compró un par de botellas de un vino de mejor calidad que habitualmente. También se hizo con media docena de manzanas, con el propósito de respaldar su historia sobre cómo se había cortado la mano y también para encajarlas entre las botellas en la bolsa de la compra y evitar que estas tintinearan al cruzar la tienda de madame Beck. Aunque nunca compraba fruta, la tendera no hizo comentario alguno. Gorski visitaba su comercio prácticamente a diario, pero la mujer era poco dada a la charla. Seguramente tenía la cabeza en otras cosas.

Madame Beck estaba recortando los tallos de unas rosas. Levantó la vista cuando sonó la campanilla de encima de la puerta. Preguntó si había tenido un día muy ajetreado.

Era la primera vez que le hablaba de tú. Gorski llevaba tiempo pensando también en apearle a ella el tratamiento de usted, pero no acababa de reunir el valor para dar ese paso. Madame Beck lanzó su pregunta de manera totalmente despreocupada, como si no atribuyese especial importancia a dejar de lado la formalidad.

Gorski contestó que se había encargado de todos los trámites.

Ella preguntó cuándo sería el funeral. Gorski respondió que aún no había podido fijar una fecha. Omitió mencionar el motivo.

—Evidentemente, te quedaría muy agradecido si pudieras encargarte de las flores.

—Lo haré encantada —contestó madame Beck.

Gorski asintió, como dando a entender que le aliviaba dejar cerrado ese asunto, pero no se movió del sitio, y madame Beck lo miró inquisitiva.

—Es más, quería preguntarle..., preguntarte —corrigió el tratamiento— si te apetecería subir a tomar una copa de vino más tarde, cuando acabes. —Encogió levemente los hombros, como si no concediese importancia a la invitación.

—¿Para hablar de las flores para el funeral, dices?

—Eh, no. —A Gorski se le trabó la lengua—. Pensaba que a lo mejor te apetecería subir un rato...

Madame Beck le ahorró la explicación.

—No veo por qué no —dijo. Consultó su reloj de pulsera—. ¿En media hora más o menos?

—Perfecto.

Entonces, de manera absurda, le dedicó una leve reverencia, como un viejo veterano de guerra inclinando la cabeza para recibir una medalla. ¡Menudo payaso! Madame Beck lo miró divertida.

Una vez arriba, empezó a ordenar el apartamento. Ante el temor de que algún rastro del olor de las sábanas manchadas de su madre pudiera persistir en el ambiente, abrió de par en par la ventana del salón. En cualquier caso, venía bien dejar entrar un poco de aire fresco. Su madre siempre tenía la casa sobrecalentada, resultaba agobiante. No era de extrañar que se hubiera pasado tanto tiempo adormilada en su butaca.

Su ausencia restaba familiaridad a la estancia. Contempló las décadas de baratijas acumuladas a su alrededor. Cuántas veces había soñado con tirarlas todas a la basura. Tomó la figurita de un antiguo vendedor de globos y la volteó en sus manos. Era un objeto espantoso con un hilo de pegamento amarilleado en la base, por donde su padre lo había reparado en una ocasión. Lo devolvió a su sitio. La repisa de la chimenea se veía desnuda sin la figura. Los trastos de sus padres se habían convertido en suyos, y de repente se sentía con menos ganas de deshacerse de ellos.

Las vinagreras eran otra historia, no obstante. Gorski las miró implacable, como si fueran un enemigo ancestral. Se preguntó si las cosas habrían sido distintas si no hubiese roto la cucharilla para la mostaza. Las metió en el armario de la cocina donde guardaban la vajilla. Pensó en tirarlas a la basura directamente, pero no se atrevió. Le pareció que habría sido una tropelía; una especie de insulto gratuito a su madre.

Volvió al salón y estiró el mantel. Fue al aparador a por dos copas y las dispuso sobre la mesa. Después descorchó la botella de tinto que había comprado y la dejó entre las copas para que respirase. Tal vez debería haber comprado también algo para picar, pero entonces se habría notado demasiado que estaba todo planificado. Una invitación a tomar una copa de vino podía pasar como algo espontáneo, pero, si hubiese preparado alguna suerte de bufé, madame Beck habría concluido, con razón, que buscaba seducirla. Y no es que no se le hubiese pasado por la cabeza, pero el apartamento de su madre distaba mucho de ser el mejor sitio para acometer ese empeño. Solo estaban el colchón manchado en el que madame Gorski había expirado recientemente y el diminuto cuarto de su infancia con su incómoda cama individual. Ninguno de los dos se le antojaba idóneo para actividad amorosa alguna. De todas maneras, a Gorski ya le había costado lo suyo lanzarse a hablarle de tú. No tenía ninguna gana de seguir intimando.

Por otra parte, no se podía descartar que madame Beck esperase de él ciertos avances y que incluso pudiera tomarse como una ofensa que estos no se produjesen. Ella, una mujer casada, iba a visitar el apartamento de un hombre soltero a todos los efectos. Era una falta de decoro por su parte. Los dos eran adultos, después de todo. Podía ser que con aquella decisión repentina de tutearlo después de tantos años pretendiese indicarle que deseaba avanzar en la relación. Ahora que lo pensaba, a Gorski le pareció tan descarado como si se hubiese desabrochado un botón de la blusa delante de él. Le entró el pánico. Incluso si llegara a darse la coyuntura en el futuro, no estaba seguro de si podría estar a la altura de las expectativas de ella, mucho menos si había de suceder en los próximos minutos.

Se arrepintió de haberla invitado. Habría sido mucho mejor proponerle volver a aquel curioso barecillo de Rue de Huningue, pero ya no podía echarse atrás.

Sudaba profusamente. Tenía dos círculos oscuros en las axilas de la camisa. Le daba tiempo a darse una ducha rápida. Se enjabonó las axilas y los genitales a conciencia, luego bajó la temperatura y se obligó a aguantar sesenta segundos bajo el chorro de agua fría. Salió revitalizado. Se lio una toalla a la cintura y salió al pequeño pasillo.

En el salón, una esbelta figura se recortaba contra la luz que entraba por la ventana. No era madame Beck, sino Clémence. Estaba llorando, pero, cuando vio a su padre salir medio desnudo del cuarto de baño, se echó a reír entre lágrimas.

—Clémence —dijo Gorski.

Sabía que, a pesar de ir medio desnudo, debía entrar en el salón y darle un abrazo, pero no se decidió. Así que le farfulló que esperase un minuto, se metió en el dormitorio de su infancia y a toda prisa se puso un traje y una camisa limpios.

Cuando reapareció, ella se había sentado a la mesa. Se puso de pie y Gorski la abrazó. Ella empezó a sollozar.

—Pobre abuela —dijo.

—Sí —contestó él.

En ese momento, no sintió culpa alguna. Más bien fue como si su madre realmente hubiese fallecido de muerte natural y él pudiera experimentar un momento de dolor compartido con su hija. Aguardó pacientemente a que amainase su llanto.

—Pobre abuela —repitió ella.

Era una buena frase y expresaba mucho más de lo que contenían sus cinco parcas sílabas.

—Sí, pobre abuela —dijo Gorski.

Se sentaron a la mesa. Clémence se restregó la cara con la manga del jersey. El ademán la hizo parecer mucho más joven, la niña que ya no era. Gorski cayó en la cuenta de que Clémence era la única persona de la que podía esperarse con toda seguridad que no sospechase de la muerte de su abuela.

—La habitación se nota vacía —dijo ella.

—Lo está —dijo Gorski.

Clémence asintió. Al parecer, agradecía que su padre no intentase consolar su tristeza con sentimientos hueros.

Se retrepó en la silla y emitió una larga exhalación.

Le apenaba haberse perdido la última cena juntos.

—Suele pasar cuando alguien muere —dijo Gorski—. Siempre te pierdes la última vez de algo.

Clémence asintió. Ladeó la cabeza hacia la botella de vino y las copas dispuestas sobre la mesa. Parecían el decorado de una obra de teatro de tres al cuarto.

—¿Esperas a alguien, papi? —preguntó.

Gorski se sintió como si lo hubiesen pillado cometiendo un delito.

—Pues sí —dijo, tratando de sonar lo más despreocupado posible—, va a subir madame Beck a tomar un vino.

Notó que se sonrojaba.

La expresión de Clémence mudó en una sonrisa.

—Ya veo —dijo—. La encantadora madame Beck va a subir a tomar un vino.

Le dio a las últimas palabras un tono juguetón. Luego le propinó un codazo en el brazo.

—Es un vino y nada más.

—Seguro que no, pero me alegro de te hayas molestado en ducharte. —Se echó hacia atrás y lo inspeccionó, para a continuación atusarle el cuello de la camisa, como si fuera un niño a punto de salir de casa el primer día de colegio—. Debería marcharme —dijo—, no quiero estar de sujetavelas.

Gorski le aseguró que no iba a estar de sujetavelas ni nada por el estilo y que, de todos modos, madame Beck todavía tardaría un poco en llegar. Le preguntó si le apetecía una copa de vino, pero ella negó con la cabeza.

En este instante, sonó en el vestíbulo un golpecito en la puerta.

—Cucú —dijo madame Beck mientras asomaba la cabeza al interior.

Gorski se levantó de un brinco.

—Emma —dijo—. Pasa, por favor.

No había previsto usar su nombre de pila, pero de pronto le pareció que era lo más natural, y no pareció que a ella le molestara. Si habían pasado a hablarse de tú, ¿no era lógico dirigirse a ella por su nombre? Y, de alguna manera, al pronunciar en voz alta el nombre que tan a menudo había leído en la correspondencia que recogía en la entrada de la tienda y que a veces había murmurado en voz baja, Gorski sintió que lo invadía un sentimiento de afecto.

Madame Beck, normalmente tan serena, pareció un poco insegura de pronto. Gorski fue hasta la entrada y se dieron dos besos. El gesto podría haber pasado por un saludo corriente —duró poco más de un par de segundos—, pero, al ir a besarse en las mejillas, sus labios se rozaron fugazmente de alguna manera. Se apartaron como si hubiesen sufrido una pequeña descarga eléctrica. Las mejillas de Gorski se sonrojaron por segunda vez en pocos minutos. Madame Beck se llevó los dedos a la boca y luego los posó sobre su cuello.

Clémence observaba la pantomima con gesto divertido.

Gorski hizo un ademán invitando a madame Beck a sentarse con ellos.

—Mi hija Clémence —le dijo a modo de presentación.

Estas palabras estúpidas —las dos debían de haberse visto un centenar de veces— hizo que los tres se echasen a reír.

Clémence explicó que estaba a punto de marcharse.

—Por favor, no te vayas por mí —dijo madame Beck, pero Clémence ya había recogido la bolsa de lona que le hacía las veces de cartera escolar.

Al salir, le guiñó un ojo a Gorski.

—Es una muchacha encantadora —dijo madame Beck—. Deberías estar muy orgulloso.

—Sí —dijo Gorski—, lo estoy.

Madame Beck se sentó a la mesa. Ahora parecía una actriz en la escena introductoria de una obra de teatro de tercera categoría. Al principio de su matrimonio, Céline había insistido en llevarse a Gorski a rastras al teatro en Mulhouse y en Estrasburgo, pero él nunca consiguió que dejase de parecerle absurdo mirar a un montón de hombres y mujeres hechos y derechos fingiendo ser otras personas. Ahora volvía a experimentar parte de esa sensación de artificialidad, la impresión de que dijera lo que dijera sonaría como si lo estuviera leyendo de un libreto.

De modo que, en vez de hablar, se entretuvo sirviendo el vino.

Tomó asiento. Entrechocaron las copas y Gorski elevó un brindis a la salud de ambos. El vino no sabía distinto del barato que compraba de costumbre. Cada vez que Céline o Keller se ponían a cantar loas sobre los sabores y aromas del vino de turno, Gorski les seguía la corriente asintiendo muy serio, pero a él todos le sabían a lo mismo. El silencio amenazaba con envolverlos por completo. Madame Beck experimentó un leve escalofrío. Gorski se levantó y cerró la ventana, contento de tener algo que hacer. Luego encendió la horrenda estufa eléctrica que había acompañado a su madre en todo momento.

—Perdona —dijo—. No se me ha ocurrido...

—No pasa nada —dijo madame Beck.

—Se caldeará enseguida —dijo Gorski. A continuación se disculpó por no tener nada de picar—. Me temo que no estoy demasiado acostumbrado a recibir visitas.

Madame Beck le pidió que no se preocupase. Le dijo que no podía quedarse mucho tiempo. Lanzó una mirada fugaz hacia donde vivía. En el gesto se pudo detectar una leve nota de disculpa o de resignación, quizá. Fuera como fuera, lo que sugería era que, si no podía quedarse, no era porque no quisiera.

Aunque no hiciera falta, Gorski rellenó las copas.

—Se hace raro estar aquí sin tu madre —dijo ella.

—Sí —reconoció Gorski—. Es rarísimo.

—Estoy todo el rato esperando verla ahí sentada, en su butaca.

—Sí —dijo Gorski.

—¿Te vas a quedar aquí? —preguntó.

Gorski contestó que no había tenido tiempo de pensar en ello.

Madame Beck comentó entonces que en la mesa faltaba algo. No estaban las vinagreras. Gorski le explicó que estaban en la cocina. Sintió curiosidad por saber cómo reaccionaría si le contaba lo del incidente con la cucharilla para la mostaza. Lo más probable era que le pareciese desproporcionado concederle la menor importancia a un hecho acaecido hacía cuarenta años. Y, aun así, sentía unas hondas ganas de contárselo. No lo sabía nadie, ni siquiera Clémence.

Quizá fuera la sensación de intimidad que le producía llamarla por su nombre de pila lo que le hizo abandonar sus reservas, pero el caso es que le contó la historia. No se dejó nada en el tintero, le narró con entusiasmo hasta el último detalle e incluso se levantó de la silla para remedar a sus padres buscando por el salón. Describió cómo se había deshecho de los trozos en una alcantarilla de Rue du Temple, e imitó a su padre rascándose la barbilla y preguntándose, semanas después, adónde habría ido a parar la cucharilla. Acabó reconociendo que, de no haber sido por ese incidente, tal vez no se habría hecho policía. Que tal vez su vida entera habría seguido un derrotero completamente distinto. Los dos se echaron a reír. Gorski se quedó encantado con el efecto que había tenido su historia. Además de disipar la tensión entre ambos, le parecía que se había quitado un peso de encima. Madame Beck tenía razón al reírse. Ahora Gorski se daba cuenta de lo cómico y baladí del suceso. De lo ridículo que había sido otorgarle la menor importancia.

Madame Beck le tendió la copa. Se la había bebido mientras Gorski le narraba la anécdota. El vino había teñido sus labios de rojo. Acercó un poco su silla a la de Gorski.

Entonces le contó que al fallecer su madre había encontrado una muñeca guardada en una caja en el desván de la casa de su infancia. Era horrenda, con pelo de nailon y la cara de porcelana, pero de pequeña le había tenido un apego desmesurado. Cuando desapareció misteriosamente, había llorado días y días sin consuelo. Su madre le había insistido en que alguien debía de haberla robado, pero, pasados todos esos años, la había descubierto oculta en el desván. Tenía la cara hecha añicos. La muñeca se le debía de haber roto a su madre y no había tenido el valor de contárselo.

—Me pasé años buscándola con la esperanza de encontrar a alguna niñita jugando con ella, pero había estado en el desván todo el tiempo. Y eso hizo que me enfureciese con mi madre.

Soltó una risita y bebió un poco de vino.

—No sé por qué te lo cuento —dijo—. No lo sabe nadie.

Echó una mirada a su reloj de pulsera y torció la expresión con un gesto de disculpa.

Gorski no quería que se marchase. Desearía poder prepararle una lubina con hinojo y pasar la tarde con ella, charlando, sin más.

—Ya que estamos, habrá que acabarse la botella —dijo.

Afuera ya había oscurecido.

—Se me va a subir a la cabeza —contestó ella, pero no se opuso cuando él rellenó su copa.

Gorski respiró hondo.

—¿Sabes? —dijo—, mamá no murió como te dije.

Madame Beck se volvió hacia la ventana. Las puntas de los dedos de su mano derecha acariciaban ligeramente el tallo de la copa.

—Ya —dijo ella en voz baja—, eso me imaginaba.

Continuó mirando por la ventana un rato. No había nada que ver. Solo las cortinas iluminadas de las ventanas de enfrente, detrás de las cuales los habitantes estarían preparando la cena, sesteando en una butaca o mirando absortos las pantallas parpadeantes de sus televisores.

Cuando por fin se giró a mirar a Gorski, lo hizo con una sonrisa triste. Gorski sintió la obligación de decir algo; de intentar justificar sus actos. Pero no parecía que ella esperase más explicaciones. «Ya, eso me imaginaba.» Si ya lo sospechaba, ¿acaso no le había dado su aprobación tácita al subir a tomar una copa de vino?

De todos modos, había sido un error contárselo. Se había dejado llevar por el ambiente de confianza creado por las anécdotas de la infancia que habían compartido. Había sucumbido a una necesidad repentina de confesar su culpa, nacida del deseo de reivindicarse. Pero ahora, tras dar rienda suelta a aquel impulso, lo que había dicho ya nunca podía silenciarse. Había hecho cómplice a madame Beck. A partir de ese momento, sucediera o no algo entre ellos en el futuro, habían quedado ligados para siempre por esta revelación. No era justo para ella. Tendría que haber cerrado el pico.

Gorski apartó la vista. Entonces, con el objeto de restaurar el buen ambiente entre ellos, preguntó si abría otra botella.

Ella negó con la cabeza. Con tono de disculpa, dijo que ya tenía que marcharse.

—Pero lo dejamos para otra ocasión —respondió.

«Para otra ocasión.» Gorski asintió. No estaba demasiado convencido de que ella hablara en serio.

—Claro —contestó—. Eso espero.

La acompañó hasta la puerta. Se dieron un beso un poco forzado en la mejilla. Gorski la escuchó bajar las escaleras, luego abrió la segunda botella.

20

El despacho de Keller en la primera planta del ayuntamiento era amplio y estaba amueblado a la última. Las ventanas proporcionaban una vista de Place de l'Hôtel de Ville de más abajo. En las elecciones a la alcaldía, Keller se había presentado bajo el lema «Renovarse o morir». Era un hombre al que le gustaba arrasar con todo. Cuando ocupó el cargo, su primera orden había sido desterrar del despacho el papel pintado con relieve, el escritorio Luis XV y las butacas tapizadas con tejido brocado. Los únicos objetos que sobrevivieron fueron los retratos de los anteriores alcaldes y los potentados locales, pero incluso estos vieron reemplazados sus marcos dorados por otros de acero pulido. Ahora todo era pulcro y de contornos afilados. En su día, también Gorski había formado parte de esa renovación. Ribéry había sido apartado sin contemplaciones para dejar sitio a las nuevas generaciones. Esta jubilación forzosa surtió poco efecto en el día a día de Ribéry. Durante muchos años siguió haciendo su ronda cotidiana por los bares del pueblo, donde se bebía un chupito o dos a cuenta de la casa y compartía su opinión sobre los casos abiertos con todo el que quisiera escucharle.

Cuando Keller informó a Gorski, en aquel mismo despacho, de su ascenso a jefe de policía, le había dejado claro que era a él a quien le debía dicha promoción.

—No puedo permitir que mi hija esté casada con un madero vulgar y corriente, ¿no te parece? —le había dicho antes de darle una sonora palmada en el hombro, como si no hablara en serio.

Ese día se habían sentado en el incómodo sofá de cuero de delante de la chimenea. Hoy, sin embargo, Keller no invitó a Gorski a tomar asiento, ni tampoco le ofreció una copa. Lo obligó a quedarse de pie delante de su escritorio, como un niño al que han llamado al despacho del director. A la espalda de Keller estaban los retratos del presidente de la República y de Napoleón I, la bandera tricolor y otra con la insignia de seis coronas del departamento del Alto Rin. La función de esta parafernalia era la de otorgar poder al ocupante del despacho. Cuando el alcalde hablaba, lo hacía con la autoridad del municipio.

—Imagino que sabes por qué te he hecho venir, Georges —empezó Keller.

Era el truco más viejo del mundo. Gorski se había servido innumerables veces de distintas variaciones de esta táctica para engañar a un sospechoso y que este se incriminase.

—No tengo la menor idea —contestó.

—¿De verdad? —dijo Keller. Con un ademán muy teatral, apoyó el dedo índice de la mano izquierda encima de un sobre de papel manila que había en la mesa—. ¿Sabes qué es esto? —preguntó.

—Estoy convencido de que me lo vas a contar.

—Es el informe de la autopsia de madame Gorski. —Hizo una pausa, el dedo clavado en el sobre, se diría que para evitar que este se escabullera.

Gorski se obligó a mantenerle la mirada a Keller, pero no se pudo aguantar y tragó saliva. No existía ningún motivo legítimo para que Keller tuviese ese informe en su poder. Si contenía alguna prueba incriminatoria, tendrían que habérselo pasado al juez de instrucción. Los resultados de los exámenes forenses no eran asunto del alcalde, que carecía de jurisdicción, al menos de manera oficial, en las investigaciones penales.

—Nuestro amigo Faubel ha creído que sería de mi interés —prosiguió Keller—. Y debo reconocer que tenía razón. Una lectura fascinante.

Gorski sopesó un abanico de reacciones. Podía tomárselo a broma: «¿Y a mí qué?». Podía hacer un comentario despectivo sobre la calidad del trabajo de Faubel. Podía protestar arguyendo que sería demasiado doloroso escuchar cualquier pormenor relativo a la muerte de su madre, improvisar incluso unas lágrimas para respaldar el sentimiento. Pero callarse no era una opción. Era incuestionable que eso se tomaría como señal de cargo de conciencia.

—No veo a cuento de qué podría estar en tus manos ese informe —dijo—. Es totalmente irregular.

Keller sabía que Gorski era un obseso del protocolo. En cualquier otra circunstancia, se habría cebado en esta sutileza burocrática.

—Irregular o no, creo que estarás de acuerdo conmigo en que Faubel nos ha hecho un favor a los dos. —Ahora apoyó toda la mano encima del sobre—. Bueno, espero que no sea necesario detallarte una a una las conclusiones del buen doctor.

De momento, lo único que podía hacer era ceñirse a su versión. Cabía la posibilidad de que Keller se estuviese marcando un farol. Que Gorski supiera, el sobre bien podría estar vacío.

—Supongo que ha llegado a la conclusión de que mi madre murió mientras dormía —dijo.

Keller negó despacio con la cabeza.

—No, Georges, no dice eso. A lo mejor lo que quieres es que te lo lea, ¿sí? Está repleto de curiosidades, pero dudo que te sorprenda ninguna de ellas. Si quieres mi opinión, el detalle de la clavícula rota me ha resultado especialmente incriminatorio.

Gorski sintió náuseas. No era solo que estuviese acabado. Le enfermaba pensar que le había fracturado un hueso a su madre mientras ella se retorcía debajo de la almohada. ¡Qué despreciable! Y qué estúpido al pensar que podría irse de rositas. Por algún motivo, había llegado a la convicción de que los procedimientos sobre los que había construido su carrera no le eran aplicables. No había pensado las cosas con detenimiento. Ni siquiera podía aducir que hubiera actuado movido por un impulso pasajero. Había sabido con antelación lo que iba a hacer y, con objeto de llevarlo a cabo, había borrado de su mente cualquier pensamiento relativo a las consecuencias del acto.

Ahora había llegado la hora de la verdad.

Keller se puso de pie. Le señaló con un ademán el sofá de delante de la chimenea.

—Supongo que aceptarás una copa.

Se acercó con zancada decidida al aparador donde se encontraban dispuestos diversos decantadores y sirvió dos generosas copas de coñac. Le tendió la más llena a Gorski. Se sentaron. Gorski apuró su copa de un trago sin el menor bochorno. Keller se sacó un puro del bolsillo interior de la chaqueta. Lo encendió y se retrepó en su asiento saboreando el aroma dulzón, como si estuviera en un club de caballeros disfrutando de un momento de puro y copa después de cenar. Entonces, se diría que recordando de pronto el asunto que se traía entre manos, salió de su fugaz ensoñación con una sacudida y se echó hacia delante.

—¡Qué descortesía por mi parte!

Tendió un segundo puro hacia Gorski.

Él negó con la cabeza. Estaba convencido de que Keller había coreografiado la escena hasta el último e ínfimo gesto. Si rechazaba el puro que le ofrecía el alcalde, lo hacía solamente como un insignificante acto de desafío.

En los primeros años de su vida de casados, Gorski y Céline almorzaban todos los domingos en casa de los Keller. Al principio, aquellas comidas dominicales habían supuesto una tortura para Gorski. Le avergonzaba que le sirviera la criada de la familia, que era mayor que él. Era consciente en todo momento de sus modales toscos y su desconocimiento de los vinos y platos que le servían. A pesar de todo, este complejo de inferioridad no afectó a su carrera profesional. Desde el principio supo que prosperaría en el cuerpo de policía por mérito propio. Cuanto más escuchaba los cansinos aforismos de Ribéry y le observaba endilgar un delito a este u aquel sospechoso por tener la frente demasiado grande o los ojos demasiado juntos, más convencido estaba de que él podía hacerlo mucho mejor. Devoró todos los libros que encontró sobre criminología y medicina forense. Después de aquellos almuerzos de los domingos, Keller invitaba a Gorski a fumar un puro en la terraza. Bromeaba sobre el carácter testarudo de su hija y lo atiborraba a licor. El alcohol le soltaba la lengua a Gorski, que de manera desleal se dedicaba a describir los métodos chapuceros de Ribéry antes de pasar a pontificar acerca de las últimas teorías que había leído sobre procedimientos detectivescos. Keller aún no era alcalde, pero Gorski estaba al tanto de su ambición y su influencia política.

«Jules Ribéry tendrá sus defectos —le había dicho su suegro una vez—, pero también una gran virtud: sabe arrimarse al sol que más calienta.» Gorski no entendió del todo lo que insinuaba Keller con aquello. Debió de poner cara de extrañeza, porque el viejo añadió: «Para avanzar en la vida, a veces es necesario cierto grado de pragmatismo».

Ahora Keller se encogió de hombros y volvió a meterse en el bolsillo de la pechera de la chaqueta el puro que había sacado. Si Gorski prefería fumar cigarrillos baratos, allá él.

Adoptó un tono artificialmente despreocupado:

—Te has metido en un buen lío, ¿no crees, Georges? Lo bueno es que sabemos dónde estamos, así que la pregunta es: ¿qué hacemos?

Gorski lo aborreció profundamente.

Keller procedió entonces a describir con pelos y señales el aprieto en el que se hallaba Gorski, sin perder el tono jovial. Gorski tenía razón al señalar que era una irregularidad que el informe de Faubel hubiese ido a parar a sus manos. Aunque, claro, todavía era posible que este se abriese camino hasta el escritorio del juez de instrucción. Que esto último sucediera o no, manifestó Keller, quedaba en manos de Gorski.

—Es una cuestión de pragmatismo —dijo—. Tienes mucho más en común con tu predecesor escocés de lo que piensas, Georges, ¿lo sabías? —Se levantó para rellenar las copas, al mismo tiempo que se disculpaba por no haber reparado en que Gorski ya había vaciado la suya—. Recordarás, sin duda, cierto asesinato… Sucedió hace ya no sé cuántos años. ¿Veinte? ¿Veinticinco? ¿Cómo se llamaba la chica aquella?

A Gorski le pareció absurdo fingir que no sabía de qué caso hablaba.

—Juliette Hurel —dijo.

—Sí, Hurel, eso es. Tu primera investigación importante, si no me equivoco.

Una adolescente había aparecido asesinada en el bosque de los alrededores de Saint-Louis. No había pistas y al final se había condenado a un vagabundo a partir de pruebas muy endebles. Gorski nunca creyó que el acusado fuera culpable, pero se había callado sus dudas. En una rueda de prensa posterior al juicio, Keller se había deshecho en elogios de la labor de Gorski.

Bajó la mirada. El recuerdo de aquello lo avergonzaba.

—Tu manera de conducir la investigación fue lo que me convenció (lo que *nos* convenció) de que eras el tipo apropiado para suceder a nuestro viejo amigo Ribéry. Todos sabíamos que el hombre al que condenaron solo era un chivo expiatorio. Pero tú seguiste la corriente, ¿verdad que sí, Georges? Te callaste por interés. Y eso era lo que buscábamos: alguien que tuviese claro qué le interesaba y qué no. Una persona pragmática que no se inmiscuyese en asuntos por encima de su condición. Y hay que reconocer que, a lo largo de estos años, has revalidado con creces nuestra fe en tu mediocridad.

Alzó su copa.

—No ha sido hasta muy recientemente cuando pareces haberte desviado de tus sensatas costumbres. Es como si, de repente, quisieras meter las narices donde no te importa. Seguro que no es necesario que sea más explícito. Baste decir que hay ciertos ciudadanos, ciudadanos *influyentes,* que se han sentido algo incomodados. Pero ahora… —Fue hasta el escritorio con paso decidido y enarboló alegremente el sobre de papel manila—. Ahora me parece que podré decirle a esas buenas personas que cualquier recelo que hayan podido albergar es totalmente infundado. Estoy convencido de que nos vamos a entender.

Extendió las manos abiertas, invitándole a contestar.

Gorski no tenía nada que decir.

—Voy a tomarme tu silencio como un sí. Y, mientras sigamos de acuerdo, no hará falta que nadie conozca la existencia de este documento.

En el panel de detrás del cuadro del presidente de la República había una caja fuerte. Keller hizo girar la rueda de combinación y depositó el sobre en el interior.

Gorski se puso de pie. En cierto modo, era un alivio. Sería un alivio no tener que aguantar nunca más los comentarios sarcásticos de Schmitt cada vez que entraba en la comisaría. Sería un alivio no estar a la entera disposición de metomentodos como Virieu. Sería un alivio no sentir más la necesidad de comportarse con el decoro que se espera de un jefe de policía. Podría sumirse en la disipación. Si quería, podría beber todas las noches en Le Pot hasta perder el sentido. De apetecerle, podría incluso hacerle una visita a esas mujeres que ofertaban ciertos servicios en los bloques de apartamentos de al lado de la estación de ferrocarril. Liberado de la carga de ser jefe de policía, podía hacer lo que le diese la gana.

Tomó el decantador de encima de la mesa y se sirvió otra copa.

—Tendrás mi carta de renuncia esta misma tarde —dijo.

Keller soltó una breve risotada y meneó la cabeza.

—Me parece que no acabas de captar la situación —dijo—. Ahora que tenemos este arreglo, lo último que queremos es que aparezca en escena algún jovencito animoso... Nuestro joven Roland, por ejemplo, con ganas de demostrar lo que vale. No, no, no. Mejor mantener al eunuco en el harén, ¿no crees?

Señaló a Gorski con su puro, como quien lanza una estocada, para que no cupiese la menor duda acerca de la identidad del eunuco. Gorski apuró de un trago la copa que acababa de servirse.

Fuera, en los peldaños de entrada del ayuntamiento, se encendió un cigarrillo. El cielo estaba encapotado. Unas pocas palomas picoteaban con optimismo las piedras del pavimento. Allí no había nada para ellas. Empezó a llover.

21

A la mañana siguiente, Gorski empezó por llamar a Roland a su despacho. Dejó que terminara de contarle los pormenores de sus pesquisas en Rue de la Couronne. Había desempeñado su trabajo de manera meticulosa, registrando los horarios de cada uno de los vecinos: cuándo habían estado en casa, la hora a la que se habían acostado, en qué momento habían abandonado el edificio por la mañana y demás. Nadie había oído ningún ruido que pudiera corresponderse con una colisión de dos coches. Roland se apresuró a matizar que esto no quería decir que el choque no se hubiera producido. Solo significaba que nadie lo había oído.

Era un joven agente muy prometedor. Gorski lo compadeció. Preguntó si estaba contento en Saint-Louis.

Roland contestó que no lo podía estar más.

—No te vendría mal adquirir experiencia en un ambiente distinto —dijo Gorski.

Roland lo miró confundido.

—¿A qué se refiere, señor?

—Quizá debieras pensar en ampliar horizontes. En Estrasburgo, por ejemplo. Conozco a alguien del departamento de policía de allí que estoy convencido de que te daría una oportunidad.

Roland respondió que no quería trabajar para otro que no fuera Gorski. Su lealtad era conmovedora.

—Solo es una sugerencia —dijo Gorski—, piénsatelo si quieres progresar en tu carrera.

Roland preguntó si Gorski estaba insatisfecho con la forma en la que había cumplido con su encargo.

—Has hecho un trabajo ejemplar —contestó Gorski—, pero el caso está resuelto.

—¿Resuelto? ¿Cómo puede haberse resuelto? —Roland no podía ocultar su asombro.

Gorski le lanzó una mirada fulminante.

—Al no existir pruebas de delito, no puedo justificar el empleo de más tiempo o efectivos.

—Pero sí que hay pruebas, señor. El vehículo de monsieur Tournier es una prueba. Usted mismo lo dijo. —Jamás había cuestionado a Gorski. Se tapó la boca con la mano y pidió perdón.

Gorski torció el gesto y esbozó una sonrisa forzada.

—No hay nada que perdonar —dijo—, pero no se hable más del asunto.

Roland estaba abatido. Gorski comprendió cómo se sentía, pero no dijo nada para aplacar su decepción. Tenía que aprender a que lo humillasen. Y cuanto antes, mejor.

De camino a la estación, Gorski hizo un alto en el Café de la Gare. La mujer que parecía un pajarito, tan menuda y con rizos muy cerrados, ya estaba instalada en su mesa de la esquina estudiando los programas diarios de las carreras de caballos. Se pasaba los días yendo y viniendo del mostrador de apuestas del PMU, sin beber nada más fuerte que té. Gorski se olía que el dueño nunca le cobraba por esas infusiones. Hiciera el tiempo que hiciera, iba siempre con unas diminutas sandalias rojas, como las de una niña. En una ocasión, al pasar ella por su lado, Gorski levantó la barbilla para saludarla con el gesto mecánico que emplean entre sí los clientes habituales de un establecimiento. Ella miró para otro lado con altanería y chasqueó la lengua con desprecio, como si le hubiese hecho una proposición deshonesta. Desde entonces,

Gorski evitaba que sus miradas coincidieran. Quizá de joven se ganara la vida de manera poco respetable y había desarrollado aversión a las atenciones de la policía.

Gorski se bebió una cerveza, con los codos apoyados en la barra. Tenía una banqueta a su lado, pero no se sentó. No quería ponerse cómodo. A pesar de todo, se pidió una segunda cerveza. Desde el principio sabía que lo haría. El único objeto de la primera cerveza es abrir el apetito para la siguiente. La segunda cerveza es inevitable. Una sola cerveza no sirve de nada, a no ser, claro está, que se tenga sed, pero los hombres que uno encuentra apostados a la barra de un bar a las diez y media de la mañana no están ahí porque tengan sed. Lo están porque los colores del mundo son demasiado chillones y los bordes de los objetos demasiado afilados. Porque hay que tomar decisiones y un exceso de cautela puede ser un estorbo para conseguir el resultado óptimo. Mejor actuar por impulso y luego decir: «Iba un poco borracho». Así vale todo.

Pero, mientras que la segunda cerveza sigue inevitablemente a la primera, la tercera no sucede de manera inevitable a la segunda. Porque el bebedor sabe que, si cae la tercera, le seguirá una cuarta, una quinta y más. Una vez apurada la tercera, nada lo frena. Reprimirse deja de ser una opción, y, si hay decisiones que tomar o cosas que hacer, lo más probable es que se releguen para dar prioridad a emborracharse. Así pues, el tiempo empleado en beber una segunda cerveza se dedica sobre todo a sopesar si tomarse o no la tercera. Y en esas estaba Gorski a la barra del Café de la Gare. Por un lado, ¿qué tenía de malo? Después de una tercera cerveza, ya no le importaría que le viesen empinando el codo en plena jornada laboral. Pero eso no era lo que pretendía. Su intención era entrar a tomarse solo una cervecita de camino a la estación, de modo que, si quería ceñirse a su plan, no había lugar para una tercera cerveza. Ya habría tiempo de sobra para eso más tarde.

El cartero al que Gorski solía ver en Rue des Trois Rois entró en el establecimiento. Debía de haber terminado la ronda. El dueño sirvió una copa de vino blanco sobre la barra. Gorski consultó su reloj. Eran justo las once pasadas. Gorski rara vez se encontraba en el Café de la Gare a esas horas de la mañana, pero el cartero lo reconoció y lo saludó muy afable, como si su presencia fuera perfectamente normal. Gorski soltó un comentario banal sobre el tiempo. Cartero y dueño asintieron con la cabeza e intercambiaron opiniones sobre la probabilidad de que lloviese más tarde. A Gorski le complació que su observación hubiera dado pie a aquella conversación. Sintió curiosidad por saber si la mujer con pinta de pajarillo lo habría visto. Echó una ojeada por encima del hombro, pero vio que estaba concentrada estudiando las páginas de hípica de *L'Alsace.*

Tras decidir que no habría una tercera cerveza, Gorski se tomó su tiempo para beberse la segunda. No tenía prisa, pero, si se demoraba demasiado, las cosas podían torcerse.

Pagó la cuenta y se marchó.

Hacía un día nublado, como bien había señalado Gorski en el bar, pero, al contrario de lo que había opinado el dueño, no parecía que fuera a llover. Recorrió la escasa distancia que quedaba hasta la estación. Las dos cervezas que llevaba entre pecho y espalda le proporcionaban una sensación de bienestar. Se sentía más ligero al caminar y se paró a ayudar a una joven que no conseguía meter el carrito del niño por la puerta de un bloque de pisos.

Gorski entró en la estación. Pasó de largo la taquilla y no levantó la vista hacia el panel de salidas a propósito, sino que siguió directamente hasta el paso subterráneo que conducía a los distintos andenes. No quería saber adónde se dirigía. Se subiría al primer tren que apareciera y compraría el billete a bordo. Accedió al andén 3 justo a tiempo de ver cómo se marchaba un tren. Daba lo mismo. Tomaría el siguiente. Se sentó en un banco y encendió un cigarrillo. Unos pocos pasajeros aguardaban en el andén de enfrente. Ninguno se fijó en él. ¿Por qué iban a hacerlo? Era solo un hombre esperando un tren.

Naturalmente, le intrigaba cuál sería su destino. París, Estrasburgo, Nancy, quizá. Lo importante era no tomar una decisión. Incluso si el tren no iba más allá de Mulhouse, podía seguir el viaje desde allí, simplemente. Puede que hasta fuera lo mejor. Cambiar de tren introduciría un mayor grado de azar. Después de todo, la cuestión era desaparecer. Acabara donde acabara, se imaginó instalándose en un hotel barato de algún callejón, próximo a unos cuantos garitos de borrachuzos de verdad. Locales donde nadie sabría que era policía y donde sería completamente anónimo. *Invisible.* Su mente regresó a aquellas callejuelas de Niza, con su ambiente de libertinaje y el penetrante olor a marihuana y a verdura podrida.

Un tren llegó al andén de enfrente y partió en dirección a Basilea. Gorski aplastó el cigarrillo con la suela del zapato. Se levantó del banco y echó a andar hacia el final del andén. A esa hora del día, la estación no estaba concurrida. Puede que no pasara tan desapercibido, al fin y al cabo. Quizá faltaban horas para que un tren se detuviera en aquel andén y el personal de la estación podría empezar a preguntarse qué hacía él merodeando por allí. Comenzó a notar un cosquilleo en el estómago. Normal. Era natural estar nervioso. Solo tenía que mantener la sangre fría. A lo mejor tendría que haberse bebido esa tercera cerveza, después de todo.

Cuando llegó al extremo del andén y dio media vuelta, vio que ya había otro hombre allí. Era buena señal: seguro que estaba a punto de llegar un tren. Vestía un traje marrón oscuro y había depositado a cada uno de sus costados, junto a los pies, sendas maletas de tamaño considerable. Un cigarrillo le colgaba de los labios. Al acercarse, Gorski se percató de que el tipo era el viajante que había llegado al Hôtel Bertillon mientras hablaba con Virieu. Al rato, una joven con aire sofocado que llevaba un bebé en brazos emergió del cruce subterráneo. Miró con expresión de agobio de un extremo a otro del andén, como si estuviera esperando a que la atrapasen en cualquier momento. Gorski se preguntó si también ella estaba emprendiendo alguna clase de huida. A los pocos minutos, un joven entrado en la veintena se unió a ella. La besó y cogió él al bebé. Le tendió una bolsa de papel y ella sacó un croissant y empezó a comérselo.

Gorski se dio cuenta de que él también tenía hambre. No había desayunado. Aunque tampoco era para preocuparse. Si el tren seguía más allá de Mulhouse, entonces seguro que tendría coche restaurante. Si no, podía desayunar allí mismo, en el bar de la estación. Resistió la tentación de mirar el panel que colgaba sobre el andén. Al subir al tren no quería conocer su destino. Cuando pasara el revisor, sencillamente pediría un billete para la última parada. Al hombre, claro, eso le parecería raro, puede que hasta sospechoso. ¿Quién sino un fugitivo se sube a un tren sin saber adónde se dirige? Pero Gorski se dio cuenta de que le daba lo mismo lo que pensara el revisor, y eso fue una especie de liberación: ya no le importaba. Quizá sí se había convertido en una suerte de fugitivo.

La noche anterior había estado sentado en Le Pot abrazado a una cerveza sin darse cuenta de que era el último cliente. Debía de haber puesto a prueba la paciencia de Yves, pero se acabó la cerveza sin prisa y se marchó sin disculparse. A Yves no pareció ofenderle ni una pizca su actitud. Seguramente le pareció digno de respeto que Gorski se comportara con ese desparpajo.

Mientras regresaba andando al apartamento, con pasos algo inseguros, Gorski cayó en la cuenta de que ya no tenía ningún motivo para quedarse en Saint-Louis. Solamente Clémence, pero dentro de unos meses estaría estudiando en Estrasburgo. Al principio volvería de vez en cuando para ver a su padre, pero las visitas no tardarían en ir a menos. Así era como tenía que ser. Él no quería que fuera a verlo. Deseaba que huyera con éxito, libre de cualquier carga que tirase de ella y la atase de nuevo a Saint-Louis.

Ahora había unos cuantos viajeros más distribuidos por el andén. Se produjo una leve conmoción, luego un murmullo generalizado de descontento, seguido de alguna que otra cara de fastidio. Con aire de resignación, la gente empezó a recoger su equipaje y a desfilar lentamente de regreso al paso subterráneo. Habían dado algún aviso, pero Gorski estaba sumido en sus pensamientos y no se había enterado.

Se acercó al hombre del traje marrón y le preguntó qué pasaba.

—Algún chalado se acaba de tirar delante del tren de las 10:45 procedente de Basilea. Se acabaron los trenes hasta nuevo aviso.

Gorski soltó un pequeño resoplido por la nariz. Estaba claro que le iba a tocar a él darles la noticia a los desconsolados parientes.

* * *

Robert Duymann había dejado la puerta de la casa de Rue Saint-Jean sin cerrar con llave. Gorski pasó al interior. Se quedó plantado en el recibidor unos momentos antes de entrar en el salón. La casa estaba en silencio. La máquina de escribir de Duymann seguía en el rincón, pero habían recogido los papeles que antes sembraban el escritorio. No había una nota. Casi nunca la había. Quienes se encuentran en el fondo del pozo rara vez piensan en consignar sus pensamientos por escrito.

De la planta de arriba llegó un leve gemido. Gorski retrocedió al vestíbulo.

—¿Robert? —Volvió a escucharse un poco más alto, con voz quejumbrosa—: ¿Eres tú, Robert?

Gorski no contestó. Esperaría unos minutos antes de subir y comunicar la noticia. Se sirvió un whisky del decantador que había en el aparador. No podía haber nada de malo en dejar que la anciana creyese un ratito más que su hijo había vuelto a casa.

Es una velada tranquila en Le Pot. El único cliente es el antiguo maestro que dejó su puesto después de que un alumno lanzara contra él unas feas acusaciones. Yves Reno desconoce totalmente si las acusaciones eran fundadas, pero no es asunto suyo. Desconecta el calentador de salchichas Frankfurt y se tira una cerveza. Esa misma tarde ha instalado un portarrollos de papel higiénico en el aseo. De un tiempo a esta parte, tiene el local manga por hombro.

En su diminuto apartamento de Rue de Sauvage, Aude Poiret está leyendo *Madame Bovary* por duodécima vez.

La última recién llegada al asilo de las afueras de Bartenheim solloza desconsoladamente en su habitación. Una enfermera, Angélique Martin, se detiene en el pasillo y se queda escuchando junto a la puerta. De nada sirve intervenir. Al principio, todas hacen lo mismo. Se acostumbrará.

Emma Beck contempla a su marido Paul por encima de la mesa de la cocina de su casa en Rue de la Couronne. Cuando tenía diecinueve años y estaba a punto de marcharse de Mulhouse para estudiar en la Universidad de Lyon, se quedó embarazada. Aunque no estaba clara la identidad del padre, Paul se ofreció inmediatamente a casarse con ella. Poco después de la luna de miel, Emma sufrió un aborto. El año pasado celebraron su vigésimo aniversario de casados. Paul aparta el plato y pregunta qué hay de postre. Emma ha asado unas manzanas del árbol del jardín. En los últimos meses han comido tantas manzanas asadas que se ha convertido en una broma de los dos.

Georges Gorski está sentado en la silla de su padre en el apartamento de Rue des Trois Rois. Le intriga saber dónde estaría ahora si aquella mañana no se hubiese bebido una segunda cerveza en el Café de la Gare. Seguramente sea para bien. Su sitio está aquí. Se ha servido una copa de vino y ha sacado *La fortuna de los Rougon* de la estantería de la hornacina junto a la chimenea.

Como todos los jueves por la noche, Pasteur se une a Lemerre y a Cloutier en la mesa junto a la puerta del Restaurant de la Cloche. Sobre ella hay una frasca de vino tinto, tres copas, dos paquetes de cigarrillos, un cenicero y las gafas de cerca de Lemerre. La camarera, Adèle, empieza a pasar un trapo por los hules de las otras mesas, arrastrando y dejando caer al suelo las migas que más tarde barrerá. Lemerre baraja las cartas distraído. Sin Petit, les falta uno para la partida semanal. Pasteur levanta la barbilla para señalar al tipo que está sentado junto a la cristalera, un viajante que pasa por Saint-Louis una o dos veces al mes. Envían a Cloutier a preguntarle si le gustaría completar el cuarteto. El tipo acepta encantado. Su participación no proporciona una solución permanente a la vacante abierta por la muerte de Petit, pero es mejor que nada. Sin él no habría partida.

EPÍLOGO

A raíz de la publicación de *Une affaire de matricide* en 2019, el veterano crítico Antoine Dutacq sentenciaría en *Le Monde:* «Aunque no se pueda considerar a Raymond Brunet como un gran escritor (su lienzo es demasiado estrecho), sí que es un gran escritor menor».

El fallo es justo, y puede que hasta el autor lo hubiese rubricado a regañadientes. A pesar de sus múltiples alusiones a la obra de Émile Zola, la trilogía de Brunet no es la saga Rougon-Macquart ni en magnitud ni en riqueza de emplazamientos y personajes. Si bien es posible que exista cierta coincidencia en la sátira que hace de las corruptelas en Saint-Louis o en la preocupación que muestra por la imposibilidad de trascender las raíces de cada uno, la relación entre la obra de Brunet y la de Zola es la misma que la de una casa de muñecas y el Louvre. Una miniatura. Pero no por ello es mala. Brunet es un escritor más interesado en las manos inquietas de un borracho sobre la barra de un bar que en los grandes temas universales. Y, aunque escoge vestir sus novelas con las convenciones del género policiaco, no le interesan tanto las pruebas que pueda aportar un testigo como lo que su detective pueda hacer con el queso entero que le regalan. En la misma escena, el olor a estiércol y los recuerdos de la dueña de la granja consiguen distraer a Gorski de su propósito. Brunet es incapaz de centrarse en la narrativa que se trae entre manos.

En el prólogo de *Thérèse Raquin* (que tanto entusiasma al adolescente Manfred Baumann en *La desaparición de Adèle Bedeau*), Zola escribió: «He escogido personas sometidas por completo a los nervios y a la sangre, sin libre albedrío [...] Thérèse y Laurent son animales, humanos pero animales, nada más». La lucha de Georges Gorski a lo largo de la trilogía de Brunet es salirse del camino que se espera que siga. De adolescente, se rebela contra la voluntad de su padre, que desea que se haga cargo de su casa de empeños, haciéndose policía. *Un caso de matricidio,* sin embargo, revela que ese episodio de rebeldía del joven Gorski es una falacia o, mejor dicho, un acto de mala fe. A medida que avanza la saga, Gorski va sufriendo una progresiva regresión al tipo paternal, hasta el extremo de que acaba compartiendo cama con su madre y, al final, ocupando la silla de su padre junto a la chimenea para leer la obra del escritor predilecto de este.

Cada una de las novelas de Brunet incorpora un *alter ego* sumido en una lucha parecida. En *La desaparición de Adèle Bedeau,* el torpe y marginado Manfred Baumann ha dado la espalda al derecho, representado por su tiránico abuelo. Se debate para desembarazarse de las consecuencias de un acto que cometió de joven, pero su existencia se ve irresistiblemente dictada por él. En *El accidente en la A35* (y de manera menos prominente en esta novela), Raymond Barthelme está inmerso en un amotinamiento contra los valores burgueses de su familia, tanto que llega a declarar cómicamente: «Tengo pensado hacerme nihilista». Todavía es demasiado joven para que lo hayan subyugado «los nervios y la sangre». En la última entrega, el trasunto de Brunet, Robert Duymann,[5] ha probado la vida en otra parte, pero las obligaciones familiares lo han traído de vuelta a Saint-Louis. Los personajes de Brunet aspiran a forjar una identidad propia, a hacer valer su libre albedrío, pero es discutible que alguno alcance esta meta. Tal y como plantea Zola en el prólogo a *La fortuna de los Rougon,* la novela que Gorski

5. Su nombre y apellido, cómo no, son un anagrama de los del autor.

se dispone a leer al final de estas páginas: «La herencia, como la gravedad, tiene sus leyes».

A pesar del determinismo con el que hilvana su obra, Brunet, a diferencia de Zola, no ve a sus personajes como «animales, humanos pero animales». Brunet no puede sino regatear un instante para mostrar cierta empatía con sus personajes. Hasta los más efímeros —sea el apestoso barbero Lemerre o un hombre solitario que encuentra compañía en un perro abandonado— están investidos de cierto grado de humanidad. Estos momentos sentimentales revelan que Brunet no era el misántropo que probablemente creía ser. Aun hallándose atrapados en unas circunstancias de las que son incapaces de liberarse, todos sus personajes merecen compasión. Mientras que Zola no puede resistirse nunca a moralizar sobre sus personajes, el enfoque de Brunet se aproxima más al de Simenon, cuya creación más célebre, el inspector Maigret, le dice a un sospechoso: «No te juzgo, intento comprender».

En cuanto a mí, el proceso de acercar la obra de Raymond Brunet al público de habla inglesa se ha convertido en mucho más que un trabajo de traducción puro y duro. La primera tarea del traductor es interpretar la obra. ¿Qué quiere decir el autor?, nos preguntamos constantemente. ¿Por qué ha elegido esta palabra y no aquella? Después de tres novelas, uno empieza a meterse en la cabeza del escritor; empieza a entender cómo piensa, a saber —antes de pasar la página— cuál es la palabra o la frase que siguen. En el caso de este proyecto en concreto, he llegado a sentir una afinidad con Raymond Brunet que no había sentido antes con ningún otro autor. Quizá se deba a las semejanzas entre nuestros orígenes provincianos. Quizá a la sensación de ser más un observador que un participante de la vida. Quizá me identifico demasiado con ese obsesivo darle vueltas a todo en la cabeza que caracteriza a sus personajes. Al igual que Brunet, soy admirador de la obra de Georges Simenon y de los existencialistas de mediados del siglo XX. Al principio de *El accidente en la A35*, la descripción de ese Raymond Barthelme de diecisiete años leyendo a Sartre y fantaseando sobre una vida en un lugar menos deprimente que Saint-Louis bien podría haber sido una instantánea de mí mismo de joven, mientras me criaba en la ciudad industrial de Kilmarnock, en el oeste de Escocia, en la década de los ochenta. En definitiva, llegué a desarrollar un sentimiento fraternal hacia Brunet; como si fuera, por así decirlo, mi *doppelgänger* galo.

En cuanto traductores, se espera de nosotros que permanezcamos entre bastidores, pero, si ahora me salto las restricciones asociadas habitualmente a mi rol, no es por el puro gusto de figurar. Mientras trabajaba en *Une affaire de matricide* se fue apoderando de mí un creciente malestar. Había ciertas palabras y ciertos giros en la edición francesa que se me antojaban incongruentes o que desentonaban con la clase de vocabulario que Brunet había utilizado previamente.[6] Al principio, deseché estas dudas. El estilo de todos los autores evoluciona con el tiempo. Unos se vuelven más locuaces. Otros, como Beckett, más sobrios. Es más, Brunet, me dije mí mismo, debía de estar pasando por momentos de tremenda angustia mientras trabajaba en el libro. Parecía razonable asumir que su estado de ánimo afectaría a lo que escribía.

A pesar de esto, mis recelos persistían y, al recordar el comentario indiscreto de Christine Gaspard sobre el manuscrito, escribí un correo electrónico a su oficina para preguntar si sería posible acceder al texto original de Brunet. La petición no era nada ortodoxa y, como no deseaba que pareciese que ponía en entredicho la fidelidad de la edición francesa, expliqué que estaba escribiendo un artículo para acompañar la publicación de la novela en el Reino Unido y que pensaba que el manuscrito tal vez pudiera brindarme algunas pistas sobre el proceso de escritura del autor. Recibí una respuesta al día siguiente, no de mademoiselle Gaspard en persona, sino de su ayudante, Auxane, donde solo me pedía que le hiciera saber cuándo tenía planeado pasar por París.

6. Por ejemplo, en el capítulo siete, Jean-Marie Keller le dice a Gorski: «*Tu vas pas nous chier une pendule*». Esta vulgar pero espléndida frase significa literalmente: «No cagues un reloj de péndulo». Yo la traduje de forma un tanto libre como «No te montes películas».

No tenía ni idea de si su jefa había leído mi correo o no, pero mientras reservaba el billete de avión me sentí como si estuviera cometiendo un delito.

Unos días después estaba llamando al telefonillo de las desabridas oficinas de Gaspard-Moreau en Rue Mouffetard, en el *cinquième arrondisement.* Fue Auxane en persona la que me abrió la puerta. Me presenté con la sensación de que, de una manera u otra, ella era mi cómplice. Por su parte, no parecía recordar quién era yo ni por qué estaba allí. Si me había imaginado que tan augusto pilar de la cultura literaria francesa se hallaría alojado en un espacio con paneles de roble en las paredes, me llevé una decepción. El mobiliario y las librerías eran una mezcolanza de elegancia de mercadillo de antigüedades y utilitarismo *made in Ikea.* Los techos relucían con tubos de neón y estaban revestidos de paneles de poliestireno. Auxane me guio por un pasillo con una sucesión de despachos acristalados, cada uno más desastrado que el anterior.

—¿Quería ver a la jefa? —preguntó.

Negué con la cabeza. Cuantas menos explicaciones tuviera que dar sobre el motivo de mi visita, mejor. Casualmente, Christine Gaspard salió de su despacho justo cuando pasábamos por delante. Era una mujer alta y desgarbada, con un cuello larguísimo y un pelo de un negro inverosímil cortado *à la garçon.* Los ojos los llevaba muy maquillados con lo que decidí que debía de ser kohl. Aparentaba unos cuarenta años, pero por fuerza debía de ser mucho mayor, teniendo en cuenta que había tomado las riendas de la empresa de manos de su padre, Eugène, hacía treinta años. Auxane me presentó como el traductor al inglés de Raymond Brunet. Ella se me quedó mirando el tiempo justo para calcular que no ganaba nada con conocerme y le pidió a Auxane que le trajera unos contratos que tenía pendientes de firmar.

Me acompañaron a una estancia sin ventanas situada al final del pasillo y que estaba aún más desastrada si cabe que los diversos despachos por los que habíamos pasado. Al pie de una de las librerías había una trampa para ratones que, por fortuna, no había saltado.

—*Les archives!* —declaró Auxane.

Trasladó unas cuantas cajas de archivo desde el escritorio al suelo y luego me pidió que le recordase qué quería consultar.

—El manuscrito de *Une affaire de matricide* —dije—. Y cualquier otra cosa que tengan de Brunet —añadí, tentando al diablo.

No pareció que el título le dijera mucho. Ella tendría unos veinticinco años y el libro se había publicado hacía cuatro. Era improbable que siquiera trabajara allí por entonces. Se puso a hurgar en un mueble archivador y sacó dos manuscritos andrajosos atados con un cordel. El corazón me latía desbocado.

Dejó caer el bulto sobre el escritorio con un golpe sordo.

En lo alto de la pila había una página de portada:

Une affaire de matricide
Raymond Brunet

El título estaba subrayado con lápiz azul. Me sentí como si hubiese ocupado el puesto de Georges Gorski. A diferencia de mi homólogo ficticio, no obstante, yo tendría la oportunidad de hojear el manuscrito a mi ritmo. Puede que hasta me llevara la mano a la boca.

—¿Es esto lo que busca? —preguntó Auxane.

—Sí —dije yo—. Justo esto.

Me preguntó si quería un café. Negué con la cabeza. Me dijo que fuera a buscarla si necesitaba cualquier cosa.

Todavía de pie, retiré el cordel que ataba el fardo.

Debajo del título, escrito con el mismo lápiz de color azul, había una anotación:

Cher Georges,
Vous devrez vous débrouiller avec ça.[7]

Ese «Georges» hacía referencia a Georges Pires, el antiguo editor de Brunet en Gaspard-Moreau, que ya llevaba muerto nada

7. «Tendrá que apañárselas con esto.»

menos que quince años para cuando llegaron los manuscritos a la editorial.

Pasé a la primera página.

> *Il n'y a pas de villes maudites et la mienne, en tout cas, est un modèle de petite bourgeoisie étriquée.*

Me acerqué una silla y tomé asiento. Mi primera impresión fue que el manuscrito era, tal y como había dejado caer Christine Gaspard, *un cauchemar.* Prácticamente, todas las páginas estaban repletas de anotaciones manuscritas con el lápiz de Brunet. Palabras y oraciones habían sido tachadas o reemplazadas, o reemplazadas y luego recuperadas. Intricadas redes de flechas indicaban que había que cambiar el orden de oraciones o párrafos. Pasajes enteros aparecían tachados y acompañados de las palabras *À couper!* («¡Eliminar!») o *De la merde!* («¡Basura!») garabateadas al margen.

Era emocionante contemplar casi en tiempo real los procesos mentales del autor en cuya cabeza había estado yo instalado tanto tiempo. Radicalmente distinto era el manuscrito de *L'Accident de l'A35,* que estaba prácticamente intacto, con solo alguna que otra intervención: la indicación de un salto de párrafo por aquí, la inserción de una coma por allá. Se trataba de un documento rematado y pulido, mientras que el de *Une affaire* solo era una obra a medio escribir; lo que es más, era un boceto que destilaba frustración y hasta angustia. Al hojear estas páginas con sus márgenes plagados de anotaciones más y más desconcertantes y con tachaduras cada vez más agresivas, tuve la sensación de estar asistiendo a la desintegración mental del autor. Tuve que recordarme a mí mismo, sin embargo, que el estado de ánimo de Raymond Brunet no era asunto mío. El único propósito de mi visita era asegurarme de que mi traducción fuera lo más fiel posible a sus intenciones.

Con tal propósito saqué mi ordenador portátil y abrí el PDF a partir del cual había estado trabajando. Enseguida resultó evidente que había dos problemas con la edición de Gaspard-Moreau.

El primero era que varios de los pasajes que Brunet había indicado que debían eliminarse se habían dejado intactos. Un largo pasaje que describía a Gorski limpiando después del incendio en el apartamento de su madre aparecía marcado como «aburrido». En mi primera lectura de la edición francesa, estos párrafos no me resultaron malos ni pesados, pero Brunet había subrayado cada línea y garabateado las palabras *À dégager!* («¡A tomar viento!») al margen. Por alguna razón, el editor francés había decidido conservar el pasaje, pero a mí me dio la impresión de que, conforme a los deseos de Brunet, se podía excluir sin que ello afectara al texto posterior. Siguiendo el mismo criterio, eliminé también varios pasajes más cortos que Brunet había marcado como redundantes o repetitivos, o que calificaba simple y llanamente como *merde*.

El segundo problema, y el más peliagudo probablemente, era que había varios capítulos que en el manuscrito terminaban de una manera bastante más abrupta que en la edición francesa. De tanto en tanto, Brunet había escrito *À développer* o *À creuser* («Desarrollar más a fondo»), pero nunca llegó a hacerlo. En la edición francesa, sin embargo, estos capítulos incluían unas cuantas líneas adicionales, a menudo la típica observación episódica, como una anciana pasando con su perro, con la que estaría familiarizado cualquier lector de la obra de Brunet. Hacia el final del libro, la escena en la que Gorski y Roland interrogan al dueño de la zapatería, monsieur Tournier, está narrada con la máxima brevedad. Tal y como aparece en la edición francesa, resultaba obvio que ese episodio había sido escrito prácticamente en su totalidad por otra mano. Había que aplaudir al editor francés. Estos añadidos se adecuaban tan bien al estilo de Brunet que yo mismo había pasado por ellos sin sospechar nada.

Me di cuenta rápidamente de que inspeccionar como era debido el manuscrito de Brunet iba a llevarme mucho más tiempo de lo previsto. Se acercaba la hora del almuerzo. Con un ojo puesto en la puerta, embutí el manuscrito en la funda de mi ordenador portátil. Desperdigué algunas páginas de *L'Accident de l'A35* por encima del escritorio para que pareciese que era eso en lo que estaba trabajando y salí tranquilamente. Auxane estaba ocupada detrás de una mampara de cristal.

—Salgo un momento a comer algo —le dije.

Ella no se molestó en responder.

Mientras avanzaba a grandes zancadas por Rue Mouffetard con la sensación de llevar encima mercancía de contrabando, sentí que había trascendido mi rol como traductor de Raymond Brunet. Me había convertido en su custodio.

Google Maps me guio hasta una copistería situada a pocas manzanas de allí. Entregué el manuscrito y entré en el bar de al lado, me bebí un par de cervezas y me comí un *croque-monsieur.*

Las fotocopias me costaron doscientos treinta y cinco euros. Cuando expresé mi sorpresa, el joven dependiente me explicó sin alterarse:

—Son en color. El lápiz azul. Un euro la página.

Pagué y devolví el original a los archivos de Gaspard-Moreau.

No estimo necesario ni deseable proporcionar una relación detallada de las decisiones editoriales que he tomado, pero merece la pena mencionar algunos particulares.

Ni los capítulos ni las páginas del manuscrito están numerados, pero he respetado el orden que sigue la edición francesa. He decidido no indicar dónde he eliminado texto incluido en la edición francesa, ya que estas escisiones —sean de una única palabra, una oración o un párrafo completo— eran demasiado numerosas y habría resultado fastidioso llamar la atención continuamente sobre cada una de ellas. No obstante, los lectores pueden tener la seguridad de que, en todos los casos, las eliminaciones se realizaron siguiendo las instrucciones del autor y no obedecen al capricho de un traductor rebelde.

Más discutible, quizá, es que haya decidido conservar la práctica totalidad del material suplementario agregado al manuscrito de Brunet; para empezar, porque esos añadidos se ajustan a las notas de Brunet, y, además, por la manera tan habilidosa con la que el editor francés los incorporó. Con ese mismo espíritu, he añadido incluso unos pocos aderezos de mi puño y letra. Mi intención en todo momento ha sido ser lo más fiel posible a los deseos de Raymond Brunet y crear un texto fluido y legible. Estoy satisfecho de haberlo hecho lo mejor que he podido.

Como no había motivo para volver a las oficinas de Gaspard-Moreau, al día siguiente cogí un tren matutino a Mulhouse desde la Gare de l'Est. Mulhouse es la pequeña ciudad situada veinte millas al noroeste de Saint-Louis que sirve de ambientación para fragmentos importantes de *El accidente en la A35*. Las oficinas del diario *L'Alsace* están en un edificio de ladrillo rojo de Rue de Thann. Expliqué que estaba escribiendo un artículo para un diario británico y le pregunté a la recepcionista si tenían un expediente sobre el escritor Robert Duymann.

—¿Duymann? —repitió ella con cierta vacilación.

Solo cuando empecé a deletrear el apellido caí en la cuenta de mi error y me corregí. Ella regresó con un fino expediente de recortes acerca de Raymond Brunet. Los artículos eran precisamente como los descritos en el capítulo ocho de este volumen. Mientras examinaba la fotografía de Brunet en el club nocturno parisino con Claude Chabrol y Emmanuelle Durie, sentí una punzada de tristeza. Allí, en el clímax de su efímero éxito, parecía confundido, como si hubiera despertado de un sueño en un entorno extraño.

La última entrevista, fechada el 16 de mayo de 1992, se la habían realizado «por insistencia de Brunet» mientras caminaban por las calles de Saint-Louis. No quiso, informaba la periodista Sylvie Kaplan, reunirse en ninguno de los cafés o bares del pueblo.

—Verá —le explica mientras paseaban por Rue de Mulhouse—, yo aquí no caigo bien. A la gente no le gusta que le plantes un espejo delante. A veces descubre que no es tan guapa como pensaba.

Si tanto detesta Saint-Louis, pregunta Kaplan, ¿por qué escribir sobre él?

—¿Sobre qué iba a escribir si no? —contesta él—. No tengo imaginación. Solo puedo escribir sobre las cosas que tengo delante de los ojos. De todas formas, no lo detesto. Amo este lugar. Pero que ames un lugar no quiere decir que no puedas escribir sobre él con sinceridad.

El artículo no es ni mucho menos tan hostil como se da a entender en *Un caso de matricidio.* Es más, la periodista muestra una actitud favorable hacia Brunet, a quien describe como tierno, educado y bien hablado. «A menudo —dice— tengo que acercarme para oír lo que dice.»

No pude evitar preguntarme si no sería ese un truco de Brunet para lograr la intimidad de la que carecía en su vida.

«A pesar de estar familiarizado con el entorno —prosigue Kaplan—, a menudo parece perdido.» Se niega a revelar dónde vive con el pretexto de que no desea que molesten a su madre. Evita el contacto visual con los viandantes, «los ojos siempre clavados en el pavimento, como esperando que alguien se le encare a la primera de cambio». En las dos horas que pasan juntos, nadie lo reconoce. «No parece que sea tan famoso como piensa», escribe ella. No emplea la palabra «paranoico», pero es la impresión que transmite. Al final de la entrevista, le pregunta para cuándo se puede esperar su siguiente novela.

—Me temo que eso es algo que no puedo prever dadas las circunstancias —responde él de manera críptica.

Cuando ella insiste en saber qué circunstancias son esas, él rehúsa dar más explicaciones.

Caía ya la tarde cuando tomé el tren a Saint-Louis. El viaje solo duró veinte minutos, pero mientras atravesábamos las poblaciones de Bartenheim y Sierentz sentí un cosquilleo de expectación. Allí, en las afueras de Saint-Louis, estaba la torre del agua con sus grandes letras amarillas que anunciaban el nombre del pueblo. Un número sorprendente de pasajeros se apeó en la estación, muchos de ellos cargados con mochilas y maletas. Enseguida me di cuenta de que no era porque Saint-Louis se hubiese convertido de repente en un destino turístico, sino porque desde allí salía el autobús lanzadera al vecino EuroAirport.

Me quedé en el andén hasta que la multitud se dispersó. Allí estaba, de pie en el mismo sitio donde estuvieron plantados Manfred Baumann, Raymond Barthelme y Georges Gorski. Y, cómo no, donde el propio Brunet no solo debió de haber esperado muchas veces, sino donde finalmente se quitó la vida. Tragué saliva. Me sentía como si me hubiese colado en el decorado de una película que hubiera visto muchas veces. Lo absorbí todo: las vías del tren destellando con los últimos rayos de un tenue sol de invierno; el perfil de las fábricas y las chimeneas de Basilea al otro lado de la frontera; el edificio *art déco* de la estación con sus incongruentes letreros en colores pastel, y, más allá, los achaparrados bloques de pisos de la posguerra.

Un empleado de la estación se acercó y preguntó si necesitaba ayuda. Quizá creyese que también yo sopesaba tirarme delante de un tren. Arrancado de mi fugaz ensoñación, negué con la cabeza.

Salí de la estación a Rue de la Gare. Como no quería que mi experiencia al leer la obra de Brunet se viera mediatizada en modo alguno, siempre me había resistido a la tentación de consultar Google Street View. Opinaba que mi deber como traductor era presentar el pueblo no como era en realidad, sino como el autor deseaba retratarlo. No tendría que haberme preocupado. Aun treinta años después, todo se parecía mucho a como lo había imaginado. Unas doscientas o trescientas yardas más adelante pasé el Café de la Gare con su mostrador de la PMU. Un par de fumadores estaban sentados, abrigados contra el frío, a una de las mesas de la acera. Dentro se alcanzaba a ver a dos o tres clientes encorvados sobre la barra.

Me registré en el Hôtel Berlioz, en el cruce de Rue de Mulhouse y Rue Henner. Después de refrescarme un poco, enfilé Rue de Mulhouse en dirección al centro del pueblo. Tal y como lo había descrito Brunet, era un batiburrillo de edificios de la posguerra y viviendas tradicionales de entramado de madera. La antigua gendarmería estaba abandonada. Tiré por Rue des Trois Rois. A un lado había un bloque de pisos de reciente construcción. Ni rastro de una casa de empeños ni de una floristería, pero a la izquierda había un local vacío con un apartamento encima. Era evidente que el cartel de À VENDRE del escaparate llevaba allí un tiempo.

El parquecito junto al templo protestante era más pequeño de lo que había imaginado. Se trataba de poco más que una parcela de hierba, puede que de unos treinta metros de largo, separada de la acera por un murete bajo. Había media docena de castaños y cuatro bancos. Me senté en uno de ellos durante unos minutos y contemplé los árboles. Junto a la iglesia había un bar cutre de kebabs. Una anciana pasó de largo con un carlino jadeante. Me miró de reojo con suspicacia mientras su perro se aliviaba contra la pata del banco. Le di las buenas tardes y ella respondió con una fugaz inclinación de cabeza.

Desde allí torcí a la izquierda por Rue de Huningue y dos o tres minutos más tarde estaba en el Restaurant de la Poste. Resistí la tentación de parar y sacar unas fotos. Un gesto así, pensé, podría llamar una atención que no buscaba. Por dentro era fácil reconocerlo como el Restaurant de la Cloche de las novelas de Brunet, aunque fue un chasco comprobar que había sufrido algunas mejoras. Las pizarras con los menús ya no estaban, ni el enorme aparador donde antes se guardaban la cubertería y las servilletas. El banco que recorría la pared del fondo seguía tal cual, y fui a sentarme a la mesa que me imaginé que podría haber sido la de Gorski. Pedí una cerveza. Mientras esperaba, eché un vistazo a la carta, pero no pedí nada de comer. Siempre he detestado comer a solas. Un hombre comiendo a solas en un restaurante es una imagen penosa, sin excepción.

Me bebí la cerveza demasiado rápido e indiqué que me tomaría otra. Estaba muy nervioso. El local parecía una caverna. La iluminación era demasiado intensa y, aunque nadie se me había quedado mirando, me sentía como si todos los ojos estuvieran posados en mí. Si me preguntaban qué hacía en Saint-Louis, me iba a costar responder. La verdad —que yo era el traductor al inglés de Raymond Brunet y que había venido al pueblo en una especie de peregrinación (no se me ocurría otro calificativo)— me parecía poco convincente. Tal vez el interlocutor de mi imaginación —como es natural, tenía a Lemerre en mente para este papel— ni siquiera supiese quién era Brunet. «De peregrinación —repetiría incrédulo—, ¿a Saint-Louis?» Y pensarían que estaba mintiendo y que debía de tener algún motivo oculto para estar allí.

Me bebí mi segunda cerveza de manera no menos apresurada, pagué y me marché.

Me comí un kebab de pie junto al escaparate del quiosco al lado del templo protestante y me bebí otra cerveza. Le pregunté al dueño, un tipo fornido con tatuajes en el dorso de las manos, si me podía decir por dónde quedaba un bar llamado Le Pot.

Meneó la cabeza. En su vida había oído hablar de ese sitio.

A pesar de la manía que tenía Brunet de nombrar las calles, en ningún momento había proporcionado una ubicación exacta para este antro en particular, pero yo me había hecho una idea bastante precisa de dónde podía estar.

Crucé Rue de Mulhouse y atravesé una zona peatonal con un par de bares, uno de los cuales tenía una iluminación deslumbrante y parecía muy animado. No era lo que buscaba. Fui a parar a Place de l'Hôtel de Ville, donde la nueva comisaría de policía ocupaba un anodino edificio contemporáneo.

Rue Théo Bachmann era una estrecha calleja que conducía hacia la estación de ferrocarril. Estaba tenuemente iluminada, e incluso a esa hora (las siete y media aproximadamente) se hallaba desierta. No parecía un emplazamiento muy prometedor para un bar, pero me recordé a mí mismo que el atractivo de Le Pot residía precisamente en su anonimato. Recorrí la calle entera hasta el final, donde desembocaba entre los bloques de apartamentos del barrio de la estación. No había ningún cartel de Le Pot ni de ningún otro bar. Hice el camino de vuelta por una calle paralela, Avenue de la Marne, que bordeaba las vías del tren. Nada. Volví sobre mis pasos por Rue Théo Bachmann. A lo mejor, no sé muy bien cómo, se me había pasado por alto. De la calle partían un par de callejones laterales sin iluminar cuya función no parecía otra que brindar acceso a los patios traseros de algunos edificios residenciales. Quizá estuviera en uno de ellos. Exploré estas galerías con ayuda de la linterna de mi teléfono. Un animal de alguna clase se removió entre unos cubos de basura cerca de mis pies y se me puso la carne de gallina.

Me llevé un chasco inexplicable. Me di cuenta de que había venido hasta Saint-Louis solo para tomarme una cerveza en un bar que no existía. El viaje a París solo había sido el preludio, una mera excusa. Entonces noté que lo que sentía era algo más que decepción. Sentía ira. Como si me hubiesen engañado. Si Le Pot no era real, ¿qué más se había inventado? Me dije a mí mismo que no debía olvidar que Raymond Brunet era novelista. ¿Qué me esperaba? ¿Que iba a entrar en Le Pot y me iba a encontrar en sus sitios del banco corrido a Gorski y al antiguo maestro que había dimitido a raíz de las feas acusaciones de un alumno? La idea era ridícula. Y, aun así, me acordé de las palabras de Brunet en la entrevista, cuando había afirmado que no tenía imaginación, que solo podía escribir sobre lo que tenía delante de los ojos. ¿Formaba parte eso también de la ficción? Fuera como fuera, me sentí víctima de una tomadura de pelo.

Negué con la cabeza. Estaba siendo irracional. Después de todo, era más que probable que, aun si hubiera existido Le Pot alguna vez, el negocio hubiese cerrado hace tiempo.

En cualquier caso, necesitaba una cerveza. Recordé el bar rutilante y animado del otro lado de la plaza y me encaminé hacia allí.

Aceleré el paso y, al doblar una leve curva en Rue Théo Bachmann, capté por el rabillo del ojo un par de siluetas que fumaban en la sombra. Encima de ellos, muy arriba en la fachada del edificio, refulgían tenuemente dos estrechas ventanas rectangulares. Claramente, estaban allí solo para ventilar. Detrás de los fumadores había una puerta de cristal empapelada de arriba abajo con publicidad y carteles amarilleados. Al lado, en la pared, había un pequeño cartel casi ilegible: LE RECOIN, el recoveco. Mi corazón latía desbocado. Empujé la puerta y pasé al interior.

Supe al instante que me encontraba en Le Pot. Al fondo estaba la barra y, a su izquierda, el aseo. La iluminación era muy tenue, pero un banco raído se extendía a lo largo de la pared y delante de este había varias mesas de formica atornilladas al suelo. Ya no había calentador de salchichas; su ausencia había proporcionado espacio para más banquetas junto a la barra. Dos de ellas estaban ocupadas por unos hombretones ataviados con monos de trabajo y botas rebozadas de una capa de barro grisáceo. Bebían jarras de medio litro de cerveza o sidra. En la mesa situada a la derecha de la puerta, un hombre de traje leía un periódico. No levantó la vista.

Me senté en el banco corrido, justo donde imaginaba que Gorski había estado sentado conversando borracho con el eslavo. De detrás de la barra salió un tipo bajo y fornido de unos sesenta años que me preguntó qué quería tomar. Tenía el cabello castaño tirando a pelirrojo y los rasgos prominentes, como los de un caballo, pero sus ojos eran estrechos y brillantes, y lucía una pequeña perilla. Todavía era atractivo. Pedí una cerveza, grande. Él asintió y regresó a la barra, donde tiró la cerveza con sumo cuidado, sirviéndose de una espátula para retirar la espuma sobrante. Volvió y la depositó delante de mí. Tenía manos grandes y fuertes. Vestía una camisa azul marino de manga corta, en cuyo bolsillo se leía el nombre del bar. Al darse la vuelta, reparé en que llevaba su nombre bordado en la parte de atrás del cuello: Dédé.

Mientras pedía mi segunda cerveza, entró una anciana tirando de un carrito de la compra. No mediría más de metro cuarenta, y le costó lo suyo encaramarse a uno de los taburetes libres junto a la barra. No cruzaron una sola palabra, pero Dédé depositó delante de ella un vaso de pastís, dos terrones de azúcar y una jarrita de agua. La diminuta mujer echó el azúcar en el pastís y lo removió despacio antes de rellenar el vaso de agua. Pasaron unos minutos antes de que le diera un sorbo.

Tomé un buen trago de cerveza. Nadie se fijaba en mí. Era como si fuera invisible. Me sentía como en casa y experimenté una oleada de profunda satisfacción, como si las piezas de un puzle por fin hubiesen acabado de encajar.

AGRADECIMIENTOS

A mi gran amiga y compañera de viaje Victoria Evans: gracias por salvar a este de la pira.

A mi editora, Sara Hunt, y a mi agente, Isobel Dixon: mi más honda gratitud por vuestro apoyo incondicional a este proyecto de diez años. Gracias sinceras también a mi editor de mesa, Craig Hillsley, por tu meticulosidad y tus numerosas mejoras al texto, y a Angie Harms por los valiosos toques finales. Gracias a Dan Wells por tus comentarios a uno de los primeros borradores, y a Michael Heyward y a Jane Pearson de Text Publishing por vuestro continuo apoyo.

Gracias de corazón a Fred Bilger por tu amistad, tu generosidad y tu inestimable asistencia con el texto en francés que aparece en la novela. Gracias también a Howard Curtis, Katia Gregor y Julie Sibony por responder tan amablemente a mis preguntas sobre este particular.

A Jen, gracias por estar ahí desde el momento mismo de la concepción de esta trilogía. Sin ti, no lo habría conseguido. Gracias también a Catriona Duggan por animarme de manera inquebrantable durante el proceso de escritura de este libro.

Mis últimas palabras se las debo a Raymond Brunet, sin el cual estos libros no existirían. Ha sido un privilegio llevar su obra a los lectores de habla inglesa, pero cualquier inexactitud en el retrato del pueblo de Saint-Louis y de sus habitantes es responsabilidad enteramente suya.

Esta edición de *Un caso de matricidio,* de Graeme Macrae Burnet,
terminó de imprimirse el día 19 de diciembre de 2025
en los talleres de la imprenta Kadmos, en Salamanca,
sobre papel Coral Book Ivory de 90 g
y tipografía Adobe Garamond Pro de 11,5 pt.

GRAEME MACRAE BURNET EN IMPEDIMENTA

EL ACCIDENTE EN LA A35
UN CASO PARA EL INSPECTOR GORSKI

Traducción de Alicia Frieyro

«Hábilmente escrito y pulcramente ejecutado… elegante y estéticamente agradable. Apasionante e inteligente.»
—Philip Pullman, *The Guardian*

GRAEME MACRAE BURNET EN IMPEDIMENTA

CASO CLÍNICO

Traducción de Alicia Frieyro

«Graeme Macrae Burnet triunfa con una historia siniestra y de cocción lenta, divertidísima y sabiamente tramada, donde los secretos se revelan con cuentagotas.»
—*The Times*

GRAEME MACRAE BURNET EN IMPEDIMENTA

LA DESAPARICIÓN DE ADÈLE BEDEAU

Traducción de Alicia Frieyro

«Graeme Macrae Burnet arma una sólida trama detectivesca junto a un estudio en detalle de sus personajes para alumbrar un cautivante *thriller* psicológico.»

—*The Herald*

GRAEME MACRAE BURNET EN IMPEDIMENTA

UN PLAN SANGRIENTO

EL CASO RODERICK MACRAE

Traducción de Alicia Frieyro

«Una inteligente mezcla de *thriller* legal y juego literario que se lee como si Umberto Eco hubiera resucitado en las Highlands en pleno siglo XIX.»
—*The Guardian*